Karl Justus Blochmann

Heinrich Pestalozzi

Karl Justus Blochmann

Heinrich Pestalozzi

ISBN/EAN: 9783743308107

Hergestellt in Europa, USA, Kanada, Australien, Japan

Cover: Foto ©Raphael Reischuk / pixelio.de

Manufactured and distributed by brebook publishing software
(www.brebook.com)

Karl Justus Blochmann

Heinrich Pestalozzi

1. Band.

Pädagogische Quellenschriften.

Zum
Studium und praktischen Gebrauche
für Lehrer.

Heinrich Pestalozzi

Dr. K. J. Blochmann.

Neue Ausgabe.

Langensalza,
Schulbuchhandlung
von F. G. L. Greßler.
1897.

Blochmann, K. J., einer der hervorragendsten Anhänger Pestalozzis und namhafter Pädagoge, ward am 19. November 1786 zu Reichstädt in Sachsen geboren. Studierte in Leipzig Theologie und war vom Jahre 1809 bis 1816 Lehrer an Pestalozzis Anstalt in Yverdün. Nach der Heimat über Italien zurückgekehrt, wurde er Vicedirektor der Friedrich-Augustschule zu Dresden. Im Jahre 1824 begründete er eine eigene Erziehungsanstalt, welche 1828 mit dem Vitzthumschen Familiengymnasium verschmolzen wurde. Die vereinigten Anstalten leitete Blochmann bis zum Jahre 1851, dann folgte ihm sein Schwiegersohn Bezzenberger nach. Blochmann starb zu Chateau Lancy bei Genf in der Erziehungsanstalt seines Schwiegersohnes Haccius. Ein treuer Anhänger Pestalozzis widmete er seinem Lehrer und Meister nachstehende Biographie.

Heinrich Pestalozzi.

Züge aus dem Bilde seines Lebens und Wirkens

nach Selbstzeugnissen, Anschauungen und Mitteilungen

von

Dr. Karl Justus Blochmann,

weil. Geheimer Schulrat und Professor.

„Mein Geschlecht, das ich liebte, wird mein
Thun vollenden, und ich habe den Glauben, es
wird es mit Dankbarkeit gegen mein Andenken
vollenden."

Pestalozzi in seiner Rede vom 12. Jan. 1818.

Vorwort.

Es greift das erhebende Gefühl, daß alle Stämme deutscher Sprache zu einer großen Volkseinheit gehören, in unserer Zeit um so tiefer und allgemeiner in das Herz und Leben aller Deutschen ein, als der äußere Bestand der Verfassungen und Regierungen die Verwirklichung solcher Einheit noch auf mannigfache und betrübende Weise hemmt.*) So haben wir uns denn auch immer mehr gewöhnt, die deutschen Volksstämme der Schweiz und alle ihre großen Männer, einen Haller, Bodmer, Geßner, Lavater, als der einigen großen deutschen Nation zugehörig anzuschauen und solcher Gemeinschaft uns zu freuen. Deshalb wird auch Heinrich Pestalozzi, der Schweizer, in seinen unsterblichen Verdiensten um die Volkserziehung als deutscher Genius geliebt und geehrt.

Die Art, wie ich zu diesem mir so teuer und unvergeßlich ge= wordenen Manne kam, gehört zu der geheimnisvollen, aber ent= scheidenden Weise, in der so oft der liebende Vater und Lenker des Lebens auf eigentümlichstem Wege seine Kinder zum rechten Ziele führt. — Als ich im Frühlinge 1809 meine theologischen Studien in Leipzig vollendet hatte und einige Monate hier in Dresden bei der treuen Mutter verweilte, welche acht unmündige Kinder nach dem frühen Tode des Vaters in heldenmütigen Kämpfen von Sorge, Arbeit und selbstverleugnender Hingebung genährt, gebildet und groß gezogen hatte, ward mir die Stelle eines Erziehers in dem kur= ländischen Hause des Baron von Manteuffel unter sehr günstigen Bedingungen angetragen. Ich war im Begriff, den Kontrakt zu

---

*) Diese Zeilen sind im Jahre 1846 niedergeschrieben. D. Herausg.

unterzeichnen und nach Riga abzureisen, als eines Nachmittags ein
Universitätsfreund mir am Seethore begegnet und mich auffordert,
ihn nach dem Linkschen Bade zu begleiten, wo wir den durch seine
Briefe über Italien bekannten Reisenden, Dr. Küttner, mit mehreren
Freunden finden würden. Ich folge der Einladung, wir treffen
Küttner, er fesselt uns lange durch seine anziehenden Mitteilungen
über Italien, geht dann zu Schilderungen der Schweiz und seiner
Alpenwanderungen über, und verweilt mit besonderer Vorliebe in
Yverdün bei Pestalozzis großartiger Persönlichkeit und seiner bereits
durch ganz Europa berühmt gewordenen Erziehungsanstalt. Da ich
wenige Wochen vorher Pestalozzis trefflichste pädagogische Schrift
„Wie Gertrud ihre Kinder lehrt" gelesen hatte, und von ihrem
eigentümlichen, schöpferischen Geiste ungewöhnlich ergriffen und be=
wegt worden war, drängte ich mich mit immer neuen Fragen über
die Individualität und den Lebenskreis dieses seltenen Mannes an
Küttner heran, dessen belebte und klare Schilderungen nur geeignet
waren, das stille Feuer meiner Begeisterung zu nähren. Wir blieben
an jenem schönen Frühlingsabende bis in die zehnte Stunde vereint
und wanderten dann gemeinsam dem schwarzen Thore zu, wo wir
uns trennten. Kurz vorher hatte Küttner erzählungsweise mitgeteilt,
es habe ihm Pestalozzi den Auftrag gegeben, sich in Deutschland,
namentlich in Sachsen, nach einem Kandidaten umzusehen, welchem
er in einigen Abteilungen seiner Anstalt den Unterricht in Religion,
Geographie und deutscher Sprache mit Vertrauen übertragen könnte.
Diese leicht hingeworfenen Worte waren mir bis in den Mittelpunkt
meiner ohnedies schon stark bewegten inneren Welt gedrungen. Ich
ließ mich über die Elbe setzen und wandelte in dem Walde von
Blasewitz in der stärksten Erregung bei immer neuen Bildern der
Phantasie und immer heftigerem Drange einer tiefen Sehnsucht einem
Somnambulen ähnlich bis nach Mitternacht umher. Meine Zukunft,
meine nahe Entscheidung, die Doppelbilder, im Norden eine sichere
gewinnreiche und lebensfrohe Bahn, im Süden ein dürftiges Aus=
kommen und große Anstrengung, aber ein reiches Leben für Gemüt
und Geist, eine hohe Schule für eigene Bildung und Vervollkomm=
nung, — dies alles wogte in wechselndem Zuge an meiner Seele

vorüber. Ich könnte noch den Baum in jenem Walde bezeichnen, unter welchem endlich erschöpft niedergelagert ich meine Blicke und mein Herz in die sternerleuchteten, nächtlichen Räume senkte und den da Waltenden suchte und fragte und kindlich bat, mir selbst den rechten Weg zu zeigen. Und bald darauf ward es still und klar in meiner Seele. „Du fragst Pestalozzi, ob er dich wolle und mit Vertrauen als den zu erkennen vermöge, den er bedürfe und suche." Mit dieser festen inneren Entscheidung kehrte ich heim zur Stadt, ergriff noch in derselben Nacht die Feder, legte Pestalozzi in aller Einfalt und Wahrheit das seit wenigen Stunden äußerlich und inner= lich Erlebte vor, nannte ihm meine Liebe und Verehrung, und sprach meine starke Sehnsucht aus, bei ihm zu sein. Nach drei Wochen schon empfing ich seine Antwort. „Wie ich mich ihm anvertraue, so vertraue er auch mir, ich solle kommen." Wenige Tage darauf — denn die Angelegenheiten eines armen Kandidaten sind bald geordnet, — wanderte ich nach einem schmerzlichen Abschiede von der geliebten frommen Mutter, die ich auch nicht wieder gesehen, durch den Plauenschen Grund über das Erzgebirge und die Ebenen Bayerns auf dem Tiroler und Schweizer Alpenlande mit dem Ent= zücken und Wonnegefühle, das in diesen Lebensjahren dem kräftigen und lebensmutigen Jünglinge die Fußwanderungen in so reicher Fülle geben, dem Ziele meiner Sehnsucht und Liebe, dem am süd= lichen Ende des Neuenburger Seees so freundlich gelegenen Yverdün zu.

Dort am 14. Oktober endlich angelangt, suchte ich ohne Verzug in dem alten viertürmigen burgundischen Schlosse den Mann auf, der diese alternden Mauern nicht nur mit frischem, jugendlichem Leben anfüllte, sondern in ihnen auch eine lebenverjüngende und völkerkräftigende Erziehungsweise ans Licht förderte. Ich traf ihn nicht im Schlosse, er war bei einem seiner ältesten und treuesten Mitarbeiter, dem Dr. Niederer, der aus Mangel des Raumes nicht im Schlosse, sondern in der Stadt wohnte. Als ich in dessen Zimmer tretend beide mit Ehrerbietung begrüßt und gesagt hatte, wer ich sei, kam Pestalozzi auf mich zu, zog mich mit seiner Hand kräftig an sich, sah mit forschendem, aber liebevollem Blicke mir einige Sekunden ins Auge und küßte mich dann. „Chämet der

über Leipzig? Sid der by miner Schwöster gsi? Händ der Nües
über üs chhört? Was händ d' Lüet über mi und miß Huß g'saib?
Chämet au und erzählt üs öbbis." So folgte eine Frage der
andern im stärksten Zürcherdialekte, und ich verweilte unter Mit=
teilung dessen, was ich unterwegs über seine Lebensbestrebungen
und Methode in mannigfachen Urteilen vernommen hatte, über eine
Stunde bei ihm und Niederer.

So bin ich zu Pestalozzi gekommen. Mein achtjähriger Aufent=
halt bei ihm fiel in die bewegteste und an Krisen reichste Zeit im
Entwicklungsgange seiner Erziehungsunternehmung. Was ich wäh=
rend desselben geschaut, erfahren und von Pestalozzis Persönlichkeit
und Lebensbestrebungen in mich aufgenommen habe, will ich in den
folgenden Umrissen vereint mit dem niederlegen, was im Leben
dieser seltenen, großartigen Individualität der Zeit, in welcher ich
ihr nahe stand, vorausgegangen war und folgte. Unvergeßlich, voll
erhebender Eindrücke und reicher Erfahrungen, von dem entschie=
densten Einflusse auf meine Berufsbildung sind diese Jahre meines
Lebens. Die tägliche Berührung mit einer so großartigen Persön=
lichkeit, aus welcher eine Fülle geistiger Anschauungen und eine noch
größere Fülle starker, reiner, sich aufopfernder Liebe unaufhaltsam
hervorquoll, das von einer großen Idee durchdrungene, lebenskräftige
und begeisterte Streben aller nach einem hohen Ziele, die immer
neue Berührung mit wichtigen, durch Wissenschaft, Kunst und Lebens=
stellung ausgezeichneten Reisenden, die Kämpfe selbst, die um so
tiefer und drastischer das Innerste erregten, als sie von charakter=
kräftigen Naturen um das unveränderliche Gut der Überzeugung
gekämpft wurden, — alles steht mit seinem Lichtglanze wie mit
seinen tiefen Schatten so lebensvoll im Bilde meiner Erinnerung,
als die Felsenwände des Jura und der Alpen, die blühenden Matten
und der himmelblaue Spiegel der Seeen, welche Zeugen dieses reich
bewegten Lebens waren.

Ich kam noch sehr unerfahren und unreif in der Kunst des
Lehrens und Erziehens nach Yverdün, wie in der Regel die meisten
Kandidaten, wenn sie die Universität verlassen, zu der Einfachheit
der zu bildenden Kindesnatur, zu der notwendigen Herablassung in

den Kreis ihrer Anschauungs= und Vorstellungsweise, wie zu der
echt elementaren Behandlung des Unterrichtsstoffes in einem un=
gemein großen Gegensatze und Mißverhältnisse der Bildung stehen.
Es ist mir jetzt schwer begreiflich, wie ich den Mut hatte, in solch
einen Kreis mich als Lehrer zu wagen, aber einmal darin stehend,
nahm ich meinen Weg in einer Anstalt, deren Lebenselement ja die
Methode war.

Zu den erhebendsten Rückerinnerungen und zu einem dem Ge=
müte durchs ganze Leben gebliebenen reichen Ertrage zähle ich ins=
besondere noch die innigen Befreundungen, die in diesem jugendlich
frischen und geistig bewegten Leben mich dauernd an die trefflichsten
Männer geknüpft haben. Manche dieser treuen Freunde sind schon
heimgegangen, Niederer, Krüsi, Dreist, Kawerau. Anderen, an denen
mein ganzes Herz mit alter Treue hängt, Schacht, Ackermann,
Henning, von Muralt, Ramsauer, K. von Raumer, K. Ritter, Coll=
mann, von Türk, Krüger, Stern, Dittmar ꝛc. sende ich mit diesen
Zeilen den Gruß einer Liebe, die nach fünfunddreißigjähriger Be=
währung auf Erden auch die Bürgschaft einer ewigen Fortdauer in
sich trägt.

Daß Niederer nicht Biograph Pestalozzis geworden, muß jeder
bedauern, der erkannt hat, wie er vor allen andern dazu berufen
war. Doch ist auch nicht zu verkennen, daß nach den herben, un=
glückseligen Kämpfen, die nicht nur das äußere Lebensverhältnis
beider Männer, sondern auch das innerste Band der Herzen zerrissen,
das sie früher so stark und innig aneinander knüpfte, in Niederers
Seele kein reiner und klarer Spiegel mehr war, aus dem das Bild
Pestalozzis in treuen Zügen hätte wiederstrahlen können. Das mochte
Niederer wohl selbst fühlen und unterließ es zu einer Zeit, in der
ihm wohl eine schöne Muße dazu nicht gefehlt hätte.

Wie Vieles und Schätzenswertes in mannigfachen Schriften,
Abhandlungen und Journalen über Pestalozzi und sein Werk ge=
schrieben worden ist, das Gediegenste in besonnener, klarer und ge=
rechter Auffassung verdanken wir dem Professor Karl von Raumer
in seiner vortrefflichen Geschichte der Pädagogik. Auch er hat Vieles
aus unmittelbarer Anschauung und Erfahrung geschöpft, und ich

erinnere mich aus den ersten Monaten meines Aufenthaltes in Yverdün, wieviel Vertrauen und Liebe ihm Pestalozzi schenkte und mit welcher Sorgfalt er in alle Details der damaligen Zustände im alten Schlosse einging. Nächstdem verdient auch die Schrift des Professor Heußler in Basel: „Pestalozzis Leistungen im Erziehungs= sache"*) die vollste Anerkennung. Sie ist das Ergebnis gewissenhafter und besonnener Forschungen aus den Schriften Pestalozzis selbst und derer, die über ihn geschrieben haben. Ein wahres Fresko= gemälde interessanter Züge hat uns Johannes Ramsauer, einstiger Schüler und Lehrer der Anstalt, in seiner Schrift: „Kurze Skizze meines pädagogischen Lebens"**) geliefert.

Mich selbst aber hat zu den nachfolgenden Umrissen teils das tiefe Gefühl dankbarer und treuer Liebe, das sich seit den dreißig Jahren meiner Trennung von Pestalozzi nicht geschwächt, sondern erhöht hat, teils die Aufforderung des Dresdener pädagogischen Vereins bewogen, der mit allen hiesigen Verehrern dieses großen Mannes seinen bevorstehenden hundertjährigen Geburtstag festlich zu begehen, ein lebendiges Bedürfnis fühlt. Wie viele aber durch alle Länder deutscher Sprache diesen Tag in dankbarer Erinnerung feiern, alle durchdringe das Bewußtsein, daß Pestalozzis Größe nicht in Auffindung einer neuen naturgemäßen Bildungsbahn, sondern im Geiste der Demut und Liebe stehe, der die Tiefen seiner Seele zu herrlicher und bleibender That bewegte, und daß er darin ein Jünger dessen sei, der auch in der Kunst der Erziehung unser einiger und vollendeter Meister ist.

---

*) Päd. Quellenschriften. 4. Bd.
**) Päd. Quellenschriften. 3. Bd.

Dr. Karl Justus Blochmann.

Züge aus Pestalozzis Lebensbilde.

Ihm ist viel vergeben, denn er hat viel geliebt.

Seine Jugendjahre.

Die frühesten Lebensjahre jedes Menschen, der erste Pendel=
schwung der individuellen Lebensbewegung und die in stiller Tiefe
auch dem schärfsten Blicke des seelenkundigen Erziehers verborgenen
ersten Regungen und Richtungen der erwachten Seele sind oft ent=
scheidend für seine ganze Erdenzukunft. Wer aber kann nachweisen
und bestimmen, von welchen Eindrücken und Gefühlen das erwachte
Seelenleben z u e r st genährt wird? Wer will bemessen, wie diese
freiergriffene erste Nahrung einen stillen Hunger erzeugt, der aus
des Lebens Umgebungen, Bildern und Ereignissen immer das nur
mit Vorliebe und Neigung an sich zieht, was der ersten Nahrung
homogen ist, wie so allmählich der eigentümliche Gang der Ent=
wicklung, das Gepräge der Individualität für immer bestimmt wird?
— Ist später die Persönlichkeit mit dem Gepräge ihrer inneren und
äußeren Lebensthätigkeit gereift, dann läßt sich wohl durch Rück=
erinnerung nicht selten nachweisen, welche Nahrung die erwachte
Seele zuerst mit Liebe ergriff und wie sie, derselben die innere und
äußere Thätigkeit beharrlich zuwendend, nach dieser Richtung in Bil=
dung und Leistung erstarkte. So wird von Hiller erzählt, daß er als
vierjähriges Kind am Sarge seines Vaters einen melodischen Gesang
hörte, der tief in seine Seele dringend, die Macht der Melodieen
früh zur Lieblingsnahrung für dieselbe machte. Joseph Haydn

empfing als kleines Kind die ersten starken Eindrücke auf sein Seelenleben in dem Gesange seiner Eltern, besonders in der lieblichen
Stimme seiner Mutter, durch welche in dem kaum lallenden Kinde
die Liebe zum Reiche der Töne für immer geweckt wurde. Linnés
Vater bestreute die Wiege seines Kindes zwei Jahre hindurch fast
täglich mit Blumen. Dem großen Helden Eugen erzählte die Mutter
als zweijährigem schwächlichen Kinde die Kriegsthaten großer Helden,
und mit dieser frühen Nahrung seiner Seele ergoß sich zugleich eine
ungewöhnliche Kraft in die zarten Organe seines Leibes. — Freilich würde man sehr irren, wenn man glaubte, mit A b s i c h t auf
die Wahl der dem Seelenleben sich erschließenden Welt der Dinge
wirken, die Eindrücke, Gefühle und Anregungen auf dasselbe bestimmen und beherrschen zu können. Da schon, wie durchs ganze
Leben, leitet und zieht auf den geheimnisvollen Wegen seiner
Weisheit und Liebe d e r , welcher allein auch die vielen Gebrechen und Mißgriffe menschlicher Erziehung zu heilen Macht und
Rat hat.

Auch bei H e i n r i c h P e s t a l o z z i läßt sich sehr bestimmt nachweisen, wie durch besondere Eindrücke und erregte stärkere Gefühle
in seinen frühesten Jugendjahren das eigentümliche Gepräge seiner
Individualität nach seinen Licht- und Schattenseiten hervorgetreten,
und wie das Ziel seiner späteren Wirksamkeit ihm in den Erlebnissen
seiner Knabenwelt schon gestellt worden ist.

Von einer altpatricischen Familie stammend, die in frühern Jahrhunderten aus der italienischen Schweiz nach Zürich gezogen und
dort zu Einfluß und Würde gelangt war, lebten die Eltern unsers
am 12. Januar 1746 gebornen H e i n r i c h P e s t a l o z z i bei sehr
beschränkten Vermögensumständen in stiller, aber häuslich-glücklicher
Zurückgezogenheit und altschweizerischen Ehrenhaftigkeit. Der Vater
war Augenarzt, die Mutter eine geborene Holtze, Geschwisterkind mit
dem österreichischen General Holtze, der 1799 bei Schännis fiel.
Sie hatten außer unserm Heinrich noch zwei Kinder, einen älteren
Sohn, der zeitig starb, und eine Tochter, die sich an den Kaufmann
Groß in Leipzig verheiratete und deren Sohn der Geh. Justizrat
und Bürgermeister Dr. Groß in Leipzig war.

Pestalozzi war von der Wiege an zart und schwächlich, zeichnete sich aber durch große Lebendigkeit in der Entfaltung einzelner Kräfte und Neigungen sehr früh aus. Was sein Gefühl ansprach, dafür war er schnell und warm belebt. Die Eindrücke solcher Gegenstände, denen sich sein Seelenleben mit Vorliebe zuwendete, griffen tief in sein Inneres, und stärkten sich sehr oft und leicht zur Unauslöschlichkeit in ihm. „Alles, was mein Herz ansprach," sagt er selbst von sich,*) „schwächte sehr oft den Eindruck dessen, was meinen Kopf aufhellen und zu bildender Thätigkeit beleben sollte. Meine Einbildungskraft ward bald vorherrschend und meiner Bildung in Kenntnissen und Fertigkeiten in allem, was mein Herz nicht sehr interessierte, in hohem Grade hinderlich, und früh begann der Mangel dessen, was kräftigend auf die Entfaltung meiner Überlegung, meiner Vorsicht und Umsicht wirken sollte, auf mein äußeres Leben Einfluß zu gewinnen. Schon was ich als Kind vornahm, mißlang sehr oft. Ich stieß mit meinem Kopfe in hundert und hundert Kleinigkeiten mehr an, als irgend ein Kind. Aber ich besaß bei meiner Unvorsichtigkeit einen leichten Sinn, der mir das Fehlschlagen von Dingen, die andern Kindern schwer zu Herzen gegangen wären, wenig empfinden ließ. Was hinter mir war, wenn es mich selbst betraf, so sehr ich es auch vorher gewünscht oder gefürchtet hatte, war mir, wenn ich darüber ein paarmal geschlafen hatte, als ob es nicht geschehen wäre. Die Folgen dieser Eigenheit stärkten sich in ihrem Wachstume, da sie viele Nahrung in der Art meiner Erziehung fanden, von Jahr zu Jahr mehr, und wirkten nachteilig auf mein ganzes Leben fort."

Sein Vater starb ihm sehr früh. Dem kaum sechsjährigen Knaben mangelte von da an in seinen Umgebungen alles, dessen die männliche Kraftbildung in diesem Alter so dringend bedarf. Bei dem sehr kleinen Vermögen, das der Vater hinterlassen hatte, sah sich die Mutter zu den größten Einschränkungen genötigt, zog sich von Gesellschaften zurück und lebte in treuer, selbstverleugnender Hingebung vom Morgen bis zum Abend nur ihren Kindern.

---

*) Pest. Schwanengesang S. 234.

Während Pestalozzi dadurch des großen Segens teilhaftig wurde, den die von der Kraft thätiger Liebe durchdrungene Kinder- und Wohnstube dem frühesten Leben giebt, so mangelten ihm auf der andern Seite alle wesentlichen Mittel und Reize zur Entfaltung männlicher Kraft und Denkungsweise, männlicher Übungen und Erfahrungen in demselben Grade, als er ihrer bei der Eigenheit und den Schwächen seiner Individualität vorzugsweise bedurfte. So oft er in spätern Jahren der mit gänzlicher Hingebung ihrer selbst und unter allen Arten von Entbehrungen sich aufopfernden Liebe seiner Mutter gedachte, vergaß er nie die Treue eines Dienstmädchens zu erwähnen, deren Andenken ihm durch sein ganzes Leben unvergeßlich blieb. Sein Vater, der während der wenigen Monate, seit sie vom Lande in seine Dienste gezogen war, von der seltenen Kraft und Treue dieses Mädchens überzeugt und ergriffen war, ließ sie, beängstigt von den Folgen, die sein naher Hingang auf seine verwaiste und unbemittelte Haushaltung haben mußte, vor sein Totenbett zu sich kommen und sagte zu ihr: „Babeli, um Gottes und aller Erbarmen willen, verlasse meine Frau nicht: wenn ich tot bin, so ist sie verloren, und meine Kinder kommen in harte fremde Hände, sie ist ohne deinen Beistand nicht imstande, meine Kinder bei einander zu halten." „Gerührt, edel und in Unschuld und Einfalt bis zur Erhabenheit großherzig," erzählt Pestalozzi, „gab sie meinem sterbenden Vater das Wort: ‚Ich verlasse Ihre Frau nicht, wenn Sie sterben; ich bleibe bei ihr bis in den Tod, wenn sie mich nötig hat.' Ihr Wort beruhigte meinen sterbenden Vater, sein Auge erheiterte sich und mit diesem Troste im Herzen schied er. Sie hielt ihr Versprechen und blieb bei meiner Mutter bis an ihren Tod. Sie half ihr ihre drei armen Waisen durchschleppen durch alle Not und durch allen Drang der schwierigsten Verhältnisse, und zwar mit einer Ausdauer und zugleich mit einer Umsicht und Klugheit, die um so bewundernswürdiger ist, als sie von aller äußern Bildung entblößt eben erst aus einer armen Dorfhütte in die Stadt gezogen war. Aber sie war in derselben zu solcher Würde und Treue der Gesinnung erstarkt durch hohen einfachen und frommen Glauben. So schwer auch immer die gewissenhafte Erfüllung ihres Versprechens

war, so kam ihr doch nie der Gedanke in die Seele, daß sie auf=
hören dürfe oder aufhören wolle, dieses Versprechen ferner zu halten.
Sie förderte auf alle Weise die äußerste Sparsamkeit, die unsrer
Mutter Lage gebot, und wollten wir Kleinen nach Kinderart auf
die Gasse oder ins Weite, so hielt uns Babeli mit den Worten
zurück: ‚Warum wollt ihr doch unnützerweise Kleidung und Schuhe
verderben? Seht, wie eure Mutter, um euch zu erziehen, so viel
entbehrt, wie sie wochen= und monatelang an keinen Ort hingeht
und jeden Kreuzer spart, den sie für eure Erziehung braucht.‘ Bei
aller Einschränkung aber, wo es Ehrenausgaben, Neujahrsgeschenke,
Trinkgelder oder dergleichen galt, wurden solche fast über das Ver=
mögen sehr ehrenfest bestritten. Ich und meine beiden Geschwister
hatten immer sehr schöne Sonntagskleider, aber wir durften sie nur
wenig tragen und mußten sie, sobald wir heimkamen, wieder ab=
legen, damit sie recht lange als Sonntagskleider getragen werden
konnten. Erwartete die Mutter einen Besuch, so wurde die einzige
Stube, die wir hatten, mit aller Kunst, die uns möglich war, in
eine Besuchstube umgewandelt.“ *)

Es ist unverkennbar, welch einen entscheidenden Einfluß diese
frühen Erlebnisse und insbesondere das anschauliche Bild so hoher
Liebe und Treue in einem schlichten Mädchen aus niedrigem und
armem Stande auf die Selbstüberwindungskraft übte, die im späteren
Leben Pestalozzis so großartig hervortritt, sowie auf die Grund=
ansicht, die alle seine Bestrebungen leitete, von der hohen Kraft,
von den unberechenbaren Schätzen, die in jeder Menschennatur liegen
und sich aus ihr entfalten, wenn derselben der Segen einer frommen
und treuen Wohnstuben=Weisheit nicht mangelt.

Eine Stunde von Zürich, an den lieblichen mit Weinbergen be=
pflanzten Abhängen, welche die reizenden Ufer des Sees begrenzen,
liegt das Dorf Höngg, in welchem ein Großvater Pestalozzis von
mütterlicher Seite Pfarrer war, ein gewissenhafter Hirte und treuer
Seelsorger seiner Gemeinde. Bei diesem verlebte Pestalozzi jährlich
von seinem neunten Jahre an mehrere Monate, die stets zu den

---

*) Schwanengesang S. 238.

glücklichsten seiner Jugend gehörten und einen unvertilgbaren Ein=
druck auf sein Gemüt zurückließen. Denn unvergeßlich blieb ihm
das Bild seines ehrwürdigen, in echtem kräftigen Christusglauben
der Kirche und Schule mit gleicher Treue vorstehenden Großvaters.
Dieser besuchte täglich und oft mit seinem kleinen Enkel die Schule
und mehrere Haushaltungen seines Dorfes, hielt genaue Verzeichnisse,
darin der Zustand jeder Haushaltung umständlich beschrieben war,
wodurch er allem, was in sittlicher und häuslicher, wie in religiöser
Hinsicht in jedem Hause not that, nicht nur mit väterlicher Sorgfalt,
sondern auch mit großer Sachkenntnis Rechnung trug. Wenn Pesta=
lozzi später oft die große Wahrheit aussprach, es komme bei der
Bildung zur Gottesfurcht besonders darauf an, daß das Kind den
w i r k l i c h e n Christen sehe und höre, so schwebte ihm gewiß seines
Großvaters teures Bild lebendig vor der Seele. Aber auch in einer
andern Beziehung waren die Eindrücke für seine Zukunft sehr ent=
scheidend, welche die nähere Bekanntschaft mit den Zuständen im
Leben des Landvolkes, besonders in jener fabrikreichen Gegend auf
ihn machte. Im allgemeinen fanden sich da noch ungeschwächte
Überreste der alten besseren Zeit. Das Landvolk war brav, voll
Natursinn und Lebenskraft in einfacher unschuldiger Thätigkeit für
alles belebt, was recht und gut ist. Allein es litt unter mannig=
fachem Drucke der städtischen Patricier und mußte gegen manche
grelle Erscheinungen des Unrechts, der Lüge und Lieblosigkeit mit
Mut und Eifer Widerstand leisten. Wie ehemals von der Stadt
die Kraft und die Bildung des Landvolkes ausging, so jetzt vielfach
die wachsende Abschwächung und das um sich greifende Verderben
desselben; auch vereinigten sich alle Pfarrer jener Seedörfer in der
Klage: omne malum ex urbe.

Pestalozzi ward in Höngg früher Zeuge des Verderbens, welches
das Fabrikleben auf die ärmere Jugend jener Dörfer übte. Wenn
er die Kinder des hintangesetzten, niedersten Volkes auf dem Kirch=
hofe und Schulplatze seines Großvaters bis in das sechste Jahr
ihres Lebens sich freuen, und ob auch in Lumpen gehüllt, glücklich,
harmlos und wie Engel blühend aufwachsen und, auf den Umfang
der sie umgebenden Natur aufmerksam, sich selbst helfen sah, ihre

Kräfte zu entwickeln, wenn er in diesen Kindern die Heiterkeit der Unschuld, die Freude der Liebe und das Zutrauen des ungekränkten Herzens in Aug' und Sinn ausgedrückt schaute, und ihre vollen roten Backen ihr Glück verkündeten, — und dann nach ein paar Jahren in dem Fabrikelende alle Hoffnung, die ihr offenes Auge, ihr heiteres Antlitz versprachen, wieder verschwunden und den Ausdruck von Harm und Gram, von Erschlaffung und Leiden an ihrer Stelle erblickte, dann jammerte ihn dieser Baumwollennot, deren Herz und Geist beugender Einfluß am Leben des Volkes nagte.

Solche Anschauungen und Erfahrungen, die sich in folgenden Jahren mannigfach mehrten, griffen stets bis in die Wurzel seines Lebens; er sah überall mit dem Herzen, und dieses, von Kindheit auf weich und wohlwollend, litt bei fremder Not in solcher Stärke mit, als widerführen ihm die Leiden andrer selbst. Wie er bei seinem Aufenthalte in Höngg das Volk immer mehr lieben lernte und ihm mit lebendiger Teilnahme anhing, so entbrannte auch früh ein Zornesfeuer gegen die das Landvolk drückende Aristokratie in seinem jugendlichen Herzen, das bis in sein Greisenalter nie ganz erlosch.

In die Stadt zurückgekehrt, sah er die Welt nur in der Beschränkung der Wohnstube seiner Mutter und in der eben so großen Beschränkung seines Schulstubenlebens. „Das wirkliche Menschenleben", erzählt er,[*]) „war mir beinahe so fremd, als wenn ich nicht in der Welt wohnte, in der ich lebte. Ich glaubte alle Welt wenigstens so gutmütig und zutraulich, als mich selbst. Daher war ich auch von meiner Jugend auf das Opfer eines jeden, der sein Spiel mit mir treiben wollte. Es lag nicht in meiner Natur, von irgend jemand etwas Böses zu glauben, bis ich es sah oder selber Schaden davon hatte; und so wie ich meinen Mitmenschen in allen Stücken mehr zutraute, als ich sollte, so traute ich auch mir selbst mehr Kräfte zu, als ich hatte, und hielt mich zu vielem vollkommen fähig, wozu ich eigentlich ganz untüchtig war. So war ich auch in allen Knabenspielen der ungewandteste und unbehilflichste unter allen

---

*) Pest. Werke XIII. S. 242.

meinen Mitschülern, und wollte dabei doch immer auf eine gewisse
Weise mehr sein, als die andern. Das veranlaßte, daß einige gar
oft ihr Gespötte mit mir trieben. Einer, der sich hierin gegen mich
auszeichnete, hängte mir den Übernamen: „Heiri Wunderli von
Thorliken‘ an. Die meisten aber liebten doch meine Gutmütigkeit
und meine Dienstgefälligkeit.“

Dabei trat bei ihm sehr früh eine gewisse Einseitigkeit, Un=
gewandtheit und Gedankenlosigkeit in allem hervor, was auf sein
Herz und seine geistigen Neigungen keine Anziehungskraft ausübte.
In der Schule betrieb er einzelne Unterrichtsfächer mit großer Vor=
liebe und setzte andere hintan, indem ihn das Wesen derselben meist
lebendig und richtig ergriff, ihre Form dagegen gleichgültig ließ.
Indem er daher in einigen Teilen eines bestimmten Unterrichtsfaches
hinter seinen Mitschülern weit zurück stand, übertraf er sie in einigen
andern Teilen desselben in hohem Grade. Weil es ihm auch hier
an Gewandtheit und an Herrschaft über die Formen fehlte, meinten
einige seiner Lehrer, es werde nie etwas Rechtes aus ihm werden,
wie er denn in der That weder die Kalligraphie noch die Ortho=
graphie jemals recht erlernte. Wo es aber auf Beweise des Geistes
und der Kraft ankam, that er es den meisten zuvor und zeigte oft
einen überraschenden Scharfblick und eine Gewandtheit der Dar=
stellung. So übersetzte er eines Tages, als einer seiner Professoren,
ein gründlicher Kenner der griechischen Sprache, dem aber alles
rhetorische Talent abging, einige Reden des Demosthenes heraus=
gegeben hatte, bei seinen noch beschränkten Kenntnissen im Griechischen
eine dieser Reden, die zwar nicht an Richtigkeit, aber an Feuer und
rednerischer Lebendigkeit die des Professors weit übertraf, und bei
dem Examen als Probearbeit hingelegt, so allgemein gefiel, daß sie
in einem zu Lindau erscheinenden Journale, Agis, abgedruckt wurde.
Immer war ihm minder das reflexionsmäßige Verstehen, sondern
das gefühlvolle Ergriffenwerden von den Erkenntnisgegenständen,
die er lernen sollte, weit wichtiger, als das praktische Einüben der
Mittel ihrer Ausübung. Man hörte ihn später sehr oft sein Be=
dauern darüber aussprechen, daß seine Lehrer dieser Einseitigkeit
nicht früh genug kräftig entgegengearbeitet, daß vielleicht unglücklicher=

weise der Geist des öffentlichen Unterrichts in seiner Vaterstadt in jener Zeit in hohem Grade geeignet war, diesen träumerischen Sinn, sich für die Ausübung von Dingen für befähigt zu glauben, die man sich gar nicht genug eingeübt hatte, bei der Jugend allgemein zu beleben.

Und doch fiel Pestalozzis Jugendbildung in eine Zeit, in welcher das Züricher Gymnasium ausgezeichnete Männer besaß, unter welchen besonders Bodmer*) und Breitinger**) großen Einfluß übten. Allein diese durch wissenschaftliche Bildung ausgezeichneten Männer gaben den Jünglingen für das praktische Leben keine genugsam belebende Geistesrichtung. Unabhängigkeit, Selbständigkeit, Aufopferungstrieb und Vaterlandsliebe war allerdings das schöne Losungswort der öffentlichen Bildung; allein das Mittel, zu allem diesen zu gelangen, welches vorzugsweise angepriesen wurde, geistige Auszeichnung, blieb ohne genugsame und tüchtige Ausbildung der praktischen Kräfte, die zu dem allen wesentlich hinführen. So sprach man zwar mit vieler Lebendigkeit und reizvoller Darstellung von der sittlichen Hoheit der Selbständigkeit, machte aber das Bedürfnis dessen nicht lebendig fühlbar, was zur Sicherstellung sowohl der inneren, als der äußeren, der häuslichen wie der bürgerlichen Selbständigkeit wesentlich notwenig gewesen wäre. Stoische Selbstverleugnung und Abhärtung wurden geübt. Man lehrte die Schüler Reichtum, Ehre und Ansehen gering schätzen. Sie bedürften, sagte man ihnen, ebensowenig großer Erwerbskräfte, als tiefer, klassischer Schulkenntnisse. Entbehrung sei vor allem notwendig. So wurden die Gemüter der Jugend durch die großen Vorbilder von Athen, Sparta und Rom zwar zu einem hohen Auffluge angeregt, ihnen aber nicht die Nahrung der Einfachheit und Unschuld des Natursinns und der Natur-

---

*) Bodmer war von 1725—1775 Professor der Geschichte in Zürich und machte sich durch Herausgabe der Minnesänger, durch sein Epos: die Noachide und seine litterarischen Kämpfe mit Gottsched und Lessing bekannt.

**) Breitinger, Professor der hebräischen Sprache von 1731—1776, war Herausgeber der Septuaginta.

kraft geboten, die dem alten schweizerischen Geiste, den sie wieder-
herstellen wollten, zu Grunde lag. Dazu kam, daß in jenen Jahren
die Erscheinung Rousseaus ein vorzügliches Belebungsmittel der Ver-
irrungen wurde, zu denen der edle Aufflug treuer, vaterländischer
Gesinnungen die vorzüglichern jugendlichen Kräfte hinriß, welcher
dann durch den bald darauf folgenden großen leidenschaftlichen Welt-
gang zu wachsender Einseitigkeit und Verwirrung sich steigerte und
durch die Miterscheinung von Voltaire und seiner verführerischen
Untreue am reinen Heiligtume der Einfalt, Unschuld und Religion
zu einer Geistesrichtung sich steigerte, die weder das alte Gute,
was als Segen der Vorzeit den schweizerischen Städten geblieben,
zu erhalten, noch irgend etwas wahrhaft Besseres zu schaffen geeignet
war. Auf Pestalozzi hat Rousseau nicht bloß damals, sondern man
darf wohl sagen durch sein ganzes späteres Leben einen wichtigen
Einfluß geübt, so wenig in andrer Beziehung die Individualität
beider Männer sich berührt, und so hoch Pestalozzi in den wesentlichsten Beziehungen über Rousseau steht. „So wie Rousseaus Emil
erschien," erzählt er selbst,*) „war mein in hohem Grade unpraktischer
Traumsinn von diesem in noch höherem Grade unpraktischen Traum-
buche enthusiastisch ergriffen. Ich verglich die Erziehung, die ich
im Winkel meiner mütterlichen Wohnstube und auch in der Schulstube, die ich besuchte, genoß, mit dem, was Rousseau für die Erziehung seines Emils ansprach und forderte. Die Hauserziehung,
sowie die öffentliche Erziehung aller Stände erschien mir unbedingt
als eine verkrüppelte Gestalt, die in Rousseaus hohen Ideeen ein
allgemeines Heilmittel gegen die Erbärmlichkeit ihres wirklichen Zustandes finden könne und zu suchen habe. Auch das durch Rousseau
neu belebte, idealisch begründete Freiheitssystem erhöhte das Streben
nach einem größeren, segensreicheren Wirkungskreise für das Volk
in mir."

Dabei fuhr er fort, mit Eifer und großem Erfolge die Alten
zu studieren, und alles Ausgezeichnete in der Litteratur, das in jener

---

*) Schwanengesang S. 253.

Zeit erschien, zu lesen. Er war unter andern ein erklärter An=
hänger der Wolfischen Schule, und ein schriftstellerischer Versuch,
den er damals in einer Abhandlung über Spartanische Gesetz=
gebung machte, trug in seinen Deduktionen die Schulsprache dieses
Systems.

Bis hierher hatte Pestalozzi infolge des tiefen Eindrucks, den
sein ehrwürdiger Großvater in Höngg als Landgeistlicher auf ihn
gemacht hatte, den Predigerberuf zu dem seinigen gewählt und seine
Studien darauf berechnet. Jetzt, nachdem er in seinem achtzehnten
Jahre in das Collegium humanitatis eingetreten war, bestimmte
ihn teils das in seinem Innern und unter seinen Jugendgenossen
so allgemein und tief belebte Streben, in die öffentlichen Angelegen=
heiten ihrer Vaterstadt und ihres Vaterlandes einst kräftig ein=
zuwirken, teils das durch vielfach geschaute und selbst erfahrene
Rechtsverletzungen auf das lebendigste gesteigerte Rechtsgefühl zu
dem Studium der Naturwissenschaften überzugehen. Auch mochte
zu diesem Wechsel nicht wenig das Unglück beigetragen haben, das
ihm bei der ersten Predigt, die er auf dem Lande hielt, begegnete,
indem er in derselbe einigemal stecken blieb und das Vaterunser
nicht richtig betete.

In jener Zeit stifteten Pestalozzis Zeitgenossen, Lavater, Füßli
und Fischer an der Spitze, einen Freundesbund, dem er sich mit
aller Glut seines für Wahrheit und Recht begeisterten Gemütes
anschloß. Ein wesentlicher Zweck dieses Jugendbundes war, alle
Ungerechtigkeiten, die sie, vornehmlich im Verhältnis der Patricier
zum unterdrückten Landvolke, begehen sahen, gleich einer heiligen
Schar von Rächern, furchtlos zur öffentlichen Kunde zu bringen.
So verklagten sie den ungerechten Landvogt Grebel, zogen die will=
kürlichen Härten und Bedrückungen des Zunftmeisters Brunner an
das Licht der Öffentlichkeit, befehdeten schlechte Pfarrer, nahmen sich
überall solcher an, die zu arm und niedrig waren, ihre Forderungen
geltend zu machen, strebten die gedankenlosen Volkswahlen zu ver=
bessern und suchten allerorten einzugreifen, wo Ungerechtigkeit verübt
wurde. Freilich mußte solches in seiner Quelle sehr edle und hoch=
herzige, aber immerhin unberufene und eigenmächtige Treiben bald

der Regierung, bald den Vätern, bald ihnen selbst vielfachen Ver-
druß zuziehen.*)

Schon früher war Pestalozzi in seinem Schulleben durch Ver-
letzung seines Rechtsgefühls zu thätlichem Einschreiten bewogen worden. Er hatte einst mit einem ungerechten und unwürdigen Unterlehrer einen Auftritt, wobei der kühne Verteidiger seines schwer
verletzten Rechtes zum Erstaunen seiner ganzen Klasse siegte. Im
Gefühle seiner Kraft und seines Sieges suchte er nun jedem Un-
rechte zu wehren. Einst zeigte er heimliche Grenel einer öffentlichen
Erziehungsanstalt den Vorstehern in einem anonymen Briefe an.
Er war aber nicht schlau genug, wurde verraten und zog sich Haß
zu. Die Untersuchung bestätigte alles, was er gesagt hatte. Man
verlangte, daß er den Knaben nennen sollte, der ihm die Nachricht
mitgeteilt. Das wollte er nicht, und als man ihm mit exemplarischer
Strafe drohte, entfloh er zu seinen Großeltern aufs Land. Dort
ward er Zeuge neuer Ungerechtigkeit und drückender Willkür. Die
Stadt Zürich hatte eben angefangen, den Handel der Landleute auf
alle Weise zu beschränken und sie auf manche andere Weise zu be-
drücken. Seine Verwandten jammerten über die schreiende Ungerechtigkeit. Da keimte schon mächtig der Gedanke in ihm: einst
will ich euch, ihr armen Unterdrückten, zu eurem Rechte verhelfen.
Und dieser Gedanke wuchs mit ihm fort, er wurde immer mehr
genährt und befestigt. Volksrecht, Volkskraft, Volkstugend — dies
ward der Mittelpunkt seiner Gefühle und seiner Thätigkeit. „Schon
lange," so bezeugt er später, „ach seit meinen Jünglingsjahren
wallte mein Herz wie ein mächtiger Strom, einzig und einzig nach
dem Ziele, die Quellen des Elendes zu verstopfen, in die ich das
Volk um mich her versunken sah. Zu einer Zeit und in einem
Vaterlande lebend, wo die besser gebildete Jugend zu freiem Forschen

---

*) Pestalozzi urteilte in seinen letzten Jahren gewiß zu einseitig und hart
über jenes jugendliche Treiben, wenn er sagt: In jenen unnatürlichen Anmaßungen, in jener unbegreiflichen Mißkennung unsrer selbst, unsrer Kräfte und
Mittel finde ich die allgemeine Quelle alles Unglücks und alles Jammers, der
später meine Person, meine Familie und mein Haus traf und meine Bestrebungen
an den Rand des Verderbens brachte.

nach den Ursachen der Landesübel, wie und wo sie immer vorlagen, und zu einem lebendigen Eifer, ihnen abzuhelfen, allgemein emporgehoben wurde, forschte auch ich, wie dies die Zöglinge eines Bodmer und Breitinger alle thaten, und wie es dem Zeitgenossen eines Iselin, Escher, Hirzel, Fellenberg, Tscharner, Wattenwyl, Grafenried und so vieler edler Männer gebührte, den Quellen des Übels nach, die das Volk unseres Vaterlandes tief unter das, was es sein konnte und sollte, herabsetzten. Wir fanden die Menschen in eine Kraftlosigkeit und Unbehilflichkeit versunken, die es ihnen unmöglich machte, in derselben das zu sein, was sie als Menschen von Gottes und als Bürger von Rechts wegen darin hätten sein und werden sollen."

Während Pestalozzi durch das Studium der Rechte eine Laufbahn zu finden suchte, die ihm früher oder später Gelegenheit und Mittel zu geben geeignet wäre, auf den bürgerlichen Zustand seiner Vaterstadt und sogar seines Vaterlandes einen thätigen Einfluß zu gewinnen, stand ihm ein besonders treuer Freund zur Seite, an dessen Kraft und Besonnenheit sich seine ihm wohlbewußte Einseitigkeit und praktische Schwäche vertrauensvoll anschloß. Allein dieser bewährte Freund, Blunschli, ward von einer Brustkrankheit ergriffen, die eine ernste Richtung nahm und bald entscheidend tödlich wurde. Als Blunschli dieses sah, ließ er seinen Pestalozzi zu sich kommen und sagte ihm: „Pestalozzi, ich sterbe, und du, dir selbst überlassen, darfst dich in keine Laufbahn werfen, die dir bei deiner Gutmütigkeit und deinem Zutrauen gefährlich werden könnte. Suche eine ruhige, stille Laufbahn, und lasse dich, ohne einen Mann an deiner Seite zu haben, der dir mit zuverlässiger Treue und besonnener Menschen- und Sachkenntnis beisteht, auf keine Art in ein weitführendes Unternehmen ein, dessen Fehlschlagen die Ruhe und das Glück deines Lebens stören könnte." Der Tod des redlichen Freundes erschütterte Pestalozzi tief, er gelobte sich, dem treuen Rate desselben in aller Zukunft folgen zu wollen; allein der weitere Fortgang seines Lebens zeigt, wie er den Quellen der Gefahren, vor denen derselbe gewarnt hatte, die tief in ihm selbst lagen, nicht mit ernster und kraftvoller Sorgfalt entgegenwirkte.

Bald nach seines Freundes Tode ward Pestalozzi selbst gefährlich krank infolge überspannter Anstrengung, mit welcher er juristische und historische Studien trieb. Die Ärzte rieten ihm, wenn er nicht selbst auch einem frühen Tode entgegengehen wolle, den angestrengten wissenschaftlichen Forschungen auf einige Zeit zu entsagen und aufs Land zu gehen, um dort Erholung und Stärkung zu finden. Pestalozzi war bereits zu der Überzeugung gekommen, daß er durch die neugewählte Laufbahn sich keinen bleibenden Einfluß auf das öffentliche Leben verschaffen würde, indem er gerade dadurch, daß er der Armen und Unterdrückten gegen die Gewalthaber und Bevorrechteten sich annahm, den Weg zu den Staatsämtern sich notwendig versperren würde, und so ergriff er, von dem Gedanken tief bewegt, seinem armen lieben Landvolke lehrend und erziehend helfen zu wollen, plötzlich alle seine geschichtlichen Excerpte und juristischen Manuskripte, verbrannte sie und rief aus: „So will ich Schulmeister werden." Und voll der lebendigen Eindrücke, die das Vorbild seines geliebten Großvaters in Höngg früh auf ihn gemacht hatte, und von dem Lieblingsplane erfüllt, durch tiefere Begründung und Sicherstellung des ökonomischen Erwerbs zugleich den Zustand des armen Volkes zu verbessern, eilte er aufs Land in das so reizend am Ufer des Sees liegende Richterswyl, wo ihn sein Onkel mütterlicher Seite, der D. Holtze, wohlwollend aufnahm. Hier in liebender Pflege bei den stärkenden Einflüssen des einfachen Naturlebens und unter seinem lieben Landvolke genas er bald vollkommen, und der mit Begeisterung ergriffene Plan, sich ganz dem Landbau zu widmen, und in einer ruhigen häuslichen Laufbahn auf die Vereinfachung des Volksunterrichts und auf tiefer begründete Bildung zu gesichertem Erwerbe in seinen Umgebungen wohlthätig zu wirken, reifte zum festen Entschlusse. Der große Ruf, den damals der Gutsbesitzer Tschiffeli zu Kirchberg bei Bern durch die ganze Schweiz als Landwirt besaß, veranlaßte ihn, bei demselben sich Rat, Wegweisung und Bildungsmittel für seine Zwecke zu suchen.

Er sah sich in Kirchberg mit großem Wohlwollen aufgenommen, allein die Art, wie Tschiffeli bei vielseitigen Kenntnissen und großartigen Ansichten die Landwirtschaft betrieb, war doch in praktischer

Beziehung so wenig solid, daß Pestalozzi wohl vielfache Nahrung für seine begeisterungsvollen Entwürfe, aber wenig Gewinn an praktischer Einsicht und Fertigkeit davon trug. „Ich ging." sagt er, „mit vielen einzelnen großen und richtigen Ansichten über den Landbau als ein eben so großer landwirtschaftlicher Träumer von ihm weg, wie ich mit vielen einzelnen, großen und richtigen bürger= lichen Kenntnissen und Ansichten als ein bürgerlicher Träumer zu ihm hinkam." In der That versenkte ihn sein Aufenthalt in Kirch= berg immer mehr in große, aber für die Verwirklichung schwierige, zum Teil unausführbare Pläne, die schon für die ersten Jahre seiner ländlichen Laufbahn unglückliche Verwicklungen und Sorgen herbei= führten.

Als aber in jener Blütenzeit seines Lebens Geist und Phantasie an kühnen Idealen hing, fand auch sein Herz eine bis dahin un= gekannte Quelle hoher beglückender Freuden. Unter den vielen Freunden, die er unter Zürichs Jünglingen hatte, war auch der Sohn des sehr wohlhabenden Kaufmanns Schultheß. Im vertrautern Umgange mit diesem lernte er dessen schöne und edle Schwester, Anna Schultheß, kennen. Bald erkannten sich gegenseitig beider Seelen und liebten sich. Aber Pestalozzi war arm und hatte wenig Hoffnung, die Tochter eines so reichen Hauses zur Gattin zu erhalten. Um so mehr trieb es ihn zu großartigen Unternehmungen. Die Krapp= pflanzungen Tschiffelis und andrer Berner Patricier, die man da= mals als vollkommen geraten ansah, erregten großes Aufsehen. Pestalozzi ergriff den Gedanken, durch Nachahmung derselben sich Quellen des Wohlstandes zu eröffnen und so ein zwiefaches Lebens= glück, das der Verwirklichung seiner schönen Pläne für das Volks= wohl und das der Möglichkeit einer Verbindung mit seiner Anna anzubahnen. Er genoß Vertrauen, arbeitete den Entwurf seiner groß= artigen Unternehmungen in sehr ansprechenden Darstellungen aus, und hatte in kurzem die große Freude, daß sich eins der reichsten Banquierhäuser Zürichs mit ihm zur Verwirklichung derselben ver= band und die nötigen Geldsummen darbot. Bei seinen Nachforschungen nach einer in landwirtschaftlicher Kultur noch sehr zurückstehenden Gegend, in der er sich ankaufen wollte, ward er durch den Pfarrer

Neugger mit dem Zustande des Birrfeldes bei Königsfelden bekannt, auf welchem seit undenklichen Zeiten ein paar tausend Jucharten fast immer brach lagen, und die meiste Zeit vom Kloster als eine schlechte, dürre Schafweide benutzt wurden. Hier nun kaufte Pestalozzi im Jahre 1767 mehr als 100 Jucharten Landes für den geringen Preis von zehn Gulden für die Juchart, baute sich darauf ein schönes Landhaus in italienischem Stile und gab der ganzen Besitzung den Namen N e u h o f. Seine Verhältnisse zu Anna Schultheß wurden immer inniger und entschiedener, es erfolgte die Einwilligung der Eltern, und am 24. Januar 1769 feierte er in Zürich seine Verbindung mit ihr. Mit welcher Gewissenhaftigkeit er in diesem Verhältnisse zu Werke ging, wie er keine seiner Schwächen und praktischen Unbehilflichkeiten seiner Geliebten verbarg, sondern mit der redlichsten Offenheit ihr alle seine Schattenseiten aufdeckte, möge ein Brief beweisen, der aus jener Zeit sich erhalten hat.*)

Meine teure, meine innige Freundin!

Es ist das ganze zukünftige Leben, es ist unser ganzes Glück, es sind die Pflichten gegen unser Vaterland und gegen unsre Nachkommen, es ist die Gefahr der Tugend, Teure, die uns auffordert, der einigen richtigen Führerin in Handlungen, der Wahrheit zu gehorchen. Ich will Ihnen die ernste Betrachtung, die ich in diesen feierlichen Tagen über unser Verhältnis gemacht habe, mit aller Offenherzigkeit aussprechen; ich bin so glücklich, daß ich im voraus weiß, daß meine Freundin mehr wahre Liebe in der stillen Wahrheit dieser unser wahres Glück so nahe berührenden Überlegungen, als in dem Trange der angenehmen, aber oft nicht gar zu weisen Ergießungen eines fühlenden Herzens, die ich jetzt mit Mühe zurückhalte, finden werde.

Freundin, vor allem muß ich Ihnen sagen, ich werde mich in der nächsten Zeit nur wenig Ihnen nähern dürfen, ich bin jetzt schon zu oft und zu unvorsichtig zu Ihrem Bruder gekommen, ich sehe,

---

*) Er ward von D. Niederer nach Pestalozzis Tode in Rossels Monatsschrift für Erziehung XII, 162. veröffentlicht.

daß es Pflicht wird, meine Besuche bei Ihnen einzuschränken: ich habe nicht die geringste Fähigkeit, meine Gefühle zu verleugnen. Meine einzige Kunst in diesem Falle besteht darin, die zu fliehen, die sie beobachten, ich wäre nicht imstande, nur einen halben Abend mit Ihnen in Gesellschaft zu sein, ohne daß ein mittelmäßig scharf= sichtiger Beobachter mich unruhig erblicken sollte. Teure, wir kennen uns so weit, daß wir uns auf gegenseitige gerade Aufrichtigkeit und Ehrlichkeit verlassen dürfen. Ich schlage Ihnen einen Briefwechsel vor, darin wir uns mit der Freiheit mündlicher Gespräche ohne einige Verstellung einander zu kennen geben. Ja ich will mich Ihnen ganz geben, will Sie gerade jetzt mit der größten Offen= herzigkeit so tief in mein Herz hineinführen, als ich selbst hinein= dringe, ich will Ihnen meine Absichten in dem Lichte meiner jetzigen und künftigen Zustände so heiter zeigen, als ich sie immer selbst sehe.

Teuerste Schultheß, diejenigen von meinen Fehlern, die für die Lagen meines künftigen Lebens mir die wichtigsten scheinen, sind Unvorsichtigkeit, Unbehutsamkeit und Mangel an Geistesgegenwart bei einstmals entstehenden unerwarteten Veränderungen meiner Zu= kunft. Ich weiß nicht, wie weit sie durch meine Bemühungen, mit denen ich ihnen entgegenarbeite, durch ruhiges Urteil und Erfahrung sich verringern werden. Jetzt sind sie noch in einem solchen Grade da, daß ich sie dem Mädchen, das ich liebe, nicht verhehlen darf; es sind Fehler, meine Teure, die Ihre ganze Erwägung verdienen. Ich habe noch andere Fehler, die sich aus meiner dem Urteile des Verstandes sich oft nicht unterwerfenden Reizbarkeit und Empfindlich= keit herleiten lassen; ich schweife im Lobe und Tadel, in Zuneigung und Widerwillen sehr oft aus; ich hänge manchen Gütern so stark an, daß die Macht, mit der ich mich an sie gebunden fühle, oft über die Schranken, welche die Vernunft setzt, hinausgeht, ich bin bei dem Unglück meines Vaterlandes und meiner Freunde selbst unglücklich. Richten Sie Ihre ganze Aufmerksamkeit auf diese Schwäche; es wird Tage geben, wo die Heiterkeit und Ruhe meiner Seele unter dieser Schwäche leiden wird. Wenn sie mich auch an der Ausübung meiner Pflicht nicht hindern soll, so werde ich doch kaum jemals groß genug sein, sie in solchem widrigen Zufall mit der Munterkeit und Ruhe des sich selbst immer gleichen Weisen zu erfüllen. Von meiner großen, in der That sehr fehlerhaften Nach= lässigkeit in allen Etiketten und überhaupt in allen Sachen, die an sich keine Wichtigkeit haben, bedarf ich nicht zu sprechen, man sieht sie in meinem ersten Anblick. Auch bin ich Ihnen noch das offene Geständnis schuldig, meine Teure, daß ich die Pflichten gegen meine geliebte Gattin den Pflichten gegen mein Vaterland stets für unter= geordnet halten werde, und daß ich, ungeachtet ich der zärtlichste Ehemann sein werde, es dennoch für meine Pflicht halte, unerbitt= lich gegen die Thränen meines Weibes zu sein, wenn sie jemals mit denselben mich von der geraden Erfüllung meiner Bürgerpflicht, was auch immer daraus entstehen möchte, abhalten wollte. Mein Weib soll die Vertraute meines Herzens, die Teilhaberin meiner geheimsten Ratschläge sein. Eine große, redliche Einfalt soll in meinem Hause herrschen. Und noch eins. Ohne wichtige, sehr be= denkliche Unternehmungen wird mein Leben nicht vorbeigehen. Ich werde die Lehren Menalks und meine ersten Entschlüsse, mich ganz dem Vaterlande zu widmen, nicht vergessen, ich werde nie aus Menschenfurcht nicht reden, wenn ich sehe, daß der Vorteil meines Vaterlandes mich reden heißt; mein ganzes Herz gehört meinem Vaterlande, ich werde alles wagen, die Not und das Elend in meinem Volke zu mildern. Welche Folgen können die Unter= nehmungen, die mich drängen, nach sich ziehen, wie wenig bin ich ihnen gewachsen, und wie groß ist meine Pflicht, Ihnen die Mög= lichkeit der größten Gefahren, die hieraus für mich entstehen können, zu zeigen!

Meine liebe, meine teure Freundin, ich habe jetzt offenherzig von meinem Charakter und von meinen Bestrebungen geredet. Denken Sie allem nach. Wenn die Züge, die zu sagen meine Pflicht war, Ihre Hochachtung gegen mich verringern, so werden Sie doch meine Aufrichtigkeit schätzen und es nicht unedel finden, daß ich den Mangel Ihrer Kenntnis meines Charakters nicht zur Erreichung meiner innigsten Wünsche mißbrauchte. Entscheiden Sie nun, ob Sie einem Manne mit diesen Fehlern und in solcher Lage Ihr Herz schenken und glücklich sein können.

Meine teure Freundin, ich liebe Sie von Herzen und mit einer Innigkeit, daß mich dieser Schritt viel gekostet hat; ich fürchte Sie, Teure, zu verlieren, wenn Sie mich so sehen, wie ich bin; ich habe oft schweigen wollen, endlich habe ich mich überwunden. Mein Gewissen rief mir laut, daß ich ein Verführer und nicht ein Lieb=haber sei, wenn ich meiner Geliebten einen Zug meines Herzens oder einen Umstand, der sie einst beunruhigen und unglücklich machen könnte, verschweigen würde; ich freue mich nun dieser That. Wenn die Umstände, darein Pflicht und Vaterland mich rufen werden, meinem Streben und meinen Hoffnungen ein Ziel setzen, so bin ich doch nicht niederträchtig, nicht lasterhaft gewesen, ich habe Ihnen nicht in einer Larve zu gefallen gesucht, habe Sie nicht mit chi=märischen Hoffnungen eines nicht zu erwartenden Glückes betrogen, ich habe Ihnen keine Gefahr und keinen Kummer der Zukunft ver=schwiegen, ich habe mir nichts vorzuwerfen."

Seine Wirksamkeit in Neuhof.

Mit einem tiefen Gefühle für Wahrheit und Recht hatte schon der Knabe Pestalozzi um sich geblickt und war oft beleidigt und gekränkt, von dem Übel der Welt mächtig ergriffen, in sich zurück=gekehrt. Der Drang zu helfen und nicht zu können, der Übermut des Stolzes, der auf die Hütten der Armen drückt, die schlaffe Gleichgültigkeit gegen herrschende Mängel und Irrtümer, welche die Überreste der alten vaterländischen Kraft und Lauterkeit immer mehr zerstörten, alles dieses hatte sein Gemüt früh gebeugt, aber auch empor gerichtet und zum Widerstande mehr, als zu einer freien, heitern und geregelten Thätigkeit gereizt. So hatte sich in ihm einerseits eine Kühnheit und Energie entwickelt, die im Bewußtsein des klar erkannten und kräftig erstrebten Zieles seiner inneren Be=rufung, das Höchste an das Höchste zu setzen, entschieden war, andererseits aber drückte ihn immer stärker das Gefühl des Miß=verhältnisses zwischen dem Umfange seines Willens und den Schranken seiner Kräfte, des Mangels an ausgebildeten praktischen Fertigkeiten, der Unfähigkeit zu alle dem, was zur äußeren Erreichung des Zieles, das begeisternd vor ihm stand, unabwendbar notwendig war.

2*

Nur eine kurze Zeit hatte er sich in seinem Neuhof an der Seite seiner edeln, an ihn und seine Lebensbestrebungen mit aufopfernder Liebe sich anschließenden Gattin ungetrübt des Glückes erfreut, welches die stille Häuslichkeit seinem Herzen, und der große Umfang thätigen Wirkens seinem Geiste schuf, als schmerzliche Erfahrungen den heitern Himmel seines Glückes zu trüben begannen.

Schon in der Wahl des Mannes, dem er für Aufsicht, Besorgung und Leitung des Einzelnen in seiner Unternehmung ein großes Vertrauen geschenkt hatte, war er unglücklich gewesen, da derselbe, ob auch in mancherlei Beziehungen sehr brauchbar, durch seinen Charakter doch allgemein verhaßt und in der ganzen Nachbarschaft gefürchtet war. Die meisten Bekannten, selbst Freunde Pestalozzis, wohl fühlend, wie sehr ihm zu glücklicher Durchführung einer so großartigen Unternehmung alle praktische Tüchtigkeit und Erfahrung mangele, hatten schon beim Beginn derselben bedenklich den Kopf geschüttelt, manche sie geradezu einen Narrenstreich genannt. Und wie es denn überall im Leben, wo etwas Neues und Aufsehen Erregendes ins Werk gestellt wird, nicht an Aufpassern, Mißgünstigen und Neidern fehlt, so unterließ auch hier dieses Geschmeiß nicht, mancherlei Nachteiliges an das Handelshaus nach Zürich zu berichten und ihm zu insinuieren, es werde, wenn es nicht beizeiten Einhalt thue, sein vorgeschossenes Geld sicher alles verlieren.

Bestürzt über diese Nachrichten, aber liebreich und voll Schonung sendet dieses Haus zwei achtungsvolle Männer Zürichs an Pestalozzi ab, um den Zustand der Unternehmung zu untersuchen und Bericht zu erstatten. Die Abgesendeten fanden das angekaufte Land nicht nur kulturlos, sondern nach ihrer Überzeugung auch kulturunfähig, worin sie sich jedoch, wie spätere Erfahrung bewies, sehr täuschten: aber mehr noch, als über die Unvorsichtigkeit der Ankäufe, staunten sie über die Unzweckmäßigkeit und Kostbarkeit in der Anlage des begonnenen Wohngebäudes, worin sie auch vollkommen recht hatten. Auf ihren Bericht hin hielt das mit Pestalozzi verbundene Haus das Unternehmen für gänzlich verloren, zog sich mit einigem Verluste zurück und überließ ihm die weitere Ausführung allein. Dies traf wie ein Donnerschlag den armen Pestalozzi sofort in der ersten

Zeit seines beginnenden Lebensglückes. Er urteilt darüber in den letzten Jahren seines Lebens*): „Das Unternehmen an sich war nichts weniger als verfehlt. Der Preis der Juchart, die ich zu zehn Gulden gekauft hatte, steht jetzt zu drei= bis vierhundert Gulden, der Boden meines Gutes war gegen allen Anschein gut und leicht zu verbessern. Der Grund des Fehlschlagens meiner Unternehmung lag nicht in ihr, er lag wesentlich und ausschließlich in mir und meiner Untüchtigkeit für alles Praktische. Jedermann kannte dieselbe, nur ich selbst nicht. Der schöne Traum meines Lebens, die Hoffnungen eines großen, segensvollen Wirkungskreises um mich her, das in einem ruhigen, stillen, häuslichen Kreise seinen Mittelpunkt finden sollte, war nun völlig dahin. Mein Notzustand, den täglich wachsen= den Ansprüchen meines unausgebauten Hauses und Gutes ein Ge= nüge zu leisten, stieg in dem Grade, als ich mich in den Mitteln, ihm abzuhelfen, ungeschickt benahm. Meine Gattin litt unter diesen Umständen tief, aber weder in mir noch in ihr schwächte sich der Vorsatz, unsere Zeit, unsere Kräfte und den Überrest unseres Ver= mögens der Vereinfachung des Volksunterrichtes und seiner häus= lichen Bildung zu widmen."

Das lag nicht in Pestalozzis Natur, äußerem Mißgeschick zu weichen, wo es der Erreichung seines großen Lebenszweckes galt. Von seinem Bodmer hatte er früh das Wort gelernt und sich's tief eingeprägt: „tu ne cede malis, sed contra fortior ito!" Wie ein aufgescheuchter Löwe ging er mutentbrannt den feindlichen Mächten entgegen. Trotz der größten Not, in die ihn die nicht geahnte Zurückziehung des Züricher Hauses versetzte, beschloß er das Be= gonnene nicht nur fortzuführen, sondern sein Landgut zu einem festen Mittelpunkt seiner pädagogischen und landwirtschaftlichen Be= strebungen zu machen. Ja mehr noch, Höheres noch wollte er. Im Kreise von Bettelkindern wollte er fortan leben und mit ihnen in Armut sein Brot teilen, selbst wie ein Bettler wollte er leben, um zu lernen, Bettler wie Menschen leben zu machen.

---

*) Schwanengesang S. 261.

Er arbeitete einen weitläufigen, durch beredte Darstellung hin=
reißenden Plan seiner zu errichtenden Armenanstalt aus. Das Unter=
nehmen erregte Aufmerksamkeit; man pries es als eine herrliche,
menschenfreundliche Anstalt, und seine Ansichten und Grundsätze ge=
fielen trotz des Mißtrauens gegen seine praktische Tüchtigkeit so sehr,
daß er in Zürich, Bern und Basel Handbietung fand, und es ihm
nicht schwer ward, vermittelst einer zinslosen Gelderhebung auf ge=
wisse Jahre die zu dieser Anstalt nötigen Fonds zu sammeln. Dazu
waren ihm von allen Seiten seine Freunde behilflich, ganz besonders
Iselin in Basel, den er auf der helvetischen Gesellschaft kennen ge=
lernt hatte, und der in seinen Ephemeriden das Unternehmen lobend
zur öffentlichen Kunde brachte.

Im Jahre 1775 ward die Neuhöfer Armenanstalt eröffnet. Von
allen Seiten strömten ihr arme Kinder zu, nicht wenige raffte Pesta=
lozzi selbst aus ihrem Elende und von der Straße auf. Bald hatte
sie fünfzig Zöglinge, welche im Sommer mit Feldarbeit, im Winter
mit Spinnen und andern Handarbeiten beschäftigt, gleichzeitig unter=
richtet und besonders durch Redeübungen und Kopfrechnen in ihrem
Denkvermögen geübt und aufgehellt werden sollten.*) Pestalozzi

*) Die Idee solcher Armenanstalten, in denen sich landwirtschaftlich=industrielle
Arbeit und Bethätigung mit geistiger Bildung innig vereinigt, begleitete Pesta=
lozzi, aus dessen Seele sie neu und heilbringend hervorgetreten war, durchs ganze
Leben, und blieb selbst, als hinter den schweren dunkeln Gewölken der Ver=
gangenheit noch einige heitere Strahlen seiner sinkenden Lebenssonne ihn um=
leuchteten, seine letzte Liebe, seine letzte erquickende Thätigkeit. Was ihm in der
Ausführung nie vollkommen gelang, das setzte später Emanuel von Fellen=
berg ins Werk, dem nicht nur seine umsichtige für alles Praktische besonnene
und tüchtige Individualität, sondern insbesondere auch das große Glück dazu
förderlich wurde, in Wehrli (damaligem Seminardirektor in Thurgau) einen Mann
zu finden, wie sie zu gedeihlicher Verwirklichung solcher Armen=Bildungsanstalten
unumgänglich notwendig, aber auch höchst selten zu finden sind. Wer wie ich
— und das sind Tausende — die Wehrli=Anstalt in Hofwil gründlich kennen
lernte, wird auch die Überzeugung davon getragen haben, daß in so eingerichteten,
in solchem Geiste und mit solcher Liebe und Hingebung geleiteten Armen=
Erziehungsanstalten ein unberechenbarer Segen für Volk und Staat liegt.
Fellenberg hat in ökonomisch=finanzieller Beziehung aus seinen Rechnungsbüchern
nachgewiesen, daß ein armes Kind von seinem neunten Jahre aufgenommen und

hatte sich früh überzeugt, daß für jeden Menschen in seiner Natur ursprünglich genugsam Kräfte und Mittel liegen, sich ein befriedigendes Dasein zu verschaffen, und daß die Hindernisse, die sich der Entwicklung der menschlichen Anlagen und Kräfte in den äußeren Umständen entgegen stellen, ihrer Natur nach besiegbar seien.

Die gewöhnlichen Gnaden- und Erbarmungsmittel (wie er die damalige Einrichtung der Waisenhäuser, Armenversorgungen ꝛc. nannte), die man diesen Übeln entgegensetzt, nähren und reizen sie wesentlich nur, statt ihnen abzuhelfen. Sie erschienen ihm nur als Palliative, womit das Zeitalter durch tausendfarbige Almosenspendungen der öffentlichen und Privatwohlthätigkeit und aller bettlerbildenden und heuchlerpflanzenden Armenhilfe bis zum Ekel übersättigt war. Das einzige Mittel, wahrhaft zu helfen, ruhe darin, daß die jedem Menschen ursprünglich inwohnende Kraft, seine Bedürfnisse zu befriedigen und den Geschäften, Pflichten und Verhältnissen seines Daseins genugthuend zu entsprechen, entwickelt, belebt und selbständig gemacht werde. Mit dieser Überzeugung wuchs der Drang in ihm, für diese Zwecke entscheidend zu handeln, damit es einst auch dem Ärmsten im Lande möglich werde, seine körperlichen, geistigen und sittlichen Anlagen durch sich selbst und durch die Umstände, in denen er teils persönlich, teils häuslich, teils bürgerlich lebt, mit Sicherheit auszubilden, und durch diese Ausbildung ein festes Fundament für sein beruhigtes und befriedigtes Dasein zu legen. Den ersten Schritt dazu hatte er nun in der Aufnahme von dem Bettel und aller Verwahrlosung hingegebenen Kindern in sein Haus gethan, um sie ihrem erniedrigten Zustande zu entreißen, sie der Menschheit und ihrer höheren Bestimmung wiederzugeben und

bis zu dem vollendeten achtzehnten in der Anstalt verweilend durch die Arbeit in der letzten Hälfte seines Aufenthaltes dasjenige deckte, was in der ersten Hälfte sein Unterhalt mehr kostete, als seine tägliche Arbeit einbrachte. Sehr gründliche Untersuchungen hat darüber nicht nur aus allen Schriften über vorhandene, nach dem Muster der Fellenbergischen eingerichteten Armenhäuser, sondern durch vielfache und große Reisen und autoptische Beobachtungen der Herr Diac. M. Lange angestellt und in seiner belehrenden Schrift: „Ländliche Erziehungs-Anstalten für Armenkinder" niedergelegt.

so die Wahrheit seiner diesfälligen Ansichten sich selbst und seinen Umgebungen immer mehr heiter zu machen. Seine Anstalt sollte eine genugthuende Bildung zum Feldbau, zur häuslichen Wirtschaft und zur Industrie vereinigt umfassen, die jedoch nicht der letzte Zweck waren, welchen er allein in der Bildung zur Menschlichkeit erkannte, für welche er jene nur als untergeordnete Mittel ansah.

Vor allem wollte er seine armen Kinder zur Anstrengungs= und Überwindungskraft bei schonungs= und achtungsvoller Behandlung und immer kraftvoll geweckten Liebe heranbilden, ihr Herz wollte er ergreifen und von diesem Mittelpunkt aus alles menschlich Edle und Große zum Bewußtsein und zur Erstarkung bringen. „Ich hatte von Jugend auf", sagt er, „eine Art Verehrung für den häus= lichen Einfluß auch auf die Bildung armer Kinder, und ebenso eine entschiedene Vorliebe für den Feldbau, als das umfassendste und reinste äußere Fundament dieser Bildung, ein ganz anderes, als es der Zustand des in unserer Mitte immer mehr anwachsenden Fabrik= volkes ist, das einem, aller Humanität ermangelnden, merkantilischen Aventüren=Dasein preisgegeben, in der zufälligen Not selbst nicht mehr ein Besserungsmittel seines tiefen Verderbens finden kann.*) Von einer Liebe für mein Vaterland voll, die beinahe auch das Unmög= liche für dasselbe hoffte, und es zur ursprünglichen Würde und Kraft zurückzuleiten sich sehnte, suchte ich mit der größten Thätigkeit die Mittel auf, durch die es nicht nur möglich, sondern gewiß sein sollte, dem Unterliegen vorzubeugen und den Überrest des alten Hausglückes, der alten Hauskraft und der alten häuslichen Be=

---

*) Über den Einfluß, den der Fabrikreichtum auf das Schweizervolk damals hatte, äußert sich Pestalozzi an einer andern Stelle: „Der Vatersinn der Obern und der Kindersinn der Untern ging mehr und mehr durch unveredelten Reich= tum verloren, eine Folge des erhöhten Fabrikwohlstandes. Die blendende Höhe der Anmaßungen durch Geld vornehm gewordener Stände, das trügende Füll= horn ungesicherter Lebensgenießungen griff in seinen verderblichen Wirkungen bis zu den gemeinsten Leuten hinab im Schlendrian eines geist= und kraftlosen Routinelebens. Treue, Ehre, Sorgfalt, Mäßigung schwanden immer mehr; Prunksucht, Frechheit, Spielgeist, Menschenverachtung, Liederlichkeit, Unsittlichkeit, lebhaft gereizte Ehr= und Eitelkeitsgenüsse, grenzenlos genährte Selbstsucht — nahmen die Stätte der alten Einfalt, Biederkeit und Ehrenfestigkeit ein."

schränkung von neuem zu beleben. Dieser Gedanke bewegte mein Herz tief und machte mich oft mit Wehmut fühlen, welch hohe, unerläßliche Menschenpflicht es sei, für den Armen und Elenden durch alle in der Hand unseres Geschlechtes liegende Mittel kirchlich, bürgerlich und individuell dahin zu wirken, daß das Bewußtsein seiner inneren Würde durch das Gefühl seiner allgemein in ihm belebten Kräfte und Anlagen sich dahin entfalte, daß er das Segenswort der Religion: der Mensch sei nach Gottes Bild erschaffen, und müsse als Kind Gottes leben und sterben, nicht bloß auswendig herplappern lerne, sondern seine Wahrheit mit der Kraft Gottes, die in ihm selbst liegt, auf eine Weise in sich selbst erfahren, die ihn nicht bloß über den pflügenden Stier, sondern auch über den Mann in Purpur und Seide, der seiner höheren Bestimmung unwürdig lebt, wesentlich und notwendig emporhebt."

Mit solchen hohen, herrlichen Ansichten und mit einem Herzen, das auf gleicher Höhe der Liebe stand, wirkte Pestalozzi in seinem Neuhof vom Aufgang bis zum Untergang der Sonne unter seinen Bettelkindern. Er lebte stets auf jedem Punkte, auf dem er stand, bis zur höchsten Spannung seiner Nerven in dem Kreise, in welchem er wirkte, wußte immer, was er wollte, sorgte nicht für den morgenden Tag, aber fühlte mit jedem Augenblicke, was der gegenwärtige bedurfte. Unter den aufgenommenen Kindern waren sehr viele im höchsten Grade verwildert und, was noch schlimmer war, viele selbst im Bettelstande in einem sehr hohen Grade verzärtelt und durch frühere Unterstützung anspruchsvoll und anmaßlich, denen die kraftvolle Bildung, die er nach seinen Zwecken ihnen geben wollte und mußte, im voraus verhaßt war. Sie sahen den Zustand, in dem sie bei ihm waren, als eine Art Erniedrigung gegen denjenigen an, in dem sie sich vorher befanden. Der Neuhof war alle Sonntage von Müttern und Verwandten solcher Kinder voll, die den Zustand derselben ihren Erwartungen nicht genugthuend fanden. Alle Anmaßungen, die sich verzogenes Bettelgesindel in einem Hause erlaubt, das weder öffentlichen Schutz noch imponierendes Ansehen in seinem Äußern hatte, wurden von ihnen gebraucht, um ihre Kinder in ihrer Unzufriedenheit zu bestärken, ja manche sogar, sobald

sie gereinigt und neu gekleidet waren, bei Nacht und Nebel in ihren
Sonntagskleidern zu entführen. Doch diese Schwierigkeiten wären
nach und nach zu überwinden gewesen, hätte Pestalozzi seinen Ver=
such nicht in einer zu seinen Kräften ganz unverhältnismäßigen
Ausdehnung betreiben, und ihn gleich von Anfange in eine Unter=
nehmung verwandeln wollen, welche die größten Fabrikgeschäfts= und
Menschenkenntnisse voraussetzte, die ihm in eben dem Grade mangelten,
als er ihrer bei der seiner Anstalt gegebenen Richtung dringend
bedurfte. Er, der das Voreilen zu den höheren Stufen des Unter=
richtes vor der soliden Begründung der Anfangspunkte ihrer niederen
Stufen so allgemein mißbilligte und als das Grundübel der Zeit=
erziehung ansah, auch ihm in seinem Erziehungsplane selbst mit
allen Kräften entgegen wirkte, ließ durch die Vorspiegelung größerer
Einträglichkeit der höheren Zweige der Industrie sich dahin verleiten,
im Spinnen= und Webenlehren seiner Schulkinder eben die Fehler
zu begehen, die er im ganzen seiner Erziehungsansicht so sehr ver=
warf und für den Haussegen aller Stände als so gefährlich ansah.
Er wollte das feinste Gespinst erzwingen, bevor seine Kinder auch
nur im Groben einige Festigkeit und Sicherheit in ihrer Hand be=
saßen, und ließ Musselintücher verfertigen, ehe seine Weber im
Weben gemeiner Baumwollentücher Fertigkeit erlangt hatten.
Durch diese und ähnliche Mißgriffe, die aus Unkenntnis der
Sache und aus dem großen Mangel an besonnener, praktischer Kraft
hervorgingen, geschah es denn, daß Pestalozzi jedes Jahr tiefer in
Schulden geriet, und wenn diese auch von Zeit zu Zeit durch die
aufopfernde Freigebigkeit seiner edlen Gattin getilgt wurden, so
hatten doch auch diese Hilfsmittel ihre Grenzen, und in wenigen
Jahren war der größere Teil ihres Vermögens und ihrer Erb=
hoffnungen wie in Rauch aufgegangen. Der hohe Grad von Ver=
trauen, den er genossen, verwandelte sich, da sein Versuch so bald
scheiterte, in seinen Umgebungen in eine völlig blinde Wegwerfung
auch des letzten Schattens der Achtung seiner Bestrebungen und des
Glaubens an seine Tüchtigkeit zur Erzielung irgend eines Teiles
derselben. Denn so ist der Weltlauf, und es ging dem armen
Pestalozzi wie es jedem geht, der durch seine Fehler arm wird; er

verliert mit seinem Gelde auch den Glauben und das Zutrauen zu dem, was er wirklich ist und wirklich kann.

Sein Versuch scheiterte auf eine für ihn und seine Gattin herz= zerschneidende Weise im Jahr 1780 nach fünfjährigem Bestande. Sein Unglück war entschieden, er war jetzt arm. — Mit der tiefsten Wehmut erfüllte ihn das Schicksal seiner hochherzigen Frau, die im Übermaße ihres Edelmutes beinahe ihr ganzes Vermögen für ihn verpfändet hatte. Seine Lage war in der That entsetzlich. Oft fehlte es ihm in seinem allzuschönen Landhause an Brot, Holz und wenigen Kreuzern, um sich vor Hunger und Kälte zu schützen. Nur die völlige Nachsicht seiner Gläubiger und die wohlwollende Unter= stützung seiner Freunde retteten ihn vor Verzweiflung und gänzlichem Untergange.

So setzte er sein armes, gedrücktes Leben noch achtzehn Jahre in Neuhof fort, kämpfend mit Mangel und Elend. Er lebte ein Armer unter den Armen, er litt, was das Volk litt, und das Volk zeigte sich ihm, wie es war; er schaute die Not der niederen Stände und die Quellen seines Elendes, wie nicht leicht ein Glücklicher.*) Aber selbst seine Freunde wichen aus, ihm zu begegnen, weil es sie schmerzte, mit einem Menschen auch nur ein helfendes Wort zu verlieren, dem nach ihrer Ansicht nicht zu helfen war; ja sie hielten es für ausgemacht, er werde seine Tage noch im Spitale oder Narrenhause endigen. Er mußte den Hohn der Leute oft um sich hören: Der Armselige, er ist weniger als der schlechteste Taglöhner imstande, sich zu helfen und will doch andern helfen; er zeige sich für das Geringere tüchtig, so wollen wir ihm für das Größere glauben, er rette sein eigenes Elend, so wollen wir ihm zutrauen, er vermöge etwas gegen das Elend des Volkes.

„Aber mitten im Hohngelächter der mich wegwerfenden Menschen", so zeuget er von sich, „hörte der mächtige Strom meines Herzens nicht auf, einzig und einzig nach dem Ziele zu streben, die Quellen

---

*) „Ich kannte das Volk, wie es um mich her niemand kannte. Der Jubel seines Baumwollenverdienstes, sein steigender Reichtum, seine geweißten Häuser, seine prächtigen Ernten, selbst das Sokratisieren einiger seiner Lehrer und die Lesezirkel der Untervogtssöhne und Barbiere täuschten mich nicht.

des Elendes zu stopfen, in das ich das Volk um mich her versunken sah; und meine Kraft stärkte sich, mein Unglück lehrte mich immer mehr **Wahrheit** für meinen Zweck. Was niemand täuschte, das täuschte mich immer; was alle täuschte, das täuschte mich nicht mehr."

In jenen Tagen des Verlustes seiner irdischen Güter schrieb er in seiner Abhandlung über Politik und Industrie folgende die Größe seiner Seele bezeugenden Worte: „Der Christ erkennt in seinem Glauben und durch denselben, daß er das Opfer seines Eigentums wie dasjenige seiner selbst dem Wohl seiner Brüder schuldig ist, und achtet seinen Besitzstand in der hohen Anspruchlosigkeit seines sich Gott und dem Nächsten hingebenden und aufopfernden Glaubens nicht als ein eigentliches **Recht**, sondern als eine ihm göttlich **anvertraute Gabe**, die zu heiliger Verwaltung im Dienste der Liebe in seine Hand gelegt wurde." Seine treue Gattin, die Armut und Not in beharrlicher Liebe mit ihm teilte, verfiel in eine schwere, langwierige Krankheit, was seine Leiden unaussprechlich vermehrte. Nach ihrer Genesung erschien dem armen Dulder eine heitere Zeit. Auf Veranlassung seiner geliebten Schwester in Leipzig unternahm er im Sommer 1792 eine Reise nach Teutschland, auf welcher er die Bekanntschaft Klopstocks, Goethes, Wielands, Herders und Jacobis machte, auch manche Schullehrer-Seminare besuchte, über deren Bestand er sich aber nichts weniger als befriedigt äußerte. Merkwürdig ist es, daß er sich in dieser Zeit veranlaßt fühlte, in den ungläubigen, gewaltsam aufklärenden, aber mehr zerstörenden, als aufbauenden **Illuminatenorden** zu treten, ja zuletzt das Haupt desselben in der Schweiz zu werden. Aber er wurde bald enttäuscht und trat, als ihm die Schuppen von den Augen zu fallen begannen, sofort wieder aus demselben heraus.

Die achtzehnjährige Zeit seiner inneren und äußeren Kämpfe und Leiden brachte Pestalozzi keineswegs unthätig zu. Konnte er in derselben für die großen Zwecke seines Lebens nicht durch neue Erziehungsversuche thätig sein, so ward er es durch seine **schriftstellerischen Arbeiten**, in denen er die Gefühle seines Herzens und den reichen Gewinn seiner Erfahrungen und Anstrengungen

niederlegte.*) Hier trug seine schwere innere und äußere Arbeit
segensreiche Früchte. Schon im ersten Jahre nach Zertrümmerung
seines Armenhauses in Neuhof saß der Mann voll ungebrochenen
Geistes und starker, ob auch zurückgedrängter Liebe, geflohen von
der Welt, einsam auf seinen Trümmern und schrieb „Die Abend=
stunde eines Einsiedlers", eine Reihenfolge großer prägnanter
Anschauungen und Gedanken in innigster Verbindung und aus einem
Gusse, ein schönes geistvolles Ganze bildend, von dem K. von Raumer
mit Recht sagt: „Frucht der vergangenen sind sie zugleich Saat=
körner der folgenden Lebensjahre Pestalozzis, Programm und Schlüssel
seines pädagogischen Wirkens.**)

---

*) Pestalozzi schrieb in dem Zeitraume von 1780—1798 folgende Werke:
1780. Die Abendstunde eines Einsiedlers, welche kurze, aber inhaltschwere Schrift
zuerst in Iselins Ephemeriden erschien.
1781. Das Volksbuch Lienhard und Gertrud.
1782. Christoph und Elsie.
1782 und folgende Jahre: das Schweizerblatt.
1783. Über Gesetzgebung und Kindermord.
1795. Figuren zu meinem ABC-Buche.
1798. Nachforschungen über den Gang der Natur in der Entwicklung des
Menschengeschlechtes.

**) Ob es gleich ungeraten und schwer ist, aus ihrem gepanzerten Zu-
sammenhange einzelne Glieder herauszuheben, will ich doch, um Art und Gehalt
derselben zu veranschaulichen, einige hier mitteilen.

„Die ganze Menschheit ist in ihrem Wesen sich gleich, sie hat zu ihrer Befriedigung nur eine Bahn. Die natürlichen Gaben aller sollen zu reiner Menschenweisheit ausgebildet werden. Diese allgemeine Menschenbildung muß jeder
Standesbildung zur Grundlage dienen.

Durch Übung wachsen die Gaben. Die Geisteskraft der Kinder darf nicht
in ferne Weiten gedrängt werden, ehe sie durch nahe Übung Stärke erlangt hat.

Der Kreis des Wissens fängt nahe um einen Menschen her an, und dehnt
sich von da konzentrisch aus.

Den Wortlehren, der Rederei müssen Realkenntnisse vorangehen.

Alle Menschenweisheit beruht auf der Kraft eines guten, der Wahrheit
folgsamen Herzens.

Die Bildung zur Familientugend muß der Bildung zur Bürgertugend vorausgehen. Aber näher als Vater und Mutter ist Gott, er ist die nächste
Beziehung der Menschheit. Glaube an Gott ist vertrauender Kindersinn

Das Buch aber, das seinen Namen fast durch ganz Europa trug und in weiten Kreisen wirkte, ist: „Lienhard und Gertrud,“ ein Buch für das Volk. Seine Entstehung ist merkwürdig und gehört recht fühlbar zu den Führungen Gottes, durch welche er da un= erwartet Quellen des Trostes und der Hilfe öffnet, wo die Not am höchsten ist. Einer der treu gebliebenen Freunde Pestalozzis war der Buchhändler Füßli in Zürich. Dieser unterhielt sich eines Tages mit seinem Bruder, dem berühmten Maler, über die traurige Lage Pestalozzis und beklagte es, kein Mittel zu kennen, ihm, wie er nun einmal sei und sich benehme, aus seiner Lage zu helfen. Während des Gesprächs nimmt der Maler eine vor ihm liegende Broschüre,

der Menschheit gegen den Vatersinn der Gottheit. Dieser Glaube ist nicht Folge und Resultat gebildeter Weisheit, sondern reiner Sinn der Einfalt. Kindersinn und Gehorsam ist nicht Folge einer vollendeten Erziehung, sondern frühe und erste Grundlage der Menschenbildung. Aus dem Glauben an Gott erwächst die Hoffnung des ewigen Lebens. Kinder Gottes sind unsterblich.

Der Glaube an Gott heiligt und befestigt das Band zwischen Eltern und Kindern, zwischen Unterthanen und Fürsten. Unglaube löst alle Bande, ver nichtet allen Segen.

Sünde ist Quelle und Folge des Unglaubens, sie ist ein Handeln gegen das innere Zeugnis von Recht und Unrecht, Verlust des Kindersinnes gegen Gott. Freiheit ruht auf Gerechtigkeit, Gerechtigkeit auf Liebe, also auch Frei heit auf Liebe.

Die Quelle der Gerechtigkeit und alles Weltsegens, die Quelle der Liebe und des Brudersinnes der Menschheit beruht auf dem großen Gedanken, daß wir Kinder Gottes sind.

Gottesvergessenheit, Verkennen der Kindesverhältnisse der Menschheit gegen die Gottheit ist Gift, das alle Segenskraft der Sitten, der Erleuchtung und der Weisheit auflöset. Daher ist dieser verlorene Kindersinn der Menschheit gegen Gott das größte Unglück der Welt, indem es alle Vatererziehung Gottes un möglich macht, und die Wiederherstellung dieses verlorenen Kindersinnes ist Er lösung der verlorenen Gotteskinder auf Erden.

Der Mann Gottes, der mit Leiden und Sterben der Menschheit das all gemein verlorene Gefühl des Kindersinnes gegen Gott wiederherstellt, ist der Er löser der Welt, er ist der geopferte Priester des Herrn, er ist Mittler zwischen Gott und der gottesvergessenen Menschheit. Seine Lehre ist reine Gerechtigkeit, bildende Volksweisheit, sie ist Offenbarung Gottes des Vaters an das verlorene Geschlecht seiner Kinder.“

eine „Schnurre, über die Umgestaltung der krummen, staubigen und ungekämmten Stadtwächter unter den Thoren Zürichs in gerade, gekämmte und geputzte,"*) in die Hand, liest sie mit steigendem Interesse, fragt seinen Bruder nach ihrem Verfasser, und als dieser ihm Pestalozzi nennt, sagt er zu ihm: „Dieser Mensch kann sich helfen, wie er will, er hat Talente, muntere ihn auf, sich durch Schriftstellerei aus seiner bedrängten Lage zu reißen." Füßli, die Überzeugung seines Bruders teilend, läßt sogleich Pestalozzi zu sich kommen, teilt ihm freudig seine Hoffnungen mit und fordert ihn auf, die Hand ohne Verzug ans Werk zu legen. Pestalozzi kehrt nach Hause, als wäre ihm ein Traum erzählt worden. Auf seinem Tische liegen Marmontels Contes moraux, er nimmt sie, liest in ihnen, fängt an nachzubilden; fünf kleine Erzählungen, die er entworfen, genügen ihm nicht; in der sechsten entfalten sich vor seiner Seele die Bilder Lienhards und Gertruds, und ohne bestimmt entworfenen Plan arbeitet er fort, aus dem reichen Schatze seiner Anschauungen und Erfahrungen reiht sich ein Lebensbild an das andere, in wenigen Wochen steht das Buch da; er zeigt den Versuch einem Freunde Lavaters, dieser findet ihn zwar interessant, meint aber doch, er müsse zur Umarbeitung einem Manne von schriftstellerischer Übung gegeben werden. Pestalozzi, anmaßungslos wie ein Kind, läßt sich das gefallen, aber wie erstaunt er, als ihm die ersten Bogen der Umarbeitung eingehändigt werden! Das reine Naturgemälde des wahren Bauernlebens, wie es von ihm in seiner nackten, aber treuen Gestalt einfach und kunstlos dargestellt war, sah er in frömmelnde Kunstformen umgewandelt, worin die Bauern am Wirtstische eine steife Schulmeistersprache redeten, so daß von der Eigentümlichkeit seines Buches auch kein Schatten mehr übrig war. Pestalozzi dankt alles Ernstes für die weitere Umarbeitung seines Buches, reist zu seinem Iselin nach Basel, um sich mit ihm zu

---

*) Man war eben im Begriff, die krummen Wächter vor dem Rathause und unter den Thoren Zürichs in eine den damaligen Modeansichten des Militärprunks entsprechende Form umzugestalten. Diese Maßregel mißfiel sehr vielen und auch Pestalozzi, der in einem launigen Augenblicke einen diese Neuerung ins Lächerliche ziehenden humoristischen Aufsatz darüber niederschrieb.

beraten, und hat die Freude zu sehen, daß es auf diesen einen außer=
ordentlichen Eindruck macht. „Es hat in seiner Art noch keines
seinesgleichen; die Ansichten, die darin herrschen, sind dringendes
Bedürfnis unserer Zeit!" mit diesen Worten übernimmt Iselin selbst
die Sorge für Redaktion und Herausgabe desselben, sowie für
ein höchst anständiges Honorar. Das Buch erschien und erregte
nicht nur in der Schweiz, sondern in ganz Deutschland ein all=
gemeines und ausgezeichnetes Interesse;*) alle Journale wurden

---

*) Ich hebe aus dem ersten der vier Bände dieses Werkes eine Stelle aus,
um einigermaßen die Art, wie Pestalozzi seinen Stoff behandelt, zu veranschau=
lichen :

Die sterbende Großmutter.

Rudi (ein Landmann, den der böse Vogt im Dorfe durch einen falschen
Eid um sein Vermögen gebracht und ganz arm gemacht hatte) saß eben bei
seinen vier Kindern. Vor drei Monaten war ihm seine Frau gestorben, und
jetzt lag seine Mutter sterbend auf einem Strohsacke und sagte zu Rudi: Suche
mir doch diesen Nachmittag etwas Laub in meine Decke, ich friere. O Mutter,
sobald das Feuer im Ofen erloschen sein wird, will ich gehen, sagte Rudi.

Die Mutter. Hast Du auch noch Holz, Rudi? Ich denke nein: Du
kannst nicht in den Wald von mir und den Kindern weg. O Rudi, ach ich
bin Dir zur Last.

Rudi. O Mutter, Mutter, sage doch das nicht. Du bist mir nicht zur Last.
Mein Gott, mein Gott, könnte ich Dir nur auch, was Du nötig hast, geben.
Du dürstest, Du hungerst, und klagst nicht: das geht mir aus Herz, Mutter.

Die Mutter. Gräme Dich nicht, Rudi. Meine Schmerzen sind Gottlob
nicht groß, und Gott wird bald helfen, und mein Segen wird Dir lohnen, was
Du mir thust.

Rudi. O Mutter, noch nie that mir meine Armut so weh, als jetzt, da
ich Dir nichts geben und nichts thun kann. Ach Gott, so krank und elend,
leidest Du noch Mangel.

Die Mutter. Wenn man seinem Ende nahe ist, braucht man wenig
mehr auf Erden, und was man braucht, giebt der Vater im Himmel. Ich
danke ihm, Rudi, denn er stärkt mich in meiner nahen Stunde.

Rudi (in Thränen). Meinest Du denn, Mutter, Du erholst Dich nicht
wieder?

Die Mutter. Nein, Rudi, gewiß nicht! Aber tröste Dich, ich gehe ins
bessere Leben.

Rudi. O mein Gott!

seine Lobredner, fast alle Kalender wurden voll davon, und die öko=
nomische Gesellschaft in Bern erkannte sogleich nach seinem Erscheinen

Die Mutter. Tröste Dich, Rudi, Du warst die Freude meiner Jugend und
bist der Trost meines Alters, und nun danke ich Gott. Deine Hände werden jetzt
bald meine Augen schließen; dann werde ich zu Gott kommen, und ich will für
Dich beten, und es wird Dir wohl gehen ewiglich. Denke an mich, Rudi: alles
Leiden und aller Jammer dieses Lebens, wenn sie überstanden sind,
machen einem nur wohl. Mich tröstet und mir ist heilig alles, was ich über=
standen habe, so gut als alle Lust und Freude des Lebens. Ich danke Gott für
die frohe Erquickung der Tage meiner Kindheit; aber wenn die Frucht des Lebens
im Herbste reifet, und der Baum sich zum Schlafe des Winters entblättert, dann
ist das Leiden des Lebens ihm heilig, und die Freuden des Lebens sind ihm nur ein
Traum. Denke an mich, Rudi, es wird Dir wohl gehen in allen Deinen Leiden.
Rudi. O Mutter, liebe Mutter.
Die Mutter. Fasse Mut, Rudi, zu hoffen aufs ewige Leben, wo wir
uns wieder sehen werden. Der Tod ist ein Augenblick, der vorüber geht, ich
fürchte ihn nicht. Ich weiß, daß mein Erlöser lebt, und daß er, mein Erretter,
wird über meinem Staube stehn.
Rudi. O gieb mir Deinen Segen, Mutter; will's Gott, komme ich Dir
auch bald nach ins bessere Leben.
Die Mutter. Erhöre mich, Vater im Himmel, und gieb Deinen Segen
meinem Kinde, dem einzigen, das Du mir gegeben hast und das mir so innig
lieb ist. Rudi, mein Gott und mein Erlöser sei mit Dir und thue Dir um
meines Segens willen Gutes die Fülle, daß Dein Herz sich wieder erfreue und
seinen Namen preise! Höre mich jetzt, Rudi, und thue, was ich Dir sage. Lehre
Deine Kinder Ordnung und Fleiß, daß sie in der Arbeit nicht verlegen, un=
ordentlich und liederlich werden. Lehre sie auf Gott im Himmel vertrauen und
bauen und Geschwister aneinander bleiben in Freude und Leid, so wird es ihnen
auch in ihrer Armut wohl gehen.
Da sie so sprach, klopfte der Vogt ans Fenster. Die Sterbende erkannte
ihn an seinem Husten und sagte: O Gott, Rudi, es ist der Vogt. Gewiß
sind das Brot und der Anken, wovon Du mir Suppen kochtest, nicht bezahlt.
Rudi. Um Gotteswillen, bekümmere Dich nicht, Mutter, es ist nichts daran
gelegen. Ich will ihm abarbeiten und in der Ernte schneiden, was er will.
Sie hört jetzt den Vogt lauter reden, erschrickt und sagt: Ach Gott, er ist
zornig. O Du armer Rudi, Du kommst um meinetwillen in seine Hände.
Rudi geht zum Vogt hinaus. „Herr Jesus, Vogt, meine Mutter liegt
im Sterben, ich muß wieder zu ihr."
Der Vogt. Ja, es thut not, das Unglück wird gar groß sein, wenn die
Hexe einmal tot sein wird. U. s. w.

dem Verfasser mit einem Dankschreiben ihre große goldene Medaille
zu, die der arme Pestalozzi, so sehr sie ihn freute, doch leider nicht
behalten konnte, sondern aus Armut nach wenigen Wochen um den
Goldwert an ein Kabinett verkaufen mußte.

In diesem trefflichsten Volksbuche, das noch jetzt die größte Ver=
breitung unter den Landleuten verdient, redet Pestalozzi sein erstes
Wort an das Herz der Armen und Verlassenen im Volke und an
das Herz derer, die an Gottes Statt für den Armen und Verlassenen
im Lande stehen, er redet sein erstes Wort an die Mütter des
Landes und an das Herz, das ihnen Gott gab, den Ihrigen zu
sein, was kein Mensch auf Erden an ihrer Statt sein kann. Durch
dieses Volksbuch wollte er eine von der wahren Lage des Volkes
und von seinen natürlichen Verhältnissen ausgehende bessere Volks=
bildung wirken. Die Gertrud, ihre Haushaltung, die Art, wie sie
ihre Kinder unterrichtet und erzieht, ihre fromme, verständige, that=
kräftige Liebe mitten im Verderben ihrer Bauerngemeinde ist das
Ideal Pestalozzis.

Bald nach dem Erscheinen dieses echten Volksbuches, das in
wenigen Jahren in viele fremde Sprachen übersetzt wurde, geschahen
mannigfache Anträge an Pestalozzi. Karl von Bonstetten wollte ihn
auf seine Güter am Genfersee ziehen, der österreichische Minister,
Graf von Zinzendorf, wünschte ihn zu sich, der Großherzog Leopold
von Toskana trat in Briefwechsel mit ihm und war im Begriff ihn
anzustellen, als er durch den Tod Josephs II. auf den deutschen
Kaiserthron gerufen wurde. Und so setzte Pestalozzi sein armes,
gedrücktes Leben auf dem Neuhof fort.

Er gab ein Jahr später, 1782, ein zweites Volksbuch heraus
unter dem Titel: „Christoph und Else,“ das er in sehr genauen
Beziehungen zu Lienhard und Gertrud schrieb und welches der Ver=
such eines Lehrbuches für die Wohnstube, dieser allgemeinen Real=
schule der Menschheit, sein sollte. „Ich wollte in ihm“, so spricht
er sich über Veranlassung und Zweck desselben aus, „den Zusammen=
hang der höheren, aber auch dadurch hochbemäntelten und hoch=
verschleierten Ursachen des Volksverderbens mit den nackten, un=
bemäntelten und unverschleierten Ursachen desselben, wie diese sich

auf den Dörfern in den schlechten Vorgesetzten offenbaren, den Ge=
bildeten meiner Zeit in die Augen fallen machen." Allein er traf
in demselben den Volkston nicht, wie in Lienhard und Gertrud,
und es kam, wie sehr auch einzelnes in ihm vortrefflich und meister=
haft war, doch wenig in die Hände des Volkes. Auch war ihm der
Geist entgegen, der in dem Zeitpunkte, in welchem es geschrieben
ward, in Rücksicht auf Pädagogik und den ganzen Umfang ihrer
Mittel herrschte. Man steigerte die Mittel des unnützen Wissens
und vermehrte die Lehr= und Schulbücher ins Unendliche.

Noch in demselben Jahre gründete er „Ein Schweizerblatt",
von welchem wöchentlich ein Bogen erschien, und das er einige Jahre
fortsetzte. Es war vorzugsweise ein Nekrolog, dem Andenken dahin=
geschiedener edler und bedeutsamer Schweizer gewidmet. So spricht
er in dem einen dieser Schweizerblätter über seinen im Jahre 1782
gestorbenen, hilfreichen, trefflichen Iselin: „In meiner Tiefe wäre
ich erlegen, hätte mich nicht Iselin aufgerichtet, er machte mich fühlen,
daß ich doch etwas Bleibendes gethan in meinem so bald zerstörten
Armenhause."

In der Abhandlung über Gesetzgebung und Kindermord, welche
1783 erschien, spricht er in tiefen lebendigen Gefühlen über das
Unglück verführter unschuldiger Mädchen, forscht nach den Quellen des
Übels und nach den Hilfsmitteln, besonders zur Vorbeugung gegen
Kindermord; jene sieht er im Mittelpunkt des Menschenverderbens, in
der Verhärtung des Herzens, diese in der Weisheit menschlicher Gesetz=
gebung, die das Hausglück des Volkes durch Belebung und Sicher=
stellung der Segnungen des Familienlebens, durch Ordnung, Scham=
haftigkeit und Ehrenhaftigkeit zu begründen sucht. Die Abhandlung
schließt mit den Worten: „Der Geist echter Gesetzgebung baut seine
Macht auf eine Gerechtigkeit, die auf Gottesfurcht sich gründet, auf
eine Menschlichkeit, die auf Demut ruht, auf eine Schonung, die aus
Liebe quillt, auf eine Weisheit, die dem Bösen vorbeugt, ehe es da
ist, und auf einen Edelmut, der sich dem Lande und Volke aufopfert,
wann und wo es nötig ist. Mein Gesetzgeber sei ein Christ, er
opfere sich seinem Volke und wisse, daß ohne dieses Opfer des Herr=
schers keine der Menschheit befriedigende Gesetzgebung möglich ist."

In der zweiten Hälfte der achtziger Jahre, in den Tagen der annähernden französischen Revolution und bei den ersten Spuren der Gefahren, die ihren Einfluß auf die Schweiz zu haben drohten, schrieb Pestalozzi die „Figuren zu meinem ABC=Buch oder zu den Anfangsgründen meines Denkens", welche aber erst 1795 heraus= kamen, und 1803 unter dem Titel „Fabeln" neu aufgelegt wurden. Er kleidet in dieselben die tierischen Ansprüche der Menschennatur, die selbstsüchtig belebten Ansprüche der Volksgewalt in Erzählungen aus dem Tierreiche, welche, ob auch manchmal einseitig, im allgemeinen doch schlagend, naiv und genial sind. Durch alle geht der Ausdruck seiner Volks=, Vaterlands= und Freiheitsliebe, sie sind Zeugnisse des tiefen Gefühls von der in jener Zeit sichtbar gewordenen Ab= schwächung der wesentlichen Fundamente, auf denen der alte Segens= zustand des Schweizerlandes ruhte, Ahnungen von seinen Gefahren. „Früher oder später, aber immer gewiß, wird sich die Natur an allem Thun der Menschen rächen, das wider sie selbst ist."*)

*) Aus diesen Fabeln hebe ich eine heraus und teile sie hier mit, um an ihr die Behandlungsweise derselben zu zeigen:

Die undankbare Henne.

Fresse ich dich, so bin ich morgen wieder nüchtern, lasse ich dich leben, so legst du mir täglich ein Ei — also sprach Reinecke, der schlaueste der Füchse, da er eine Henne gefangen. Er raufte ihr nur das Gefieder aus den Flügeln und zeichnete sie ein wenig mit einem Biß am Beine; dann ließ er sie leben und füt= terte sie reichlich. Aber es war der Henne nicht wohl beim Futter des Fuchses: sie legte wenig Eier, brütete keine Jungen und hing täglich den Kopf; ihre feder= losen Flügel machten sie traurig und der Biß am Beine machte sie hinken. Ein Esel, der in der Freiheit herumging und die Henne also im Fuchshofe den Kopf hängen sah, sagte zu ihr: Du bist doch ein undankbares Geschöpf, daß du so wenig Zutrauen zeigest zu deinem Wohlthäter und väterlichen Erhalter! Es ist auf Erden nicht möglich, daß ein Fuchs edelmütiger an einer gefangenen Henne handle, als Reinecke an dir thut. — Die Henne erwiderte: Ich glaube wohl, jeder Esel, den ein Fuchs in seiner Hofstatt wie dieser mich fütterte, würde gar wohl damit zufrieden sein, ich aber bin kein Esel; ich möchte jährlich gern eine Schar Junge auferziehen und lasse meine Eier mir nicht gern alle Morgen im Neste auffressen.

Die Henne hatte wahrlich recht, und ein Esel ist ganz sicher kein guter Richter über die Dankbarkeit, die eine Henne dem Fuchs, der sie in der Gefangen= schaft füttert, schuldig ist.

Die im Jahre 1798 erschienene Schrift Pestalozzis: „Nach=
forschungen über den Gang der Natur in der Ent=
wicklung des Menschengeschlechts" gehört unstreitig zu
den am wenigsten gelungenen, was er auch selbst fühlt, indem er
in Beziehung auf dieselbe sagt*): „Ich schrieb drei Jahre lang mit
unglaublicher Mühseligkeit an diesem Werke, wesentlich in der Ab=
sicht, über den Gang meiner Lieblingsideen mit mir selbst einig zu
werden, und meine Naturgefühle mit meinen Vorstellungen vom
bürgerlichen Rechte und von der Sittlichkeit in Harmonie zu bringen.
Aber auch dieses Werk ist mir selbst wieder ein Zeugnis meiner
inneren Unbehilflichkeit, ein bloßes Spiel meines Forschungsvermögens,
einseitig ohne verhältnismäßige Kraft gegen mich selbst, und leer=
gelassen vom genugsamen Streben nach der praktischen Kraft, die ich
zu meinem Zwecke so notwendig hatte."

Der mühsame Gang, den diese Forschungen nahmen,**) windet
sich durch den Naturzustand des Menschen, in dem er als reines
Kind des Instinktes in einer im höchsten Grade tierischen Unver=
dorbenheit lebt, durch den gesellschaftlichen Zustand, dessen Grund=
stimmung als wesentlich teilnahmlos und selbstsüchtig bezeichnet wird,
zu dem sittlichen Zustande langsam empor, in welchen der Mensch
nach vorangegangener tierischer Wahrheit und gesellschaftlichem Rechte
zu sittlicher Wahrheit und sittlichem Rechte gelangt, indem er sich
als Werk der Natur und des Geschlechtes oder als Tier und Bürger
seiner höheren Natur, als Menschen, unterordnet.***) Wer wollte

---

*) In einem Briefe an Geßner, wie Gertrud ihre Kinder lehrt.

**) Über die Art seines schriftstellerischen Arbeitens sagt Pestalozzi: „Um
meine Arbeit zu vereinfachen, schreibe ich ganze Bogen und werfe sie weg für
wenige Zeilen, die ich benutze. Es ist unglaublich, wie bei mir jede einfach
leuchtende Stelle ein Resultat mühsamer und schwerfälliger Arbeit ist."

***) Und doch ist auch diese Schrift voll einzelner trefflicher Gedanken und
ausgezeichneter Stellen. So sagt er z. B.: „Es ist die Neigung des Königs
zur Tyrannei und die Neigung des Bauern zur Anarchie in ihrem Wesen sich
gleich, es spricht der Aristokrat und der Sansculotte aus einem Munde, die
Heillosigkeiten des adeligen Landlebens sind bloße Verfeinerungen der Heillosig=
keiten unter dem Strohdache und die Trakasserien des Amtmanns sind Ge=
schwister der Trakasserien des Geistlichen — Tausende gehen als Werk der Natur

hier die großen Einflüsse Rousseaus und seines Naturmenschen ver=
kennen, wer nicht die Gemütsverdüsterung des armen Pestalozzi
beklagen, wenn er z. B. S. 61 liest: „Der Glaube ist eine auf
reiner Neigung zu innerer Vervollkommnung ruhende Vorliebe für
die Wahrheit von Geschichten, Meinungen und Lebensregeln, die
sich meiner Vorstellungskraft, als von höheren Wesen herrührend,
dargethan haben." Überhaupt tritt es in keiner seiner Schriften
in so hohem Grade, als in dieser hervor, wie fern er der echt=
christlichen Welt= und Lebensansicht gestanden, wie wenig er das
eigentlich christliche Princip und die biblische Ansicht über
den Gang der Entwicklung des Menschengeschlechtes in seine Er=
kenntnis aufgenommen, wie wenig er Christus erkannt hat. Und
doch war sein Anteil an Christus groß durch den Geist der Demut
und Liebe, der ihn, wie wenige, in allem seinen Thun durchdrang
und leitete.

Wie umfassend und nachdrucksvoll in allen diesen Schriften Pesta=
lozzi nun auch die ihn bewegenden Grundgedanken über Abhilfe der
Not unter den Armen im Volke durch eine naturgemäße Erziehung
ausgesprochen hatte, er selbst fand keine Teilnahme, kein Mittel da=
für. In tiefen Nöten lebte er einsam, vergessen, gedrückt sein kummer=
volles Leben fort. Die Mißkennung, ja selbst der Hohn der Men=
schen, „die nur in Pausbackengefühlen leben, Gewalt suchen und
nach wohlbesetzten Tischen haschen," mißstimmte immer tiefer, ja
verhärtete sein Herz. Er fühlte, es braucht unendlich mehr, etwas
Gutes in der Welt durchzusetzen, als dasselbe in einem Buche wie
einen Traum den Menschen in ihre Seele zu legen, daß sie darob
staunen und das Bild schön finden.

„Es wallte in meinem Busen die Wut über den Menschen, der
es aussprechen konnte: Die Veredlung des Volkes ist nur ein Traum.
Nein, sie ist kein Traum! Ich will ihre Kunst in die Hand der
Mutter werfen, in die Hand der Unschuld, und der Bösewicht

---

im Verderben des Sinnengenusses dahin und wollen nichts mehr. Zehntausende
erliegen unter der Last ihrer Nadel, ihres Hammers, ihrer Elle und ihrer Krone
und — wollen nichts mehr. Ich kenne einen Menschen, der mehr wollte ꝛc."

wird schweigen. Lange erwartete ich Teilnahme von meinen Zeit=
genossen. Ich irrte mich in meinem Zeitalter und an meinen Um=
gebungen; ich irrte mich an mir selber, ich verdiente den Grad des
Vertrauens nicht, den ich ansprach, fand aber auch denjenigen nicht,
den ich wirklich verdiente. Unvermögend, zu erzielen, was ich suchte,
erschöpfte ich mich nur selbst, stürzte mich in einen Zustand von
Bedrängnissen, deren Leiden unbeschreiblich waren, und deren Folgen
ein halbes Menschenalter dauerten."

Der Besitz seines Landgutes kostete ihm jährlich große Summen
und trug ihm so viel als nichts ein. Seine Not stieg bis aufs
höchste. Da kam die Revolution. Ihre Wirkungen ergriffen sehr
bald auch sein Vaterland. Die Revolutionsheere drangen in das=
selbe ein, die alten Formen wurden zerbrochen, die ganze Schweiz
wurde in eine unteilbare Republik zusammengeschmolzen, an deren
Spitze nach dem Muster der damaligen französischen Direktorial=
Regierung fünf Direktoren standen. Unter diesen war Le Grand,
ein Freund Pestalozzis, und ihm in enthusiastischer Thätigkeit und
Hoffnung ähnlich. Durch seinen und der edlen Minister Stapfers
und Renggers Einfluß wurden Pestalozzi in der neuen Republik
einträgliche Stellen angeboten. Aber dieser mißtraute seinem Mangel
an Geschäftskenntnis und praktischer Tüchtigkeit. Er wiederholte
ihnen sein schon früher ausgesprochenes Wort: „Ich will Schul=
meister werden!" Und schon war er zum Vorsteher eines Se=
minars in Aargau erwählt, als plötzlich der Drang der Verhältnisse
dazwischen trat, und ihm einen andern Wirkungskreis eröffnete. Die
unselige Epoche der allgemeinen Erschütterungen, welche die Revo=
lutionsstürme seinem Vaterlande brachten, ward die Geburtsstunde
zur Verwirklichung des großen Traumes seines Lebens.

Sein pädagogisches Heldentum in Stanz und sein demütiges Schulmeistertum in Burgdorf.

Die alten Urkantone der Schweiz wollten die neue helvetische
Regierung, dieses Miniaturbild der französischen, nicht anerkennen,
sondern hielten fest an der fünfhundertjährigen Freiheit und Ver=

faſſung ihrer Heimat. Zunächſt erhob ſich Unterwalden zu offenem Aufſtand. Da drangen ſofort franzöſiſche Heeresabteilungen in die Thäler dieſer armen, ſchutzloſen Alpenhirten ein, ſengten, raubten, mordeten und verbrannten am 9. September 1798 Stanz, den Hauptort Unterwaldens. Ein ſchreckliches Elend war die Folge der Verwüſtung des ganzen Kantons. Eine Menge vater= und mutter= loſer Kinder irrten verlaſſen und ohne Obdach umher. Die Nach= richt von dem Jammer und der Zerſtörung, den die Franzoſen in dieſen ſchönen, ſonſt ſo glücklichen Fluren angerichtet hatten, drang tief in das Herz der Schweizer. Aus allen Gegenden wurden Lebensmittel, Kleider und Geld den Unglücklichen zugeſendet und die Direktoren der Regierung ergriffen die wirkſamſten Maßregeln, die tiefgeſchlagenen Wunden nach Möglichkeit zu heilen. Le Grand, Stapfer und Rengger, welche die große Gabe der Regierenden, den klaren und ſichern Blick in die tüchtigen, für jegliche Stellung ge= eignetſten Männer in hohem Grade beſaßen, griffen auch hier aufs glücklichſte und ſendeten zwei Männer in die Ruinen von Stanz, von denen ſie dem einen die Milderung der äußeren Not, Wider= herſtellung der Ordnung und Anbahnung neuen Erwerbes und neu geordneten Lebens, dem andern die Sorge für Sammlung, Pflege und väterliche Unterweiſung der herumirrenden Waiſen ans Herz legten. Es ſind dies die zwei großen Heinriche der Schweiz. Heinrich Zſchokke und Heinrich Peſtalozzi. Jener ward als Regierungskommiſſär in die erwähnten Urkantone, dieſer als Schulmeiſter in das unglückliche Stanz geſendet.

Peſtalozzi ging. „Es war eigentlich“, ſagt er, „ein ungeheurer Griff, ein Sehender hätte ihn nicht gewagt, ich war zum Glück blind. Ich wußte beſtimmt nicht, was ich that, aber ich wußte, was ich wollte, und das war Tod oder Durchſetzung meiner Zwecke. Die Mittel zu denſelben waren unbedingt nur Reſultate der Not, mit der ich mich durch die grenzenloſe Verwirrung meiner Lage durcharbeiten mußte. Aber mein Eifer, endlich einmal an den großen Traum meines Lebens Hand anlegen zu können, hätte mich dahin gebracht, in den höchſten Alpen, ich möchte ſagen, ohne Feuer und Waſſer anzufangen.“

Die Regierung hatte ihm für die Zwecke des zu errichtenden Waisenhauses die Gebäude des Klosters der Ursulinerinnen angewiesen. Aber als er, einzig von einer Haushälterin begleitet in dasselbe einzog, traten ihm zunächst die größten räumlichen Hemmnisse entgegen. Das Hauptgebäude der Klosterfrauen war weder ausgebaut, noch zur Aufnahme einer beträchtlichen Anzahl von Kindern in Stand gesetzt. Die armen Waisen drängten sich von allen Seiten herzu, ehe noch Zimmer, Küche, Betten in Ordnung waren. In einem kleinen Gemache, durch dessen zertrümmerte Fenster das rauhe Herbstwetter schlug, in ungesundem Dunstkreise und unter Mauerstaub, der alle Gänge füllte, mußte unser Held sein Werk beginnen. Doch nur gering war dieser äußere ordnungslose, wilde Zustand gegen die grenzenlose Verwilderung der Menschennatur, welcher er wirksame, dauernde Heilmittel bringen sollte. Die Kinder um ihn her, die sich täglich mehrten, mit Ungeziefer beladen, mit eingewurzelter Krätze, daß sie kaum gehen konnten, mit aufgebrochenen Köpfen, wie ausgezehrte Gerippe, gelb, grinsend, mit Augen voll Angst, mit Stirnen voll Runzeln des Mißtrauens und der Sorge, einige voll kühner Frechheit, des Bettelns, des Heuchelns und aller Falschheit gewohnt, andere vom Elende niedergedrückt, still duldend, aber mißtrauisch, lieblos, furchtsam, zwischenein mehrere Zärtlinge, die vorher in gemächlichem Zustande lebend, voll Anmaßung und Ansprüche die übrigen Bettelkinder verachteten; bei allen träge Unthätigkeit, Mangel an Übung der Geistesanlagen und körperlicher Fertigkeiten, und dabei Unwissenheit dergestalt, daß kaum eins das A B C konnte.

So schildert Pestalozzi seine Kinder von Stanz; und unter solchen stand er mit einem Herzen voll Liebe wie ein Gottbegeisterter, zu heilen alle Gebrechen voll Sanftmut und Selbstverleugnung. Er war den Kindern alles in allem, ihr Herr und ihr Bedienter, ihr Vater und ihre Mutter, ihr Aufseher und ihr Krankenwärter, ihr Lehrer und ihr Unterrichtsbuch, — denn er hatte sonst keines. Alle Stunden seines Tages und alle seine Kräfte gingen in ihrem Dienste auf, auch die niedrigsten Dienste achtete seine Liebe hoch, und selbst die ekelhaftesten wies sein Herz nicht von sich.

Der gänzliche Mangel an Schulbildung beunruhigte ihn am wenigsten. Er vertraute den Kräften der menschlichen Natur, die Gott auch in die ärmsten und vernachlässigtsten Kinder gelegt hat. Schon frühere Erfahrungen hatten ihn belehrt, daß diese Natur mitten im Schlamm der Roheit, der Verwilderung und Zerrüttung die herrlichsten Anlagen und Fähigkeiten entfalte, und so hoffte er auch bei seinen Kindern mitten in ihrer Roheit diese lebendige Naturkraft allenthalben hervorbrechen zu sehen. Er war überzeugt, sein Herz werde den Zustand seiner Kinder so schnell ändern, als die Frühlingssonne den erstarrten Boden des Winters. Er irrte sich nicht; ehe die Frühlingssonne den Schnee auf den Alpen schmolz, kannte man seine Kinder nicht mehr.

Aber wie ward ihm in so kurzer Zeit so Großes möglich? — Der Grundgedanke, der ihn leitete bei seinem „Pulsgreifen der Kunst, die er suchte", war die Übertragung des vollen Segens der häuslichen Erziehung auf die öffentliche, des Segens der Wohn- stube auf die Schulstube. Er wollte durch seinen Versuch beweisen, daß die Vorzüge, welche die häusliche Erziehung hat, von der öffent- lichen müßten nachgeahmt werden, und daß nur dadurch die letztere Wert und Segen für das Menschengeschlecht habe. Wie das Mutter- auge in der Wohnstube täglich und stündlich jede Veränderung des Seelenzustandes ihres Kindes mit Sicherheit in seinem Auge, auf seinem Munde und an seiner Stirn lese, so solle auch die Kraft des Erziehers reine, durch den Geist der Häuslichkeit belebte Vater- kraft sein. Hierauf baute er. Daß sein Herz an seinen Kindern hange, daß ihr Glück sein Glück, ihre Freude seine Freude sei, das sollten seine Kinder vom frühen Morgen bis zum späten Abend in jedem Augenblicke auf seiner Stirn sehen und von seinen Lippen lesen. Künstliche Hilfsmittel suchte, bedurfte er nicht für seine Kinder; die sie umgebende Natur, die täglichen Bedürfnisse und die immer rege Thätigkeit derselben benutzte er als ihr Bildungsmittel. Erhebend und rührend ist's, was er über sein Verhältnis zu seinen Kindern an Geßner schreibt: „Ich war vom Morgen bis zum Abend allein in ihrer Mitte. Alles, was ihnen an Leib und Seele Gutes geschah, ging aus meiner Hand. Jede Hilfe, jede Handbietung in der Not, jede Lehre, die sie erhielten, ging unmittelbar von mir aus. Meine Hand lag in ihrer Hand, mein Auge ruhte auf ihrem Auge. Meine Thränen flossen mit den ihrigen, und mein Lächeln begleitete das ihrige. Sie waren außer der Welt, sie waren außer Stanz, sie waren bei mir, und ich war bei ihnen. Ihre Suppe war die meinige, ihr Trank war der meinige. Ich hatte nichts, ich hatte keine Haushaltung, keine Freude, keine Dienste um mich her, ich hatte nur sie. Waren sie gesund, ich stand in ihrer Mitte, waren sie krank, ich war an ihrer Seite. Ich schlief in ihrer Mitte. Ich war am Abende der Letzte, der ins Bett ging und am Morgen der Erste, der aufstand. Ich betete und lehrte noch im Bett mit ihnen, bis sie einschliefen. Alle Augenblicke mit Gefahren einer doppelten Ansteckung umgeben, besiegte ich die beinahe unbesiegbare Unreinlich=keit ihrer Kleider und ihrer Leiber."

So stand Pestalozzi als Armen=Vater im Kreise seiner Kinder, mit der Vaterkraft seines Herzens. Der Geist des häus=lichen Lebens, dieses Fundament aller wahren Menschenbildung und Erziehung, entfaltete seine Segenskraft einfach und wesenhaft durch seine Liebe, seine Hingebung und Aufopferung. Den Zustand ihrer Roheit und Verwilderung bändigte er nicht durch äußere Zwangs=vorschriften und Ordnungsgesetze, überzeugt, daß er bei ihrer Zügel=losigkeit sie gerade dadurch von sich entfernen und ihre wilde Natur=kraft gegen seine Zwecke richten würde. Mit allen Kräften seines Geistes und Herzens arbeitete er dahin, eine rechtliche und sittliche Gemütsstimmung in ihnen zu wecken und zu beleben, dem großen Gebote Christi folgend: „macht erst das Inwendige rein, auf daß dann auch das Äußere rein werde." Er suchte die Kinder durch die ersten Gefühle ihres Beisammenseins und bei der ersten Entwicklung ihrer Kräfte zu Geschwistern zu machen und sein Haus in den einfachen Geist einer großen Haushaltung zusammen=zuschmelzen. Und in der That sah man in kurzem diese achtzig so verwilderten Bettelkinder mit einem Frieden, mit einer Liebe, Auf=merksamkeit und Herzlichkeit untereinander leben, wie solches oft kaum in kleinen Haushaltungen zwischen Geschwistern geschieht. Durch Befriedigung ihrer täglichen Bedürfnisse, durch Angewöhnung wohl=

ihuender Fertigkeiten machte er ihre Herzen geneigt und empfäng=
lich für die That der Liebe und die Kraft der Sittlichkeit. Er
sprach wenig mit ihnen über Moral und Religion, aber wenn sie
still waren, daß man eines jeden Atemzug hörte, dann fragte er
sie: „werdet ihr nicht vernünftiger und braver, wenn ihr so seid,
als wenn ihr tobt?“ Wenn sie ihm an den Hals fielen und ihn
Vater hießen, fragte er sie: „Kinder, ist es recht, mich zu küssen
und hinter meinem Rücken zu thun, was mich kränkt?“ Wenn vom
Elende des Landes die Rede war, fragte er sie: „erkennet ihr den
Unterschied zwischen einer Obrigkeit, die sich der armen Kinder er=
barmt und sie erzieht, und zwischen einer solchen, die sie sich selbst
überläßt oder nur mit Bettelbrot in den Spitälern erhält, ohne
ihrem Elend wahrhaft abzuhelfen?“ Als Altdorf abbrannte, ver=
sammelte er sie um sich her und sprach zu ihnen: „Altdorf ist ver=
brannt, vielleicht sind in diesem Augenblicke hundert Kinder ohne
Obdach, ohne Nahrung, ohne Kleidung. Wollt ihr nicht unsere gute
Obrigkeit bitten, daß sie etwa zwanzig dieser Kinder in unser Haus
aufnehme? Und als sie voll Rührung riefen: „ja, ach mein Gott,
ja!“ fügte er hinzu, aber unser Haus hat nicht Geld genug, ihr
werdet um dieser Kinder willen mehr arbeiten müssen, weniger zu
essen bekommen, ja eure Kleider mit ihnen zu teilen genötigt sein,
— wollt ihr euch das um ihrer Not willen auch gern und auf=
richtig gefallen lassen? Und sie riefen: „Ach, laß sie kommen, Vater,
wir wollen ja gern mehr arbeiten und schlechter zu essen bekommen.“
So ließ er in allem lebendige Gefühle der Tugend dem
Reden von dieser Tugend vorhergehen. Diese reinen Gefühle aber
knüpfte er an Übungen der Selbstüberwindung und An=
strengung, um ihnen Dauer und Haltung im Leben zu geben; täg=
liche, stündliche Gewöhnungen zum Rechten, selbst in der Ausbildung
äußerer Fertigkeiten, galten ihm unendlich mehr, als noch so viele
und schöne Sittenlehren. Die Gemütsstimmung seiner Kinder ward
immer heiterer, ruhiger, vertrauender. Die Engelsmienen derselben
waren ihm dann hoher Genuß, keine gerunzelte Stirn duldete er,
sondern rieb sie ihnen selbst glatt, und wenn sie sich ihn kindlich
anblickend in seinen Schoß legten, fragte er sie oft: „Kinder, wollt

ihr nicht auch einst, so wie ich, im Kreise armer Unglücklicher leben,
sie bilden und erziehen?"

Beim Unterrichten seiner Kinder fand das wechselseitige Lehren
schon allgemein statt, lange bevor ein Lancaster und Bell solches zu
einem System erhoben. Kinder lehrten Kinder, und Kinder lernten
gern von Kindern, die vorgerückteren zeigten zurückstehenden gern
und gut, was sie mehr wußten, und besser konnten, als sie. Wenn
eins auch noch so klein war, wenn es auch nur einige Buchstaben
mehr kannte, so setzte es sich zwischen zwei andere, umhalste sie mit
beiden Händen, und zeigte ihnen mit Schwester= und Bruderliebe,
was es mehr konnte, als sie. So hatte Pestalozzi bald unter seinen
Kindern selbst Gehilfen und Mitarbeiter. Die meisten hatten gute
Anlagen; das Lernen war ihnen größtenteils ganz neu, und sobald
einige sahen, daß sie es zu etwas brachten, ward ihr Eifer un=
ermüdet.

Schon hier begann Pestalozzi allen Unterricht auf Anschauung
zu gründen und auch das Unbedeutendste, was die Kinder lernten,
bis zur Vollkommenheit zu üben, damit sie zum Bewußtsein ihrer
Kraft gelangten. Einfache, durch Intuition erfaßte und eingeübte
Hauptsätze der menschlichen Erkenntnis galten ihm als das reine
Gold sicherer Fundamentalwahrheiten. Schon hier hatte er das
Ziel im Auge, die Vereinfachung aller Lehrmittel so weit zu treiben,
daß jeder auch wenig gebildete Mensch, daß vor allem jede Mutter
leicht dahin gebracht werden könne, ihre Kinder selbst zu lehren und
selbst lernend fortzuschreiten, denn er achtete die Übel für sehr groß,
die durch das zu frühe Schulen und alles dasjenige erzeugt werden,
was an den Kindern außer der Wohnstube gekünstelt wird.

So war denn nach den ersten Monaten schon ein fröhliches
Lernen und Leben, ein heiteres Vertrauen, ein sichtbares Wachstum
der geistigen und sittlichen Kraft, Eintracht und Herzlichkeit unter
der vorher so verwilderten Schar der Kleinen. Dabei fehlte es
von Zeit zu Zeit natürlich nicht an einzelnen Ausbrüchen der alten
Rohheit. Waren diese mit Härte und Unlauterkeit der Gesinnung
verbunden, so war Pestalozzi streng und gebrauchte körperliche
Züchtigungen. Aber keine seiner Strafen erregte Starrsinn, denn

bald nachher bot er dem Gezüchtigten wieder die Hand oder küßte sie wohl selbst. „Lieber Freund," schreibt er an Geßner, „meine Schläge konnten darum keinen bösen Eindruck auf meine Kinder machen, weil ich den ganzen Tag mit meiner ganzen reinen Zu= neigung unter ihnen stand und mich ihnen aufopferte. Sie miß= kannten meine Handlungen nicht, weil sie mein Herz nicht mißkennen konnten."

In den ersten Wochen waren mannigfache Krankheiten, Keuch= husten, Fieber mit Erbrechen eingetreten. Die Einfachheit des fast täglichen Nahrungsmittels, der Hafergrütze, und die unermüdete Sorgfalt Pestalozzis setzte dem weiteren Umsichgreifen derselben bald ein Ziel, und der Gesundheitszustand der Kinder ward von Monat zu Monat kräftiger, blühender. Weit größeren Kummer und viel= fache Kränkung bereiteten ihm die großenteils undankbaren und selbst unverschämten Eltern seiner Kinder. Sie glaubten, Pestalozzi unter= ziehe sich solcher Mühe nur aus Armut, es sei eine Gnade, wenn sie ihm die Kinder ließen, ja sie verlangten sogar Almosen von ihm, weil sie ihre Kinder nicht zum Betteln brauchen könnten. Andere sagten mit dem Hut auf dem Kopfe, sie wollten noch ein paar Tage zusehen. Andere schrieben Bedingungen vor und lockten sogar einzelne hinweg, doch die schlechtesten nur, nachdem sie ge= reinigt, geheilt und mit neuen Kleidern versehen waren. Monate vergingen, ehe er die Freude hatte, daß ein Vater oder eine Mutter ihm mit einem heitern, dankvollen Auge die Hand drückte. Auch stand er unter ihnen als ein Geschöpf der neuen, verhaßten Ordnung, und zu der politischen Mißstimmung kam eine noch stärkere religiöse, da sie ihn als einen Ketzer ansahen, der bei einigem Guten, das er ihren Kindern thue, ihr Seelenheil doch in große Gefahr bringe. Sie hatten bisher noch nie einen Reformierten in einem öffentlichen Dienste, viel weniger als Lehrer und Erzieher ihrer Kinder in ihrer Mitte gesehen.

Als ich, erzählt Heinrich Zschokke[*]), im Frühjahr 1799 im Auftrage der Regierung nach Stanz kam, ging niemand mit Pesta=

---

[*]) H. Zschokkes Selbstschau, T. 1, S. 100).

lozzi um. Man hielt ihn für einen gutmütigen Halbnarren oder
armen Teufel. Darum spazierte ich öfters Arm in Arm mit ihm,
recht absichtlich und den spießbürgerlichen Hoheiten zum Trotz, ver=
richtete nicht selten Kammerdiener=Arbeit bei ihm, bürstete ihm Hut
und Rock oder mahnte ihn an die schief geknöpfte Weste, ehe wir
im Publikum erschienen.

Welche Gegensätze! Äußere Niedrigkeit, Verkennung und Schmach
bei einer Hoheit der Seele, bei einer Reinheit und Stärke der
Liebe, wie sie so wahrhaftig nur selten Menschen mit göttlichem
Gepräge adelt. Hier ist die Blüte seines Lebens, hier die Helden=
zeit all seines pädagogischen Strebens und Thuns. Hier, wo das,
was ihn begeisterte, noch nicht in Begriffe gefaßt, noch nicht in
Worte außer ihn hingestellt war, wo die unbewußte Kraft wie ein
göttlicher Instinkt in die unmittelbarste Berührung mit den Be=
dürfnissen der verwahrlosesten Kinder trat, hier, wo nicht er die
Idee, sondern die Idee ihn hatte, hier zeigte sich die ungeschwächte
That seines Genius als wundersam wirkend. Die Entwilderung,
die Versittlichung einer Horde der rohesten Kinder in der Zeit
eines halben Jahres war das glänzende Ergebnis der ihm kaum
bewußten Kraft seiner Gottbegeisterung und Liebe. All sein Thun
war voll religiöser Weihe, lebendig aus dem innersten Leben aus=
strömend regte es die Gemüter der Verwaisten magisch an und
lockte mit schöpferischer Kraft die Anlagen hervor, die in ihnen
schlummerten. Hier war Pestalozzi am ehrwürdigsten und im rechten
Felde seiner großen Natur und seiner geistigen Zeugungskraft. Er
hat nachher angefangen, mehr Herr seiner Idee zu werden und über
sie mehr zu wissen, aber nie, nie durch sie mehr zu vermögen.

In Uri schlugen sich mittlerweile die Franzosen und Österreicher
auf den Alpen und in den Thälern mit wechselndem Glück. Da
erschallt auf einmal in Stanz der Ruf: „Es dringen die Österreicher
über Seelisberg an das Seegestade von Unterwalden vor." Die
Bestürzung ist allgemein. Männer und Frauen schleppen ihre letzte
Habe in die Wälder. Pestalozzis Kinder irren weinend umher, er
giebt jedem ein Bündel auf den Weg. So findet Zschokke auf dem

Platze vor der Kirche die angstvoll harrenden Kleinen. Das Gerücht
war falsch. Er führt die Weinenden und Zitternden ins Kloster
zurück, wo Pestalozzi mit den Übrigen beschäftigt war, sie mit dem
Nötigen für die Flucht zu den Ihrigen zu versehen. Aber nur
wenige Tage dauerte die Wiedervereinigung. Die geschlagenen und
zurückgedrängten Franzosen nahmen für ihre zahlreichen Verwundeten
die Klostergebäude als Militär-Hospital in Beschlag und am 8. Juni
1799 mußte Pestalozzi alle seine armen, lieben Pflegebefohlenen,
nachdem er sie mit Geld, Wäsche und Kleidern versorgt hatte, unter
Thränen entlassen, nur zwanzig blieben unter Leitung und Fürsorge
des Pfarrers Businger in Stanz zurück. Die dem Hause zugehörigen
Vorräte ließ er nach Luzern schaffen, und schickte der Regierung
noch einige tausend Franken zurück. Er selbst ging erschöpft und
gebeugt in den Badeort Gurnigel im Berner Oberlande, um seine
angegriffene Gesundheit wieder herzustellen. Viele Übelwollende
verbreiteten, er sei aus Überdruß fortgegangen und verunglimpften
ihn aufs neue. Er ist kein praktischer Mann, hieß es, er fängt
Unternehmungen an und führt sie nicht durch, er ist zu nichts tüchtig,
als etwa zu Romanen, aber es ist auch eine Thorheit, um deswillen,
daß ein Mensch in seinen dreißiger Jahren etwas Vernünftiges geschrieben, ihm nun auch zuzutrauen, daß er in seinen fünfziger
Jahren etwas Vernünftiges thun werde. Habt ihr gesehen, raunten
sie sich ins Ohr, als er von Stanz wegging, wie entsetzlich er aus-
sah? Der arme Narr, es ist ihm nicht zu helfen, bis er Asche ist,
man muß das, weiß Gott, bald für ihn wünschen.

Er aber schreibt über diese Tage des Unglückes an seinen
Geßner: „Denke Dir, mit welchen Gefühlen ich von Stanz wegging. Wenn ein Schiffbrüchiger nach müden, rastlosen Nächten endlich Land sieht, Hoffnung des Lebens atmet und sich dann wieder
von einem unglücklichen Winde in das unermeßliche Meer geschleudert
sieht und aufs neue alle seine Glieder bis zum Erstarren anstrengt,
— so war ich. Denke Dir mein Herz und meinen Willen, meine
Arbeit und mein Scheitern, mein Unglück und das Zittern meiner
zerrütteten Nerven und mein Verstummen!"

In Gurnigel fand er einen gütigen, wohlwollenden Freund an
Zehender und in seinem Hause Tage der Erholung und Erquickung. Aber er konnte nicht mehr leben ohne sein Werk. So
oft er von der Alpenhöhe des Bades in die schönen Thäler zu
seinen Füßen schaute, sah er in ihnen nur das in seiner Erziehung
vernachlässigte arme Volk. Man erstaunte, als man ihn nach wenigen
Wochen wieder herabkommen sah, um den abgerissenen Faden in
irgend einem Winkel da anzuknüpfen, wo er ihn gelassen hatte. Die
Minister Rengger und Stapfer freuten sich, als sie ihn wieder in
Bern sahen, und der Oberrichter Schnell riet ihm, nach Burgdorf
zu gehen. In wenigen Tagen war er dort.

Ob auch von einigen freundlich empfangen, sahen ihn doch die
meisten mit Achselzucken an als einen Brot suchenden Schulmeister.
Man bot ihm eine Gehilfenstelle bei der niedrigsten Schule der
Hintersassen in der Unterstadt an. Pestalozzis demütiger Sinn
schlug sie nicht aus, sondern ließ sich dem dasigen Schulmeister als
Beilehrer in seiner Stube unterordnen. Der Eifer, mit dem er
sein Werk angriff, und die Liebe, mit der er bald die Herzen der
Kinder gewann, wurden dem sehr ordinären Schulmeister verdächtig
und erregten in ihm die Besorgnis, Pestalozzi trachte nach seiner
Stelle. Deshalb verbreitete derselbe in Gesprächen mit den Nach-
barn, der beigelaufene Unterlehrer könne weder schreiben noch rechnen
noch lesen, und der Heidelberger komme in Gefahr, denn noch habe
er die Kinder keine Silbe aus ihm lernen lassen. Sehr naiv schreibt
darüber Pestalozzi an seinen Geßner: „Du siehst, Freund, es ist an
den Gassengereden nicht immer alles unwahr, ich konnte wirklich
weder schön schreiben, noch ausdrucksvoll lesen, noch gewandt rechnen.
Aber man schließt aus solchen Gassenwahrheiten immer zu viel."
Die Hintersassen aber beklagten sich, daß mit dieser neuen Lehre
bei ihren Kindern die Probe gemacht werden solle, die Bürger
möchten sie zuerst an ihren Kindern versuchen. Einige Gönner
brachten es endlich dahin, daß Pestalozzi eine Stelle mit dürftigem
Gehalte an der untersten Schule in der obern Stadt, an der sogenannten Lehrgottenschule erhielt, in welcher unter Leitung eines

Frauenzimmers, Lehrgotte*) genannt, Kinder von fünf bis acht Jahren im Lesen und Schreiben unterrichtet wurden. Er fühlte sich wie verscheucht und fürchtete alle Augenblicke, man werde ihn noch einmal aus seiner Schulstube fortschicken, in welcher er täglich nicht weniger als sechs Stunden unterrichtete. „Das machte mich", sagt er, „noch ungeschickter, als ich sonst bin, und wenn ich mir das Feuer und das Leben denke, mit dem ich in Stanz in den ersten Tagen mir gleichsam einen Zaubertempel baute, und dann das Zagen, mit dem ich in Burgdorf handwerksmäßig in ein Schuljoch hineinkroch, so begreife ich kaum, wie der gleiche Mensch beides, das erste und das andere thun konnte."

Alle Theorie und fremde Erfahrung gering achtend, setzte er unermüdlich seinen in Stanz abgebrochenen empirischen Gang fort, fügte mit eisernem Fleiße Silben und Zahlenreihen zusammen und beschrieb ganze Bücher, um die Anfänge des Lesens und Rechnens zur höchsten Einfachheit zu bringen. Er blieb mit seinen Kindern lange auf den Anfangspunkten stehen, durch deren Vollendung er den Grad ihrer inneren Kraft erforschte und erhöhte und dasjenige möglich fand und erreichte, was er für unmöglich gehalten. Er ließ sie zur Bildung ihrer Organe große und schwierige Sätze nach= sprechen, während sie zwanglos mit dem Griffel Winkel, Dreiecke und Quadrate zeichneten, oder schwere Exempel rechnen, während sie spannen. Auch hier, wie in Stanz, leitete ihn der Grundsatz, den Kindern durch Anschauung eine Menge Real= und Sprach= kenntnisse beizubringen, bevor er mit ihnen das Lesen begann. Denn er überzeugte sich immer mehr, welchen Nachteil das ohne den Hintergrund klarer Anschauung gelassene Vertrauen auf Worte der Kraft des Erkennens und dem Bewußtsein bringe. So entwickelte sich in ihm allmählich die Idee eines ABC der Anschauung, und er blickte immer tiefer in den sich konzentrisch erweiternden Umfang einer naturgemäßen Unterrichtsmethode. Als er eines Tages be= müht war, dem Vollziehungsrat Glayre das Wesen seines Thuns

---

*) Gotte heißt im Schweizerischen Patin. Es liegt in dem uns fast komisch klingenden Worte der schöne Sinn, daß die Lehrerin der Kinder als Stell= vertreterin der Mutter, als Patin zu betrachten sei.

begreiflich zu machen, erwiderte ihm dieser: Vous voulez donc méchaniser l'instruction? „Sie haben mir das Wort aus dem Munde
genommen, versicherte ihm Pestalozzi, das ist der Zweck meiner
Unterrichtsweise, ich will die Mittel der Erziehung und des Unterrichts in psychologisch geordnete Reihenfolgen bringen. Aller Unterricht des Menschen ist nichts anderes, als die Kunst, dem Ringen
der Natur nach ihrer eigenen Entwicklung Handbietung zu
leisten, und diese Kunst ruht wesentlich auf der Verhältnismäßigkeit
und Harmonie der dem Kinde einzuprägenden Eindrücke mit dem
Grade seiner entwickelten Kräfte, sie geht in höchster Einfalt vom
ersten Schritte allmählich zum zweiten, dann ohne Lücken auf
dem Fundamente des schon Begriffenen schneller und sicherer zum
dritten und vierten." So ward es ihm schon jetzt mit jedem Tage
klarer, daß man mit Kindern gar nicht räsonnieren, sondern in den
Entwicklungsmitteln ihres Geistes sich dahin beschränken müsse, den
Kreis ihrer Anschauungen stetig zu erweitern, die ihnen zum Bewußtsein gebrachten Anschauungen unverworren und sicher einzuprägen,
ihnen für alles, was Natur und Kunst ihnen zum Bewußtsein gebracht hat, umfassende Sprachkenntnisse zu geben, so die intensive
Kraft zu entfalten und damit die bleibenden Fundamente aller weiteren Begriffe, Einsichten und Forschungen zu legen.

Während Pestalozzi in seiner Lehrgottenschule von früh acht bis
abends sechs Uhr in immer neuen Versuchen sich abmühend wesentliche Grundsätze erbeutete, welche zu Elementen seiner Methode
wurden, umstanden ihn nicht selten Bürger- oder Bauerfrauen, die
sein Treiben mit ansahen und sprachen, so lernen unsere Kinder ja
nichts, das können wir mit ihnen auch treiben. Willkommeneres
Lob konnte ihm nicht gespendet werden, denn das ja eben suchte er,
was diese Mütter als Vorwurf aussprachen, eine solche Vereinfachung
der ersten Unterrichts- und Bildungsmittel, daß jede Mutter sie da-
heim so gut, ja wohl besser noch mit ihren Kindern betreiben könnte,
als der Lehrer in der Schule. „Ich that", bezeugt Pestalozzi, „ohne
Vergleich mehr, als ich schuldig war, und man glaubte, ich sei mehr
schuldig, als ich that." Doch es widerfuhr ihm auch Gerechtigkeit.
Am 31. März 1800 stellte die Schulbehörde von Burgdorf nach

achtmonatlicher Wirksamkeit Pestalozzis eine öffentliche Prüfung in der Lehrgottenschule an. Man fand, so lautet dieses erste Zeugnis einer Schulbehörde über die Pestalozzische Methode, in mehreren Gegenständen seine Leistungen außerordentlich; er habe bewiesen, welche Kräfte schon in den zartesten Kindern liegen, auf welchem Wege diese Kräfte entwickelt, jede Anlage aufgesucht, bethätigt und ihrem Ziele zugeführt werden müsse. Schüler von sehr verschiedenen Kräften hatten bewundernswerte Fortschritte gemacht und dadurch bewiesen, daß jeder Schüler zu etwas tüchtig sei, wenn der Lehrer seine Fähigkeiten aufzufinden und ihn psychologisch zu leiten wisse.

Nicht lange mehr nach dieser ehrenvollen Prüfung sollte der demütige Winkelschulmeister in seiner niedrigen Stellung bleiben. Mit einer Schar verwaister, infolge der Kriegsnot auswandernder Appenzeller Kinder war K r ü s i nach Burgdorf. gekommen. Pestalozzi erkannte in kurzem Krüsis seltenen Wert. Sie schlossen sich innig und fest aneinander, und mit diesem Bunde, mit der Vereinigung beider zu einem Erziehungswerke beginnt das letzte Stadium der pädagogischen Unternehmungen Pestalozzis.

Seine Erziehungsanstalt in Burgdorf, Münchenbuchsee und Yverdün.

Als im letzten Jahre des vorigen Jahrhunderts die Kriegsdrangsale auch die östliche Schweiz hart betroffen hatten, und viele Menschenfreunde in der westlichen Schweiz sich die Not ihrer unglücklichen Brüder zu Herzen nahmen, forderte ein edler und thätiger Bürger Burgdorfs, F i s c h e r , seinen Freund, den Pfarrer Stein- müller in Gais auf, ihm eine Schar armer Kinder zuzusenden, für die er leiblich und geistig zu sorgen versprach. Dabei drückte er ihm den Wunsch aus, daß ein Jüngling diese Schar begleiten möchte, der Fähigkeit und Lust besäße, sich zum Lehrer und Erzieher zu bilden und dem dann alle von wohlthätigen Familien in Burg- dorf aufgenommenen Kinder zur Pflege und zum Unterricht an- vertraut werden sollten. Steinmüller fand dazu in ganz Appenzell keinen jungen Mann so geeignet, als H e r m a n n K r ü s i , den

Sohn eines armen Handelsmannes von Gais, der früher als Tage=
löhner und Bote sich seinen mühseligen Unterhalt erworben, dann
von seinem achtzehnten Jahre an, kaum des Schreibens mächtig,
arm an Kenntnissen, aber reich an frommem kindlichen Sinne, als
Schulmeister in Gais sechs Jahre in ausdauerndem Fleiße und
eifriger Begierde nach eigener Bildung zugebracht hatte. Der Ge=
meinderat in Gais ernannte ihn, dem diese Gelegenheit zu weiterer
Ausbildung höchst willkommen war, zum Führer der auswandernden
sechsundzwanzig armen Kinder, und am ersten Tage des neuen
Jahrhunderts trat Krüsi mit der im Pfarrhause versammelten Kinder=
schar die Wanderung nach Burgdorf an, die er unter den wohl=
thuendsten Beweisen wärmster Teilnahme durch die Kantone Thur=
gau und Zürich fortsetzte, bis ihn und seine kleinen müden Pilger
der edle Fischer in Burgdorf, dem die Regierung in Bern die Sorge
für die Schulen und insbesondere für Errichtung eines helvetischen
Lehrerseminars übertragen hatte, voll Liebe und Vertrauen aufnahm.
Hier nun sah Krüsi das erste Mal Pestalozzi, von dem er bis
dahin nicht einmal gehört hatte. Beide führten ihre Schulen noch
mehrere Monate getrennt fort; als aber der zu dem Minister
Stapfer nach Bern gereiste Fischer daselbst unerwartet an einem
Nervenfieber gestorben war, und Pestalozzi diese traurige Kunde
Krüsi überbrachte, begleitete er dieselbe zugleich mit der freundlichen
Einladung, sich fortan mit ihm zu verbinden z u e i n e r g e m e i n =
s a m e n E r z i e h u n g s u n t e r n e h m u n g. So hatte Krüsi un=
erwartet seinen Wohlthäter und Beschützer verloren, der den armen,
ungebildeten, aber nach Kraft und Erkenntnis strebenden Jüngling
mit so vieler Schonung und Güte aufgenommen hatte, aber noch
unerwarteter öffnete ihm ein väterlicher Freund seine Arme, dessen
Begeisterung für Menschenwohl und dessen Tiefblick in die Menschen=
natur ihm hohe Achtung und tiefes Erstaunen einflößten. Krüsi
schloß sich mit dankbarer Freude an diesen Freund an, der zwar in
den gewöhnlichen Schulkenntnissen und Fertigkeiten dem mittel=
mäßigsten Dorfschulmeister nachstand, aber das kannte, was zahllosen
Lehrern verborgen bleibt, den menschlichen Geist und die Gesetze
seiner Entwicklung und Bildung, das menschliche Gemüt und die

Mittel seiner Belebung und Veredlung. Pestalozzi richtete nun die Bitte an die helvetische Regierung, in dem damals leerstehenden Schlosse von Burgdorf die vereinigte Anstalt beginnen zu dürfen. Auf das bereitwilligste ward das Gesuch gewährt. Pestalozzi und Krüsi bezogen das Schloß, nahmen ihre armen Kinder mit hinauf und trieben ihr Werk mit Anstrengung, Mut und Begeisterung. Der Frohsinn und die Lernlust der Kinder wendeten der neuen Anstalt von allen Seiten eine erhöhte Aufmerksamkeit zu, immer neue Schüler, aus dem Mittelstande sowohl, als von angesehenen Eltern traten ein, die Kräfte der beiden Lehrenden reichten nicht mehr aus, Krüsi zog seinen Freund T o b l e r aus Glaris, damals Erzieher in Basel, und dieser für das Fach des Zeichnens und Gesanges den von warmer Phantasie belebten jungen B u ß aus Tübingen in die aufblühende Burgdorfer Anstalt. Mehr als diese vereinten Männer selbst erwarten und hoffen durften, wuchs das Gedeihen derselben und mit ihm das Vertrauen. Aus den nächsten Umgebungen, wie aus weiten Entfernungen strömten Zöglinge zu. Hier nun lehrten Pestalozzi und seine Gehilfen, nicht aus Büchern — sie hatten jahrelang keine und bedurften keine — sondern aus den in ihnen selbst erzeugten Bildungs= und Lehrmitteln. Ihr großes, immer offenes Buch war die sie umgebende Natur und der im Menschen waltende, in Sprache, Zahl und Form sich offenbarende Geist, und die Kinder lernten mit einer Freudigkeit und Lebendig= keit, wie sie in Schulen nicht leicht zu finden ist, in denen jahraus jahrein auf allen Alters= und Bildungsstufen Bücher gebraucht wer= den. Krüsi wollte anfangs die sokratisierende Lehrweise anwenden, da er in Gais die Gewandtheit der Fragstellung, um die rechte Antwort aus den Kindern herauszulocken, als · den höchsten Grad der Lehrkunst betrachtet und angewendet hatte. Allein Pestalozzi, von früh an ein entschiedener Feind der katechisierenden Anbohrungs= und Ausquetschungsmethode, sprach mit dem ihm eigenen, humo= ristischen Lächeln zu ihm: „Weißt du nicht, daß Sokrates Jünglinge und Männer vor sich hatte, die einen reichen Hintergrund von Sprach= und Sachtenntnissen besaßen? Sorge du nur, daß deine Schüler diesen Hintergrund erwerben, dann werden sich die nötigen

Fragen und die rechten Antworten über Gehörtes, Gesehenes und im Leben Beobachtetes von selbst ergeben. Glaube mir nur, jegliche Mühe, beim Mangel dieses Hintergrundes, durch künstliches Fragen Antworten aus den Kindern zu locken, ist ein leeres Strohdreschen und führt ebensosehr zur Täuschung, als zur Entmutigung." Krüsi stieg von dem hohen Sokratischen Rosse, das er bis dahin so gern geritten, ganz demütig herab und ging mit Sinn und Kindlichkeit in die von Pestalozzi ihm bezeichneten wesentlichen Mittel der kind= lichen Entwicklung und Bildung ein. Ja, er erwarb sich allmählich durch Sonderung, Darstellung und Bearbeitung derselben die wesent= lichsten Verdienste um die junge Anstalt. Von den Elementen, deren Ermittelung Pestalozzi gelungen war, überall ausgehend, suchte er Anschauung aus Anschauung, Begriff aus Begriff, Wahrheit aus Wahrheit, Kraft aus Kraft nach unabänderlichen Gesetzen zu ent= wickeln und herauszubilden. Denn Pestalozzi wollte jeden Zweig des Unterrichtes der schweifenden Willkür entrissen von seinen An= fangspunkten in gesetzmäßigem und nach seinen Reihenfolgen not= wendigem Gange dargestellt sehen. Es war ihm ausgemachte Wahr= heit, daß der menschliche Geist nicht sowohl durch Aufnahme fremder Gedanken, als durch selbstthätige Erzeugung eigener Intuitionen, Begriffe und Urteile sich entfalte und bilde, wenn er nur in die rechte Lage gesetzt und auf den rechten Weg geleitet werde, dem Samen= korne ähnlich, das den lebendigen Keim in sich schließend von innen heraus die eigene Hülle und Schale mit wunderbarer Kraft durchbricht, sobald es in die Lage gesetzt wird, in der seine Entfaltung möglich ist.*)

---

*) Pestalozzis eigene Worte hierüber, welche in seiner zu jener Zeit ge schriebenen trefflichsten pädagog. Schrift: „Wie Gertrud ihre Kinder lehrt," niedergelegt sind, mögen hier einen Platz finden.

„Mensch, ahme es nach, das Thun der hohen Natur, die aus dem Kern auch des größten Baumes zuerst nur einen unmerklichen Keim treibt, aber dann durch eben so unmerkliche, als täglich und stündlich bereitete Zuflüsse zuerst die Grundlage des Stammes, dann diejenige der Äste, dann diejenige der Zweige bis an das äußerste Reis, an dem das vergängliche Laub hängt, entfaltet.

Fasse es ins Auge, dieses Thun der hohen Natur, wie sie jeden einzeln gebildeten Teil pfleget und schützet und jeden neuen an das gesicherte Leben des alten anschließt.

Nach dieser geistigen Gesetztafel jedes fruchtbaren Unterrichtes entwarf und bearbeitete nun Krüsi im Vereine mit Pestalozzi und den beiden anderen Berufsgenossen die ersten Versuche einer An= schauungslehre der Sprache, der Zahl und des Raumes (der Form und Größe), und so entstanden die ersten Pestalozzischen An= schauungstabellen und Elementarbücher.*)

Unter den ausgewanderten armen Kindern, deren sich mitleidige Familien in und um Burgdorf so liebreich angenommen hatten, be= fand sich auch Johannes Ramsauer aus Herisau in Appenzell.**)

Fasse es ins Auge, wie sich ihre glänzende Blüte aus tief gebildeten Knospen entfaltet, wie sie dann den blumenreichen Glanz ihres ersten Lebens schnell ver= liert und als schwache, aber im ganzen Umfange ihres Wesens vollständig ge= bildete Frucht jeden Tag immer etwas, aber etwas Wirkliches zu dem, was sie schon ist, hinzusetzt und so monatelang am nährenden Aste hängt, bis sie gereift und in allen ihren Teilen vollendet vom Baume fällt.

Fasse es ins Auge, wie die Mutter Natur schon bei dem Entfalten der ersten emporsteigenden Sprossen auch die in den Schoß der Erde sich senkende, dem Baume Haltung und Festigkeit gewährende Wurzel entfaltet; wie sie hin= wieder den himmelanstrebenden Stamm tief aus dem Wesen der Wurzel, die sich verbreitenden Äste tief aus dem Wesen des Stammes, die die Krone bil= denden und vollendenden Zweige tief aus dem Wesen der Äste, und all die Blüten und Früchte, die den Samen neuer Zeugungen in sich tragen, tief aus dem Wesen der Zweige herausbildet, und allen, auch den äußersten Teilen genugsame, aber keinem einzigen unnütze, unverhältnismäßige und überflüssige Kraft giebt.

Der Organismus der Menschennatur ist in seinem Wesen den gleichen Ge= setzen unterworfen. Nach diesen Gesetzen soll aller Unterricht das Nächste und Erste, dem menschlichen Geiste ursprünglich Einwohnende jedes Erkenntnisfaches mit Liebe und Weisheit aus demselben hervorrufen, dann allmählich, aber mit ununterbrochener Kraft immer Höheres und Edleres aus dem Ursprünglichen und Ersten herleiten und alle ihre Teile und Ergebnisse bis zu dem Höchsten und Vollendetsten hinauf in einem lebendigen und harmonischen Zusammen= hange erhalten.

*) Näheres über dieselben und den Entwicklungsgang der Methode in dieser und der späteren Zeit der Anstalt siehe in der nachfolgenden Abhandlung: über das Eigentümliche der Pestalozzischen Methode.

**) Johannes Ramsauer, im Mai 1790 zu Herisau im Kanton Appenzell geboren, Sohn des Besitzers einer kleinen Fabrik, verlor seinen Vater schon im dritten Jahre, ward von seiner sehr frommen und thätigen Mutter im Gehorchen, Beten und Arbeiten erzogen, kam mit vierzig infolge der Kriegsnot auswandern

Die edle Frau von Werth, die seiner pflegte, sandte ihn zu Pesta=
lozzi, als dieser noch in der Lehrgottenschule unterrichtete. Diesem
ward er bald lieb, und als Pestalozzi das Schloß bezog, war Ram=
sauer der erste Zögling, den er von den ausgewanderten in die neue
Anstalt aufnahm. Schon nach acht Monaten hatte der kleine zwölf=
jährige Johannes so viel Fortschritte gemacht, daß ihn Pestalozzi in
der Klasse der Kleinsten anstellte, um dieselben im Zeichnen, im
Rechnen und im ABC der Anschauung zu unterrichten. Über die
Art, wie Pestalozzi selbst unterrichtete und auf den Geist der An=
stalt wirkte, über das muntere und lebenskräftige Treiben, das in
der Anstalt zu Burgdorf herrschte, hat sich nach vierzig Jahren der=
selbe J. Ramsauer in der Schrift: „Kurze Skizze meines pädago=
gischen Lebens"*), auf eine höchst lehrreiche und anziehende Weise
ausgesprochen. Er sagt darin unter anderen: „Schulgerecht lernte
ich nichts, so wenig wie andere Schüler; aber Pestalozzis heiliger
Eifer, seine hingebende, sich selbst ganz vergessende Liebe, seine sogar
in die Augen der Kinder fallende ernste, gedrückte Lage machte den
tiefsten Eindruck auf mich und knüpfte mein kindlich dankbares Herz
auf ewig an das seinige. Wahrlich, er hat Vaterliebe und Vater=

den Knaben in seinem zwölften Lebensjahre zu Pestalozzi, ward bei ihm bald
Unterlehrer, und folgte ihm nach Münchenbuchsee und Yverdün, wo ich ihn
unter den vorzüglichsten Lehrern der Anstalt kennen, schätzen und lieben lernte.
Im April 1816 verließ er die Pestalozzische Anstalt infolge der bedauerns=
würdigen Kämpfe, die in derselben eingetreten waren, ging als Lehrer in eine
neu errichtete Erziehungsanstalt nach Würzburg und ein Jahr später als In=
struktor der Königl. Prinzen nach Stuttgart, wo er zugleich Lehrer am Katha=
rinenstift und an der Realschule ward und ein sehr schätzenswertes Werk über
den Zeichenunterricht herausgab. Im Jahre 1820 folgte er den Prinzen
Alexander und Peter zu ihrem Großvater nach Oldenburg, wo er Lehrer der
Prinzen und Prinzessinnen des Hauses blieb und zugleich eine Schule für Töchter
aus gebildeten Ständen errichtete, die unter seiner einsichtsvollen, treuen und
christlichen Leitung sich ebensosehr des allgemeinen Vertrauens, als des gött=
lichen Segens zu erfreuen hatte. Mich aber hat an diesem teuern Freund nicht
allein das gemeinsame achtjährige Wirken bei unserm Pestalozzi, sondern später
ein viel stärkeres Band, durch das wir uns bei dem rechten Meister wieder
fanden, unauflöslich gekettet.
*) Päd. Quellenschriften. 3. Bd.

treue an mir bewiesen. Ich lernte durchs Leben mehr, als durch
die Schule und erkannte schon damals, wie später durch mein ganzes
Leben, daß Gewissenhaftigkeit, Strenge gegen sich selbst, besonders
auch Uneigennützigkeit bei Guten und Bösen, bei Schwachen und
Starken imponieren, und dem Menschen, besonders aber dem Lehrer
und Erzieher, eine Autorität geben, die körperliche Größe und Stärke
oder schulgerechte geistige Überlegenheit oder Rang allein n i e geben."

Im Jahre 1801, als die Blüte und der Ruf der Pestalozzischen
Anstalt in raschem Wachstume waren, trat Johannes Niederer,
ein junger Geistlicher, von einer überwiegenden Bildung, voll feurigen
und kräftigen Gemütes, der seine Pfarrei im Rheinthale, auf der er
wirksam, geachtet und glücklich lebte, verließ, von Pestalozzis Ideeen
und Wirken unwiderstehlich hingezogen, in die Anstalt zu Burgdorf
ein, und fast zu gleicher Zeit mit ihm kam ein Hirtenknabe von
vierzehn Jahren aus den Vorarlbergischen Alpen, Joseph Schmid,
zu Pestalozzi, — beide von der Vorsehung berufen, mächtige Stützen
seines begonnenen Werkes zu werden, beide mit hohen Kräften aus=
gerüstet, die Einseitigkeiten seiner Individualität zu ergänzen und
zu segensvoller Harmonie auszugleichen, ach und beide später in
maßlosem Kampfe entbrannt, durch welchen das hohe Werk zerstört
und dem Herzen des gequälten Greises Wunden geschlagen wurden,
die bis an sein Grab nicht wieder heilten. Doch über sie, über ihr
Wirken und ihre Kämpfe behalte ich mir vor, dann zu reden, wenn
ich die Jahre berühre, in denen ich an ihrer Seite lebte.

Die immer reicheren Ergebnisse seiner Erfahrungen, die klarer
und reifer gewordenen Ansichten über den Entwicklungsgang mensch=
licher Bildung legte Pestalozzi während seiner Wirksamkeit in Burg=
dorf in demjenigen Buche nieder, das man in pädagogischer Be=
ziehung das gediegenste nennen darf, und das den Titel führt: Wie
Gertrud ihre Kinder lehrt, ein Versuch, den Müttern An=
leitung zu geben, ihre Kinder selbst zu unterrichten. Es spricht sich
in ihm auf ergreifende Weise die Sehnsucht seines ganzen Lebens
aus, dem armen Volke zu helfen und zugleich das Bewußtsein seiner
Unfähigkeit, dieser Sehnsucht zu genügen, es tritt in ihm ein in=
grimmiger Kampf gegen die Sünden und Gebrechen seiner Zeit

hervor, in dem er mit unwiderstehlicher Gewalt der Wahrheit alles
angreift und niederwirft, was die naturgemäße Bildung des Ge=
schlechtes aufhält. „Da wo die Grundkräfte des menschlichen
Geistes schlafen gelassen und auf die schlafenden Kräfte Worte ge=
pfropft werden, — da bildet man Träumer, die um so schattenhafter
träumen, als die Worte groß und anspruchsvoll waren, die auf ihr
elendes, gähnendes Wesen aufgepfropft wurden. Das grundlose
Wortgepränge einer solchen fundamentlosen Weisheit erzeugt Men=
schen, die sich in allen Fächern am Ziele glauben, weil ihr Leben
ein mühseliges Geschwätz von diesem Ziele ist.“ Dem allen nun
setzt er im positiven Teile seines Werkes die Mittel der echten
Menschenbildung in stufenweiser Entwicklung seiner Methode nach
allen Beziehungen entgegen, über welche wir später zu sprechen
Gelegenheit haben werden.

In dem bildenden Lebenskreise des Burgdorfer Schlosses stand
nun Pestalozzi mit seiner allbelebenden Liebe und dem unversieg=
baren Born schöpferischer Gedanken nach allen Seiten vermittelnd,
wohlthuend und kräftigend da. Alle Zöglinge waren ihm ergeben
wie einem Vater, alle Lehrer hingen mit Liebe an ihm, und zwischen
diesen und den Zöglingen bestand ein glückliches Maß vertrauenden
Wohlwollens und kräftiger Zucht. Lehrer und Schüler wetteiferten
in der Entbehrung, um dem Vater des Hauses seine ökonomische
Bürde zu erleichtern, denn es sah alles gar ärmlich aus im alten
Schlosse, doch die Kinder genossen einer blühenden Gesundheit und
die Entsagung war eine treffliche Schule für die schwer zu erlernende
Selbstverleugnung. Die helvetische Regierung nahm an dem Ge=
deihen der Anstalt den wärmsten Anteil, und um ihr eigenes und
so vieler Fremden Urteil über dieselbe ins Klare zu stellen, sendete
sie schon 1802 den Präsident des Regierungsrates, Dekan Ith, zu
gründlicher Prüfung und Berichterstattung nach Burgdorf. Der
ausführliche Bericht, der auch im folgenden Jahre in Druck erschien,
lautete sehr günstig, sprach als gewonnene Überzeugung aus, daß
durch Pestalozzi die unumstößlichen, allgemein gültigen Gesetze des
Elementarunterrichtes gefunden seien, und trug darauf an, daß die
Regierung die Anstalt ganz in ihren Schutz nehmen und zur

Normalanstalt erheben möchte. Die Regierung ging darauf ein, erklärte das Institut als ein öffentliches, der Nation angehöriges, gab Pestalozzi und den ältesten Lehrern einen festen Gehalt, beförderte die Herausgabe der Elementarbücher, insbesondere des „ABC der Anschauung" und des „Buches der Mütter" und verordnete, daß alle Monate zwölf Schullehrer in der Methode daselbst unterrichtet werden sollten.

Dieser glücklichen Gestaltung seiner Erziehungsunternehmung erfreute sich aber der gute Pestalozzi nur sehr kurze Zeit. Durch die politischen Ereignisse veranlaßt trat bald darauf die helvetische Regierung ab, ein neuer Verfassungsentwurf ward durch den Vollziehungsrat den einberufenen Notabeln vorgelegt und infolge desselben beschloß der neu eingesetzte große Rat von Bern, daß das Schloß von Burgdorf der Sitz eines Oberamtmannes werden solle. Pestalozzi ward dadurch in die traurige Notwendigkeit versetzt, die ihm so lieb gewordene Wiege seines neuen aufblühenden Werkes zu verlassen und nach einer anderen Stätte sich umzusehen, die ihn und die Seinigen aufzunehmen geeignet wäre. Zunächst reichte ihm Emanuel von Fellenberg in Hofwyl freundlichst die Hand, und kaum ward sein Geschick in den naheliegenden Kantonen bekannt, als ihm die Städte Payerne, Yverdün und Rolle ihre Schlösser zu unentgeltlichem Gebrauche großmütig anboten. Am 22. August 1804 verließ er Burgdorf und zog mit Lehrern und Zöglingen in das wenige Stunden von da entfernte, von Fellenberg ihm überlassene Münchenbuchsee, das, eine Viertelstunde von Hofwyl entfernt, die nötigen Räumlichkeiten darbot. Dort ließ er den größten Teil der Anstalt, siebzig Zöglinge mit sechs Lehrern, und stellte sie unter die ökonomische Leitung seines zwanzigjährigen Freundes Fellenberg, er selbst aber, nachdem er sich unter den von der Waadtländischen Regierung ihm angebotenen Schlössern für Yverdün entschieden hatte, ging nach wenigen Wochen mit Niederer, Krüsi und Buß in diese am südlichen Ende des Neuenburger Sees so lieblich gelegene Stadt, einst die Lagerstätte des römischen Feldherrn Ebrodunus.

In den Tagen dieser Auswanderungen trat ein Mann der Anstalt nahe, der durch verwandtes Streben für das Wohl des niederen

Volkes und für seine bessere Erziehung lebendig beseelt, sich zu
Pestalozzi und seinem Lebenswerke mächtig hingezogen fühlte, ein
Mann aus dem nördlichen Deutschland, der seine öffentliche Stelle
als oldenburgischer Justizrat niedergelegt und sich entschlossen hatte,
Pestalozzis Streben und Versuche in seiner Nähe gründlich kennen
zu lernen, um dann in seinem Vaterlande in gleichem Geiste für
gleiche Zwecke thätig zu sein. Es war dies der Herr von Türk,
ein Mann von der edelsten Gesinnung, von deutschem Gemüte und
hoher Willenskraft, den ich in der ersten Zeit meines Aufenthaltes
in Yverdün persönlich kennen, hochachten und lieben lernte und mit
dem mich noch heute dieselben Gefühle innig verbinden. Seit mehr
als dreißig Jahren hat er, nach Deutschland zurückgekehrt und als
Regierungsrat in Potsdam wirkend,*) mit unermüdetem Eifer und
aufopfernder Liebe das verwirklicht, was ihn damals als schönes
Ziel seines Lebens begeisterte, und auf des ehrwürdigen Greises
Haupte ruhen jetzt die Segenswünsche vieler Tausende, die er be=
glückte. Ihm verdanken wir auch über die Zeit, in der die Pesta=
lozzische Anstalt in Münchenbuchsee und die ersten Jahre in Yverdün
ihr neues Leben entfaltete, die schätzenswertesten Nachrichten. Er
veröffentlichte sie schon im Jahre 1806 unter dem Titel: B r i e f e
a u s M ü n c h e n b u c h s e e ü b e r P e s t a l o z z i u n d s e i n e E l e=
m e n t a r b i l d u n g s = M e t h o d e.**) Im zweiten dieser Briefe
schildert er sein erstes Zusammentreffen mit Pestalozzi in folgenden
Worten: „Kurz vor Hindelbank sahen wir einen Wagen kommen.
Wenn das Pestalozzi wäre, sagte ich zu dem mich begleitenden
Niederer. Er ist's, erwiderte dieser. Der Wagen war bei uns, er
hielt an; Pestalozzi sprang heraus, er umarmte mich, es war, als
hätten wir uns schon jahrelang gekannt. Ich mußte mit ihm in
den Wagen steigen. Er war heiter und sehr vergnügt darüber, daß
er mit den Seinigen nach Buchsee wandern konnte, ohne jemandem
etwas schuldig geblieben zu sein. Freund! es geht, es geht! sagte
er zu mir mit einem Ausdrucke — nun, man muß dieses lebhafte
Auge, diese Züge einer unerschütterlichen Gutmütigkeit, welche allen

---

*) Er starb in Klein=Glienicke, 31. Juli 1846.
**) Erscheint demnächst.

Stürmen des Schicksals widerstand, gesehen haben, um diesen Aus=
druck sich vorstellen zu können. Noch sah ich in keinem menschlichen
Gesichte etwas Ähnliches. Diese Fülle des Gefühls, dieser Reichtum
der Gedanken, für welche oft die Sprache nicht hinzureichen scheint,
kleidet Pestalozzi, durch das Bedürfnis der Mitteilung, durch den
Wunsch, alle Menschen für die gute Sache, für die er lebte und
duldete, zu gewinnen, unaufhaltsam hingerissen, in eine Sprache ein,
deren Worte mir beinahe alle unverständlich waren; allein jeder
einzelne Zug seines Gesichtes verdolmetschte das, was er sagte, und
so verstand ich mehr, als ich erwartet hatte."

Die in Münchenbuchsee gebliebenen Lehrer und Zöglinge fühlten
gar bald aufs schmerzlichste, daß die belebende Sonne ihren Kreis
nicht mehr beschien, daß ihres Vaters Wort und Liebe sie nicht mehr
unmittelbar erwärmte und erquickte. Alles war anders, als es in
Burgdorf gewesen. Ramsauer sagt darüber: „In Münchenbuchsee
fühlte ich mich zum erstenmal in meinem Leben unglücklich, ich hatte
keinen Menschen, der meinem Herzen wohl that, es fehlte der
Anstalt ihre Seele, Pestalozzis Liebe, die uns alle in Burgdorf so
glücklich machte. Bei Pestalozzi herrschte das G e m ü t , bei Fellen=
berg der V e r s t a n d vor. Das Schloß Burgdorf war groß und
hatte eine prächtige hohe Lage mit herrlicher Aussicht, in Buchsee
wohnten wir in einem alten kleinen Kloster. Die ganze Gegend
um Burgdorf herum war malerisch. Berge und Thäler, schön be=
wachsene Hügel und kahle Felsen, Flüsse, Wälder, Wiesen und
Felder wechselten in kleinen Zwischenräumen ab, während Buchsee
eine niedrige Lage und melancholisch=einförmige Umgebungen hatte."

Nicht lange dauerte die Trennung. Schon im Frühjahr 1805
zog Pestalozzi die in Buchsee zurückgelassenen Lieben wieder zu sich
und vereinigte sie mit denen, welche das Jahr der Trennung hin=
durch die Räume des alten burgundischen Schlosses mit ihm für die
Zwecke der Anstalt eingerichtet und das neue Stadium derselben mit
neuen Hoffnungen, mit neuem Mute und Eifer begonnen hatten.
Die wieder vereinte Anstalt nahm in den folgenden Jahren äußer=
lich an Ruf und Frequenz, innerlich an Bearbeitung der Mittel der
Elementarbildung, an gemeinsamem regen, kräftigen Streben und an

bedeutsamen Leistungen im Gebiete der vorzugsweise angebauten Unterrichtsgegenstände immer mehr zu und erlangte jene europäische Berühmtheit, infolge deren Pestalozzische Lehrer in Madrid, Neapel und Petersburg unterrichteten, der Kaiser von Rußland, der König von Preußen und viele andere deutsche Fürsten dem würdigen Greise die größten Beweise des Wohlwollens und Vertrauens schenkten, und Fichte in ihm und seinem Wirken den Anfang einer Erneuung der Menschheit erblickte. Es entwickelten sich in ihrem Leben aber zu gleicher Zeit auch die Keime der Krankheiten, an denen ich dasselbe leidend und getrübt fand, als ich ihm im Oktober 1809 nahe trat. Und so gehe ich zu den Anschauungen und Erfahrungen über, die sich mir während der Dauer meines Aufenthaltes in demselben in reichem Maße darboten und versuche es, vom Standpunkte des Erlebten in dem folgenden noch einige Züge aus dem Bilde von Pestalozzis Persönlichkeit und Lebenswerke zu entwerfen.

Wie die herrlichen Alpenländer mit ihren Riesenfelsen, Seeen, Gletschern und Matten, über welche ich zu Pestalozzi wanderte, eine neue Welt für mich waren, die mich mit Wonne und Entzücken erfüllte, so öffnete sich mir auch in den Räumen des von Karl dem Kühnen einst erbauten Schlosses zu Yverdün eine neue Welt herrlicher Ansichten aus dem geistigen Lebensgebiete, die meine Seele befruchteten und schlummernde Keime zu frischer lebenskräftiger Entwicklung brachten; und ich lege gern mit so vielen das dankbare Geständnis ab, daß die Jahre, die ich in ihnen verweilte, zu den schönsten und gewinnreichsten meines Lebens gehörten. Ich kam, wie ich dies schon in dem Vorworte ausgesprochen, sehr unreif für meinen neuen Beruf in den Kreis der erfahrungsreichen und geübten Männer, an welche ich mich als Lehrer anschloß, obwohl ich früher, tappend nach dem rechten Wege, in mehreren Familien Leipzigs Unterricht erteilt hatte. Um so unbefangener ließ ich die Eindrücke auf mich wirken, welche diese reichgestaltete erziehende Gemeinschaft auf mich machte. Und da jene Jahre meine eigentliche Lehrlingszeit im Gebiete der Pädagogik waren, so konnte es nicht fehlen, daß mein eigenes Einwirken auf die Anstalt ein sehr unbedeutendes war und bleiben mußte. Doch hat der gute und ernste Wille, das empfängliche und warme Gemüt vielleicht hie und da einige förderliche Spuren zurückgelassen.

Der Stoff empfangener Eindrücke und Erfahrungen aus jener Zeit ist so reichhaltig, die Schwächung der Bilder durch eine Entfernung von beinahe vier Jahrzehnten so natürlich, daß die Umrisse derselben, die ich zu zeichnen beabsichtige, der wünschenswerten Klarheit und Vollständigkeit entbehren werden. Was ich aber zu geben vermag, will ich weniger in chronologischer Reihenfolge, als in Skizzen der gebliebenen Gesamteindrücke, vorzugsweise von den Personen, die der Rahmen jenes bewegten Lebensbildes umfaßt, zu entwerfen versuchen.

Die Züge der im Vordergrunde stehenden g r o ß a r t i g s t e n P e r s ö n l i c h k e i t P e s t a l o z z i s selbst nur einigermaßen be= friedigend zu zeichnen, wird mir jetzt eben so schwer, als mir's einst in seiner Nähe ward, sie aufzufassen, da sie so viel Gegensätze und mannigfache Zerrissenheit darbieten. Sein Antlitz selbst spiegelte den Abdruck derselben. Das Ganze seiner Gesichtszüge war vielartig gewoben und verändert, durch die verschiedensten Gemütsaffekte be= wegt. Bald lag darauf die zarteste Weichheit und Milde, bald herzzerreißender Schmerz und Traurigkeit, bald furchtbarer Ernst und bald ein Himmel voll Liebe und Wonne. Seine tiefliegenden Augen quollen oft wie Sterne hervor, ringsum Strahlen werfend, oft wieder traten sie zurück, als blickten sie in eine innere Unermeßlich= keit. Seine Stirn war abgerundet, hinter des Alters Furchen die Glut der Jugend verbergend; der Ton seiner Stimme vielfach moduliert, dem sanften, lieblichen Worte und dem Donner des Zornes gleich dienstbar. Sein Gang war ungleich, bald hastig, bald bedächtig und wie im Sinnen verloren, bald kühn und imponierend, seine Brust breit gewölbt, sein Nacken dick und gebogen, und stark und straff die Muskeln seiner Glieder. Von kaum mittlerer Größe und von schmächtiger Gestalt trat doch in Haltung und Bewegung eine Fülle von Dauer und eine Kraft hervor, mit der er unsäglichen Stürmen Trotz bot. Alles in seiner äußeren Erscheinung kündigte eine Persönlichkeit an, in der alle Saiten der menschlichen Natur tönten, und die zum Träger tiefgreifender Ideeen bestimmt war.

Ich habe wenige Menschen kennen gelernt, aus deren Lebens=
mitte ein so reicher Strom der Liebe floß, als aus seinem Herzen.
Die Liebe war recht eigentlich sein Lebenselement,
der unversiegbare, göttliche Trieb, der von Jugend auf all seinem
Streben und Wirken Richtung und Ziel gab. Wie es aber in der
Natur der Liebe liegt, sich den Bedürfenden zuzuwenden, die
Mangel Leidenden und Gedrückten zunächst zu erfassen, so zog ihn
der Drang seiner Liebe mit einer nie gestillten Glut zu den Hütten
der Armen im Volke, zu den Bedrängten und Unterdrückten. Diesen
wollte er alles, was er an äußeren und inneren Gütern empfangen
hatte, zu freudigem Opfer bringen, dafür war ihm nichts zu schwer
und nichts zu teuer, denn er suchte nie das Seinige. Und wenn
ihn auch, wie in Yverdün, sein Lebenskreis von diesem nächsten
Ziele abzulenken schien, so war's doch wesentlich das Volk und seine
Not, dem er in Aufsuchung und Begründung einer bessern Volks=
erziehung mittelbar diente und jede Entbehrung, jede Mühseligkeit
bereitwillig zum Opfer brachte. Diese Liebe ergriff im täglichen
Umgange jeden, der ihm nahe trat, mochte er ein Hausgenosse
oder ein Fremder, ein Reicher oder ein Armer, ein Hochgestellter
oder Niedriger sein, denn im Begüterten und Mächtigen hoffte sie
sich einen Verbündeten, einen guten Engel zu gewinnen für das
Eine und Höchste, nach dem sie trachtete, die Armen und Unglück=
lichen zu retten. Darin allein hatte auch jenes Verhalten Pestalozzis
gegen einflußreiche Herren oder Fürsten seinen Grund, das so oft
von denen, die ihn nicht kannten, als Eitelkeit oder Mangel an
männlicher Würde und Selbstgefühl gedeutet und verargt wurde.
Hörte er nämlich, daß ein solcher ins Schloß gekommen war, so
lief er nach allen Richtungen zu den Lehrern, die dasjenige von
seiner Methode, was am meisten imponierte, den hohen Fremden
vorzuführen vermochten. Da mußte Schmid und Ramsauer mit
einer Auswahl von Zöglingen herbei, um deren seltene Gewandt=
heit in Auflösung arithmetischer oder geometrischer Aufgaben zu zeigen.
da mußte ich die großen Wandkarten herzutragen, auf denen meine
Schüler alle Gebirgszüge, Flüsse und Städte Europas mit seltener

Sicherheit und Fertigkeit benannten. Aber es trieb ihn dazu einzig und allein der Eifer, diese Einflußreichen von der Trefflichkeit der Methode zu überzeugen, damit sie für die Verbreitung derselben in ihren Kreisen geneigt, und dadurch die Wege auch in ihren Ländern für eine bessere Volksbildung angebahnt würden. Als im Jahre 1814 der König von Preußen nach Neuschatel kam, war Pestalozzi sehr krank, dennoch mußte ihn Ramsauer zum Könige begleiten, damit er ihm danken könne für seinen Eifer um das Volksschulwesen, den er insbesondere durch die Sendung so vieler Eleven nach Yver= dün bethätigte. Auf der Hinreise sank Pestalozzi mehrere Male in Ohnmacht und er mußte aus dem Wagen gehoben und in ein nahes Haus gebracht werden. Da wollte ihn Ramsauer bewegen zurückzukehren, er aber erwiderte: „nein, schweig davon, ich muß den König sehen und sollte ich auch darüber sterben; wenn durch meine Gegenwart beim Könige auch nur ein einziges Kind in Preußen einen besseren Unterricht empfängt, so bin ich reichlich belohnt.“ Freilich vernachlässigte er bei dieser edelsten Aufopferung nicht selten sein eigenes Haus und ward bei der vielen Aufmerksam= keit, die er Fremden widmete, gegen die Lehrer und Zöglinge der Anstalt oft ein Schuldner.

Mit der A u f o p f e r u n g s k r a f t seiner Liebe verband er die höchste U n e i g e n n ü ß i g k e i t. Hatte er doch schon früher sein und seiner Frauen Vermögen für seine menschenbeglückenden Be= strebungen eingesetzt und selbst in Kummer und Sorgen gelebt, um anderen zu helfen. In Yverdün war wohl der fünfte Teil seiner Zöglinge unentgeltlich aufgenommen. Ich war oft Zeuge, daß, wenn ein Vater mit dem vollen Vertrauen und sehnsuchtsvollem Wunsche, sein Kind ihm zu übergeben, zu ihm kam, ihm aber seine Mittellosigkeit gestand, er ihn teilnehmend fragte: was könnet ihr thun? Und ward dann vielleicht nur der vierte Teil der an sich nicht beträchtlichen Pension als das Mögliche bezeichnet, Pestalozzi wies ihn gewiß nie von sich. Geben, helfen, erfreuen, den letzten Gulden mit jemandem teilen, war ihm so natürlich, wie dem Menschen das Atmen. Vor den Thoren Basels gab er einmal einem Bettler, den er im elendesten Zustande traf, seine silbernen

Schnallen von den Schuhen und band sie mit Stroh zusammen, um in die Stadt gehen zu können. Die große Liebe machte es ihm nicht allein möglich, z e i t l i c h e S c h ä t z e u n d B e q u e m = l i c h k e i t e n aufzuopfern, sie gab ihm auch eine Kraft der S e l b s t = b e h e r r s c h u n g und der B e h a r r l i c h k e i t, die um so größer und bewundernswürdiger erschien, je größer die Stürme waren, durch welche er sich durchkämpfen mußte.

Der Kraft der Liebe schreibt er selbst in einem Briefe an Stapfer die Überwindung aller Schwierigkeiten zu, welche ihm die Umstände und seine eigenen Gebrechen in den Weg legten: „Wenn ich mein Werk, wie es wirklich ist, ansehe, so war kein Mensch auf Erden unfähiger dazu, als ich. Es forderte ungeheures Geld, ich hatte nicht einmal geheures. Es fordert kalte, ruhige Ansichten, ich war der unruhigste Tropf; mein Kopf war so warm, daß ihn die Welt meiner Umgebung schon für verbrannt ansah, aber ich fand Männer der höchsten Ruhe zum Dienste meines Werkes. Es forderte tiefe mathematische Kenntnisse; wenn eine unmathematische Seele gedacht werden kann, so bin ich sie. Mein Werk forderte Sprach= und Schulkenntnisse und ökonomische Ordnung, ich hatte keine, und setzte es doch durch. D a s t h a t d i e L i e b e; sie hat eine göttliche Kraft, wenn sie w a h r h a f t i g i s t u n d d a s K r e u z n i c h t s c h e u t.“

Mit dieser Liebe war in ihm ein hoher Grad von A n s p r u c h s = l o s i g k e i t, B e s c h e i d e n h e i t und D e m u t innigst verbunden. Von letzterer insbesondere zeugen alle seine Schriften, am meisten die, welche er „seinen Schwanengesang“ nannte, in welcher er im Anfange seiner achtziger Jahre auf sein mühseliges und kampfreiches Leben mit Wehmut und Dank zurückblickt und voll rührender Demut nur sich anklagt, nur seine Schwächen, seine Regierungsunfähigkeit als Ursache der Zerrüttungen bezeichnet, denen seine Anstalt wie fast jede seiner früheren Unternehmungen unterlag. Unvergeßlich durch mein ganzes Leben wird mir der Eindruck bleiben, den wenige Monate nach meinem Eintritte in die Anstalt eine Rede Pestalozzis auf mich machte, die er an einem Bußtage vor allen Gliedern seines Hauses hielt. Sie war von Anfang bis zu Ende

ein prüfender, tiefer Blick in sich selbst, ein Bekenntnis seiner Schwach=
heit, seiner Ungenügsamkeit und Untüchtigkeit für das große, schwere
Werk seines Lebens in einer Demütigung vor Gott, der jenes
Zöllners ähnlich, der an seine Brust schlug und rief: Gott sei mir
Sünder gnädig! Was sind doch alle Bußpredigten der gepriesensten
Kanzelredner, welche die Sünde derer, z u d e n e n sie sprechen,
mit aller Stärke der Beredtsamkeit darstellen, gegen die Macht der
Worte einer so tief gedemütigten Seele, die n u r v o n i h r e r
S ch u l d redet. Wir alle, Große und Kleine, waren so mächtig
ergriffen und erschüttert, daß gewiß jeder im stillen zu sich sprach:
„Wenn der, den du so hoch verehrst und liebst, also vor Gott sich
demütigt, was sollst du thun?"

Dieser Demut stand in seinem Gemüte ein Mut, ein H e l d e n=
m u t zur Seite, wie solcher in gleicher Kraft in keines Menschen
Seele, die nicht demütig ist, zur Erscheinung kommt. Wie so himmel=
weit entfernt von ihm sind doch in unsern Tagen viele, die seine
Freunde und Verehrer zu sein sich rühmen, und doch in öffentlicher
Versammlung, wenn eine Mahnung zur Demut an sie ergeht, mit
stolzem Worte rufen: „Was, Demut? Die fördert nichts, sie ziemt
Männern nicht, Mut, Mut, das ist unsere Losung!" O wären diese,
wollen sie n i c h t d e s h ö c h s t e n M e i s t e r s J ü n g e r sein, doch
wenigstens des d e m ü t i g e n Pestalozzi e ch t e Jünger. Er hatte
durch die Demut allein jenen Heldenmut, mit dem er bei immer
neuer Verkennung, immer neuer Zerstörung seiner Hoffnungen be=
harrlich festhielt an dem Werke seines Lebens bis zur Stunde seines
Todes. Am Neujahrstage 1811 hörte ich ihn, der uns an jedem
Neujahrsmorgen mit einer Rede erbaute, die Worte sprechen: „Vater,
meine Schwäche ist groß, meine Glaube ist schwach. Eitle Furcht
drängt mich oft und legt mich zu Boden, wie eine arme Staude,
die der Wind drängt. Dann geht der Sturm vorüber, und du
erhebst mich wieder aus meinem Staube. Warum beugt mich
anderer Menschen Schwäche? Es ist nur darum, weil mich meine
eigene innere Schwäche nicht tief genug beugt, und ich nicht tief
genug über mich selbst seufze." Besitzen jene neueren Verehrer

Pestalozzis, deren Losung Mut ohne Demut ist, auch den Mut, gleiche Worte über sich auszusprechen?

Auch bei einzelnen Ereignissen seines Lebens, namentlich bei eintretenden Gefahren bewies Pestalozzi besonnene und mutige Ent= schlossenheit. So erzählt Krüsi von den Augenblicken einer drohenden Todesgefahr, in die er einst an seiner Seite kam: „In einer dunkeln Dezembernacht des Jahres 1806 begegneten uns am Abhange eines Berges bei Cossonay mehrere mit leeren Wagen zurückkehrende Weinfuhren. Diese liefen abwärts, wir hingegen, neben unserem Wagen einhergehend, stiegen langsam den Berg hinan. Pestalozzi war einige Schritte hinter mir und hörte nur unseren eigenen Wagen, als er plötzlich mehrere Pferde vor sich fühlte, zwischen welchen er in der Meinung, es seien lose Tiere, die eben von der Weide kommen, gerade hindurch wollte. Da stürzte ihn die Deichsel plötzlich zu Boden, auf welche Weise und ob die Pferde anhielten oder fortliefen, erinnerte er sich nicht, denn mit leiblichen Augen war nichts als dichte Finsternis zu schauen. Aber der Ge= danke „das Rad kommt" fuhr ihm wie ein Blitz durch seine Seele, und ein schneller kühner Sprung auf die Seite rettete ihm das Leben. Da ich seine Stimme hörte, hielt ich still, ohne zu ahnen, was ihm begegnet sei. Man denke sich aber mein banges Erstaunen, als ich ihn neben der Straße in einem Graben liegend fand. Be= müht ihm aufzuhelfen, bemerkte ich mit Schrecken, daß seine Kleider bis auf den bloßen Leib zerrissen waren. Ach Gott, was ist Ihnen geschehen? rief ich fragend aus. „Ich war unter den Füßen der Pferde," antwortete er mit ruhiger Besinnung. Ob er verwundet sei, wußte er selbst nicht. Da ich kein Blut spürte, half ich ihm auf, und sogleich vermochte er, vorwärts zu gehen. Allmählich fing er an, den Hergang der Sache zu erzählen, und das Bewußtsein: „Gott hat mich gerettet, aber er hat mich durch An= strengungen gerettet, deren Kraft ich in mir völlig zerstört und ver= loren glaubte!" erfüllte seine ganze Seele. So innig, warm, begeistert habe ich ihn nie in meinem Leben gehört, Gott für seine Hilfe danken und ihn um Gnade bitten, in ihm und für ihn zu leben und durch sein Werk das Reich der

Wahrheit zu fördern. Wahrlich, sagte er unter anderen, Davids Wort: „Es ist nur ein Schritt zwischen mir und dem Tode," hat buchstäblich mir gegolten.

Bei aller männlichen Entschlossenheit war er doch harmlos und hingebend wie ein Kind, mild und gefällig, zartsinnig und gefühl= voll. Seine Gemütlichkeit war oft zum Entzücken und seine Kind= lichkeit machte ihm, so oft sie frei und ungetrübt waltete, alle Ge= müter unterthänig. Nie habe ich von ihm ein feindseliges Wort über irgend einen Menschen gehört. Und mochte er auch bisweilen, von augenblicklicher Aufwallung oder dem Drange der Ereignisse getrieben, ungerecht über jemanden urteilen, so war es gewiß mehr eine Folge der Verblendung, als der Lieblosigkeit.

Welche Gewalt sein immer reger Geist auf seinen Körper aus= übte, davon erlebten einst seine Freunde in Burgdorf ein merk= würdiges Beispiel. Pestalozzi lag unter den heftigsten Gichtschmerzen im Bette und vermochte sich kaum zu rühren. Da kam der fran= zösische Gesandte von Reinhard aus Bern, seine Anstalt zu sehen, ihm willkommen, weil er sonst häufig verkannt wurde. Unter Ach und Weh richtete sich Pestalozzi mühsam auf, ließ sich ankleiden, ging schwankend und ächzend einige Schritte, auf Krüsi gestützt, bewegte sich allmählich in die Klassen, vergaß nach und nach seine Schmerzen, fühlte sich bald stark genug, dem Ehrengaste entgegenzugehen, eilte von Stube zu Stube, sprach und erklärte mit Feuer und Leben, und — weg bis auf die letzte Spur war aller Schmerz. — Von ähnlichen Beweisen der seltenen Kraft, mit der er heftige Körper= schmerzen trug und bewältigte, war ich Zeuge in den ersten Monaten des Jahres 1812. Wie er oft etwas in der Hand hatte und da= mit spielte, so störte er eines Tages mit einer großen Stricknadel im Ohre herum. Zum Unglücke stieß er, die Nadel im Ohre haltend, heftig an den Ofen und bohrte sich dieselbe tief in die Ohrhöhle und in das Innere des Kopfes. Anfangs spaßte er darüber, aber nach wenigen Tagen entwickelten sich die heftigsten Schmerzen. Die Wunde eiterte und es trat ein starkes Fieber ein. Sein Zustand ward immer gefährlicher, man ließ außer dem trefflichen Arzte Olloz in Yverdün, der ihn behandelte, noch einen

Wundarzt aus Lausanne kommen; ein unaufhörlicher, den ganzen Kopf erschütternder Schmerz mit starkem Eiterausfluß peinigte ihn Tag und Nacht. Der liebevolle, treue Krüsi war ihm fast ununterbrochen nahe. Nach vier Monaten endlich half sich seine kräftige Natur, das Geschwür warf sich nach außen, ward geöffnet und er genaß. So oft ich in dieser Zeit zu ihm kam, was selten geschehen durfte, da er kein Geräusch, oft nicht die sanfte, stille Rede ertragen konnte, fand ich ihn auch bei heftigem Schmerze in seinem Geiste frei und heiter, das eine Mal selbst mit einem Aufsatze beschäftigt, der die Überschrift hatte: „Der kranke Pestalozzi an das gesunde Publikum." Bei der Ahnung der Möglichkeit eines nahen Todes hatte er mehrmals zu Krüsi geäußert „e r s t e r b e g e r n", dann aber wieder im Gefühle der Kraft seiner Natur: „e r l e b e g e r n" und hoffe noch vieles in der Welt zu wirken und zu vollenden.

Er hat auch noch vieles vollendet. Seine Thätigkeit, sein Fleiß war außerordentlich. Mit seltenen Ausnahmen war er jeden Morgen um zwei Uhr wach und begann seine schriftstellerischen Arbeiten. Dabei war Ramsauer sein treuer, aber geplagter Sekretär; einige Male gelangte auch ich zu der Ehre und vermochte zu beurteilen, welch saueres angreifendes Geschäft der gute Ramsauer drei Jahre lang als sein schriftstellerischer Amanuensis zu vollbringen hatte und wie wahr die Schilderung ist, welche er davon in seiner Schrift: „Kurze Skizze meines pädagogischen Lebens" entwirft, worin er sagt: „Mochte ich auch erst um zwölf Uhr zu Bett gekommen sein, so mußte ich genau um zwei Uhr vor seinem Bette erscheinen. Kam ich einige Minuten zu spät, so sprang er ungeduldig auf, kleidete sich ein wenig an, rannte durch die großen Schlafsäle der Zöglinge oder gar über den Hof, es mochte Sommer oder Winter sein, und holte mich und dann zwar nicht ganz freundlich. War ich aber zur rechten Zeit erschienen, so lobte und küßte er mich, legte sich zu Bett und fing an zu diktieren. Das zu schreiben, was er diktierte, war unendlich schwer, denn er sprach sehr schnell und undeutlich, und hatte zudem fast immer einen Zipfel des Betttuches oder sonst etwas im Munde, auch diktierte er nur mit halben Worten, fing einen Satz zwei- oder dreimal an und korrigierte ihn selbst eben so oft, ehe er ihn zusammenhängend aussprach. War endlich der Bogen fertig geschrieben, so wurde er zum vierten= oder fünftenmal ver= ändert und hatte auch dann noch ganze Schichten angeklebter Zettel= chen. Dies alles machte das Schreiben eben so schwer, als interessant und den begeisterten Mann oft eben so liebens= als bemitleidungs= würdig."

In der Zeit meines Aufenthaltes in Yverdün gab Pestalozzi außer kleineren Abhandlungen und Reden zwei größere Werke her= aus. Das erstere: „Über die Idee der Elementarbildung," das im Jahre 1810 erschien, hatte eine in Lenzburg vor der päda= gogischen Gesellschaft der Schweiz, deren Präses er war, gehaltene Rede zur Grundlage, welche er später sehr erweiterte, und an deren vorliegenden Fassung Niederer großen Anteil hat. Das zweite führt den Titel: „An die Unschuld, den Ernst und Edelmut meines Vaterlandes, ein Wort einer über Zeit und Stunde erhobenen Ahnung, mit Mut und Demut der Mitwelt dar= gelegt und mit Glauben und Hoffnung der Nachwelt hinterlassen von einem Greise, der alles Streites seiner Tage müde noch ein Sühnopfer auf den Altar der Menschheit legen möchte, ehe er da= hin scheidet." Die Grundgedanken dieses Werkes, worin er in einem, wie in seinen „Nachforschungen" mühsamen und oft unklaren Ideen= gange die getrübten und unerfreulichen Zustände seines Vaterlandes ins Auge faßt und die Mittel zur Heilung derselben entwickelt, sind ungefähr folgende: Die Civilisation muß sich den höheren Gesetzen der Menschenbildung unterordnen; die bloße Civilisationsbildung führt zur Entsittlichung des Geschlechtes, führt den Starken zum Mißbrauch seiner Kräfte, den Stolzen zur Verhöhnung des Schwachen, macht den Befriedigten gleichgültig gegen den Zustand des Un= befriedigten, faßt den Menschen überhaupt nur nach seinem Dienste, nicht nach seinem selbständigen Wesen ins Auge. Die Erscheinungen des Civilisationsverderbens sind Abschwächung der Nationalselbstän= digkeit, sansculottische Völkerempörung, Regierungsbarbarei und Kunsttyrannei. Wir sind jetzt ein physisch und geistig geschwächtes Geschlecht, anmaßungsvolle, ehrgeizige Hoffarts= und Geldmenschen, in deren Mitte selbstsüchtige, intrigante Politiker und kalte unvater=

ländische Weltbürger einen Grad von Ehre und Achtung erhalten, die sie bei unsern Vätern umsonst gesucht haben würden. Der Geist der Zeit hat uns eben so sehr entschweizert, als er die Völker Europas entmannt hat. Es ist für den sittlich, geistig und bürger= lich gesunkenen Weltteil keine Rettung möglich, als durch die Er= ziehung, als durch die Bildung zur Menschlichkeit. Das Fundament derselben ist das häusliche Leben. In der vor allen anderen Kräften erwachenden Gemütlichkeit des Kindes liegt der heilige Keim der reinen Entwicklung des ganzen Umfanges aller sittlichen und geistigen Kräfte seiner Natur; die Quelle, woraus alle reine Entfaltung der Menschlichkeit hervorgeht, ist Unschuld, Wahrheit, Liebe und Glauben. Wir müssen unsere Kinder besser und kraftvoller erziehen, so nur naht die Erweckungsstunde zu einer bessern Zukunft, so nur bereiten wir dem Herrn den Weg.

Den Tag über war Pestalozzi viel mit Fremden beschäftigt, die seine Anstalt besuchten, und setzte ihnen mit einem unermüdlichen Eifer das Eigentümliche und Wesentliche seiner Methode ausein= ander, wie wenig ihm diese auch teils wegen seines für Deutsche kaum faßbaren Schweizerdialektes, teils wegen der kühn und hastig hervordrängenden Ideeenmasse zu verfolgen vermochten. Bemerkte er dies, so begann er in einem noch weit unverständlicheren, harten und mit Patois gemischten Französisch das Gesagte zu wiederholen. Wer aber seinen Worten zu folgen vermochte, fühlte sich immer stärker angezogen und gefesselt, denn seine Unterhaltung war geist= reich, anregend, originell, seine Sprache bilderreich, die Anwendungen oft überraschend wie der Blitz, und allen abstrakten Gegenständen wußte er schnell die konkrete Seite abzugewinnen. Obwohl die Saiten in seinem Gemüte fast immer ernst gestimmt waren, so konnte er doch auch überaus witzig und lustig sein und an komischen Ein= fällen anderer das größte Wohlgefallen haben. Unvergeßlich sind in meiner Erinnerung die heiteren Stunden, welche wir im gemüt= lichen Zusammensein mit ihm bei kleinen Ausflügen aufs Land, im abendlichen Kreise, am öftesten beim Kaffee nach Tische verlebten, wo sein Humor mit seiner liebenswürdigen Kindlichkeit verschmolz. Wir Lehrer aßen mit den Zöglingen, aber nach Tische rief Pesta=

lozzi bald den einen, bald den andern in sein kleines trauliches Gemach, wo wir fast immer auch Krüsi und Niederer trafen. Mit letzterem besonders, der viel Scharfblick und Geistesgewandtheit be= saß, pflegte er sich im Witz und heiteren Humor gern zu messen, so daß oft Schlag auf Schlag die Funken des Witzes leuchteten, für uns Teutsche zu desto größerem Ergötzen, als im Schweizer= dialekte solcher Humor in einer außerordentlich naiven und gemüt= lichen Gestalt erscheint. Fröhlich mit den Fröhlichen teilte er auch in redlichem Mitgefühl eines jeden Schmerz und Kummer. Als ich die Nachricht vom Tode meiner unvergeßlichen Mutter während der Belagerung Dresdens empfangen hatte, faßte er mich mit warmer Teilnahme am Arm, ging mit mir in den Garten und sprach zu mir liebliche, tröstende Worte.

Die Rastlosigkeit seines Strebens zeugt von der seltenen Kühn= heit seines Geistes. Aber es war nicht der elastische, heitere, leichte Aufflug des Genius, sondern das gewaltige Emporstreben einer un= gebundenen Kraft. Hin und her getrieben vom Wellenschlage seiner Geschicke, ohne Regel, ohne Leitung einer bildenden Kunst und Wissenschaft, — denn seit dreißig Jahren hatte er fast nichts mehr gelesen, — überließ er sich dem mächtigen Strome seiner Medi= tationen. Dieser innere Drang des gepreßten Herzens, dieser Durst nach freier, menschenbeglückender Thätigkeit, verbunden mit der Un= behilflichkeit eines isolierten Denkers, erhob ihn zwar zu neuen, tiefen und kühnen Ansichten, aber erschwerte ihm auch, seinen Gegen= stand mit K l a r h e i t und allseitigem Blicke aufzufassen. Daher in seinen Schriften die vollen Ergießungen eines gepreßten, wehmütigen Herzens, die vielen kraftvollen Gedanken und überraschenden An= sichten, das Feuer einer für das Edle und Große durchglühten Phantasie, die Erhabenheit der Bilder, das nie ermüdende Vor= dringen zu den Quellen der Wahrheit und der Kampf eines ge= drückten Gemütes mit dem hellen Bewußtsein dessen, was er will und ahnet und doch nur unvollkommen sagt; daher von der andern Seite die vielen dunkeln Stellen, das überwiegend S u b j e k t i v e, das Halbwahre und schneidend Einseitige so mancher Urteile, der düstere Farbenstrich in der Schilderung des menschlichen Elendes.

Weniger durch Menschen, als durch sich selbst gebildet, mangelte
ihm auch oft die Gabe, unmittelbar auf Menschen zu wirken; es
fehlte ihm die ruhige B e s o n n e n h e i t, der ungeschwächte Sinn
für die Kleinigkeiten des Lebens, der s i c h e r e T a k t im Handeln,
die g e s e l l i g e G e w a n d t h e i t. Auch in der Kinderwelt wußte
er weit mehr anzuregen, als zu e r z i e h e n, und die tiefsinnigsten
Wahrheiten des echten Unterrichtes erforschend, war er selbst der
u n g e w a n d t e s t e L e h r e r. Aber weil er tiefer fühlte, kühner
dachte und mutiger wollte, als seine Zeitgenossen, nannten ihn viele
e i n e n S c h w ä r m e r. Weil ihm die alten Schulformen verwerflich erschienen und er im Gefühle eines edeln Unwillens die Schranken
der Gewohnheit durchbrach, um den Unmündigen einen Übungsplatz
zu erkämpfen, wo sich ihr Geist mit Lust und Freiheit bewegen
könne, sollte er nach dem Ruhme eines Reformators geizen. Gott
teilt seine Gaben wunderbar aus, aber er giebt auch dem Reich-
begabten nicht alles. Vieles verliert ein jeder durch eigene Schuld
und wahrlich wenige fühlen und erkennen so tief und demutsvoll,
wie Pestalozzi, daß sie durch i h r e S c h u l d so vieles nicht besitzen
oder verloren. Großes und Unvergängliches ist unserm Geschlechte
durch ihn geworden und wird als ein segensreiches Vermächtnis ihm
bleiben. Die Gebrechen und Unvollkommenheiten hat der Tod hin-
weggenommen. So oft, wenn ich den Unvergeßlichen anschaute, da
ich ihm noch nahe stand, erschien er mir wie ein groß gewordenes
K i n d mit aller Herrlichkeit der kindlichen Natur, aber auch mit
den Schwächen und Unvollkommenheiten derselben. Die Reinheit
und Unschuld, der Glaube und die Liebe, die Milde und Hingebung
des Kindes schmückten und adelten seine Seele bis ins Greisenalter,
aber die Ruhe und Besonnenheit, die Umsicht und Vorsicht, die klare
Herrschaft über Zustände und Personen, die den Mann zieren,
mangelten ihm in hohem Grade. In innerem Widerspruche und
Selbsttäuschung verlief der größte Teil seines Lebens. Aber wer
will gegen den liebenswürdigen begeisterten Greis einen Stein auf-
heben? Die Selbsttäuschung des Enthusiasmus ist nie von langer
Dauer. Der überschwenglichen Stimmung folgt bald eine hoffnungs-
lose, verzagende. So war es in seinem Gemüte und Leben. Aber

wir erfahren aus seinen eigenen Bekenntnissen die Quelle des Wider=
spruchs, den wir in seiner Natur und in seinem Handeln finden.
Er besaß trotz seiner großen, die ganze Menschheit umfassenden
Ideale nicht Fähigkeit und Geschick, auch nur die kleinste Dorfschule
zu regieren. Wie rührend waren diesfalls die Selbstgeständnisse,
von denen ich oft Zeuge war, die mich tief ergriffen, als ich sie das
erste Mal in der Neujahrsrede von 1810 aus seinem Munde ver=
nahm. „Ich sollte", so redete er zu seinem Hause, „bei meinem
Werke in jedem Falle meiner selbst mächtig sein, und wie wenig
bin ich es, wie sehr lasse ich mich durch die Eindrücke des Gegen=
wärtigen hinreißen, wie oft handelte ich nicht mit Ruhe und Be=
sonnenheit, wie oft schlug ich in meiner Lebhaftigkeit da den Mut
nieder, wo ans Herz gehende Liebe ihn hätte erheben sollen. Zum
Gewöhnlichen zu schwach, unruhig und unvorsichtig fast bei jedem
Vorfalle, unüberlegt fast bei jedem Entschlusse, ungeschickt, unbehilf=
lich und ungewandt fast in allem, was ich anfangen und leiten soll,
sehe ich mich in einer Lebenslage, welche die höchste Ruhe, die
größte Vorsicht, die tiefste Überlegung, Geschicklichkeit und Gewandt=
heit anspricht. Mein Werk forderte Heldenkraft, ich blieb unthätig,
es forderte Weisheit des Lebens, ich hatte sie nicht, es forderte
Kenntnisse, ich suchte sie nicht, es forderte Wirtschaft, ich war un=
wirtschaftlich, es forderte Regelmäßigkeit und Ordnung, ich war un=
ordentlich und zerstreut — und doch gelang mein Werk. Gott hob mich
Elenden aus dem Staube, wie er wenig Elende aus dem Staube hob."
Ramsauer, sein treuer und dankbarer Schüler, spricht sich über
Pestalozzis Regierungsunfähigkeit in folgenden Worten aus:
„So sehr auch sein Charakter, besonders sein unermüdeter Eifer
und seine aufopfernde Liebe geeignet waren, jung und alt zu be=
geistern und Leben und Thätigkeit auch in das größte, aus den
verschiedensten Elementen zusammengesetzte Haus zu bringen, so wenig
verstand er ein Haus äußerlich zu regieren, dazu ging ihm die
Geduld und aller praktische Takt ab, und daher kam es, daß zu
allen Zeiten allerlei Unordnungen und Streitigkeiten in der Anstalt
stattfanden, die er alle gar wohl kannte, denen zu steuern er aber
meistens die verkehrtesten Mittel anwandte."

Er war die belebende Seele seines ganzen Hauses, alle durch=
dringend mit der Tiefe seines Geistes, mit der Reinheit seines
Willens und der Stärke seiner Liebe. Diesfalls wird selten eine
Anstalt einen vollkommeneren und ausgezeichneteren Leiter besitzen,
und die vielen, die von ihm ausgegangen sind in alle Länder und
später selbst an die Spitze von Anstalten und öffentlichen Schulen
traten, haben in ihm von dieser Seite ihr hohes Vorbild dankbar
verehrt und werden bis an ihr eigenes Ende des reichen Gewinnes
voll unauslöschlicher Liebe eingedenk bleiben, den sie aus seiner Nähe
davon nahmen. Aber sie werden auch gestehen müssen, daß sie in
Beziehung auf verständige, ruhige, umsichtige und kräftige Leitung
von Schulen und Anstalten in Yverdün lernten, wie sie es nicht
anzufangen, was sie zu vermeiden haben.

Zu Pestalozzis Regierungsunfähigkeit trug auch sein Mangel an
Menschenkenntnis vieles bei. Er kannte d e n Menschen, aber nicht
d i e Menschen. Den Einzelnen durchschaute er oft schnell und sicher.
Der unsittliche Knabe wußte, daß keine Nacht und keine Einsamkeit
die Spuren seiner Verirrung vor dem Scharfblicke Pestalozzis ver=
hüllen konnte. Der Dekan Ith nannte ihn in seinem Berichte einen
fürchterlichen Physiognomisten. Aber ob die Menschen ihm wohl
oder übel wollten, ob sie gute oder schlechte Absichten hegten, das
konnte er selten beurteilen; seine Gutmütigkeit trübte ihm hierin den
Blick. Arges von andern zu denken kostete ihm große Überwindung.
Er selbst äußerte sich eines Tages, daß er sich nicht nur in jedem
Schlauen, sondern auch in jedem Narren irre.

Bei aller Milde und Freundlichkeit seines Wesens war er nicht
selten leidenschaftlich, aufbrausend, selbst ungerecht. Ward ihm irgend
etwas hinterbracht, so prüfte und untersuchte er nicht, sondern ward,
wie es Kindern zu gehen pflegt, vom Augenblickseindrucke über=
wältigt und handelte sofort im Sturme dieses Eindruckes. Als
eines Tages zu ihm von der Unzweckmäßigkeit und Schlaffheit des
Unterrichtes der französischen Lehrer gesprochen worden war, lief
er sofort zu dem Zimmer, worin einer derselben unterrichtete, öffnete
hastig die Thüre und schrie von Zorn entbrannt in die Klasse:
„Les maîtres français enseignent comme les cochons!" Ward

ein Zögling von einem Lehrer wegen einer Ungezogenheit oder
wegen Faulheit gestraft und er lief in Pestalozzis Zimmer und stellte
ihm vielleicht unter Thränen das Widerfahrene als eine Ungerechtig=
keit dar, so übermannte der Eindruck dieser vermeintlichen Un=
gerechtigkeit den Greis dergestalt, daß er aufsprang, und um solche
Ungerechtigkeit zu sühnen, selbst die größte Ungerechtigkeit gegen den
Lehrer und obendrein die unverzeihlichste pädagogische Taktlosigkeit
beging. Mir selbst begegnete dieser Fall zweimal. Das erste Mal
mußte ich mich vor meiner Klasse in den heftigsten Ausdrücken, ohne
ein Wort zu meiner Rechtfertigung vorbringen zu können, auszanken
lassen. Das zweite Mal sah ich mich, um nicht eine ähnliche Scene
zu erleben, so weh es mir auch that, genötigt, dem hereinstürzenden
Pestalozzi sofort entgegenzueilen, ihn beim Arme zu nehmen und
mit ihm aus dem Klassenzimmer heraus und auf sein Zimmer zu
gehen. Da beruhigte er sich allmählich, und als ich ihn selbst über=
zeugt hatte, daß ich ganz recht gehandelt, der Knabe aber unver=
schämt gelogen habe, rief er aus: „Du Lumpenbub, i will na
Multatz gan!"

Zu den Schattenseiten unseres Pestalozzi gehört auch die Ver=
nachlässigung seiner selbst, seine Nachlässigkeit im Äußeren, sein
Mangel an Reinlichkeit. Nicht bloß einfach und fast dürftig ging
er einher, sondern oft auch ungewaschen, mit verworrenem Haare
und mehrtägigem Barte, in niedergetretenen Schuhen und herab=
hängenden Strümpfen. Als eines Tages der König von Holland
im Schlosse gemeldet wurde, lief er aus seinem Zimmer durch die
Korridore ihm entgegen; ich stand eben an der Thüre, durch welche
er dem Könige entgegen eilte und sah zu nicht geringem Staunen,
daß sein rechter Fuß fast bis zur Hälfte entblößt war. Ich zog
ihn rasch auf die Seite, band ihm seinen herabhängenden Strumpf
fest und reinigte in aller Eile seinen dunkelgrauen Burnus, seine
fast tägliche Kleidung, von Federn und Schmutze. Einst langte er
in ähnlichem Aufzuge bestaubt und schmutzig an den Thoren von
Solothurn an. Der Ratsdiener ergriff ihn als einen Landstreicher.
„Führt mich zu Lüthi," rief er demselben zu. Es war dies ein
Mitglied der helvetischen Regierung, von dem er sich gekannt wußte.

Der Diener, dem es unmöglich schien, daß ein Mann in solchem Aufzuge irgend eine Berührung mit Lüthi haben könne, zögerte und gab ihm erst auf wiederholte dringende Aufforderung Gehör. Kaum hatte Lüthi seinen Freund erblickt, so eilte er ihm entgegen und fiel ihm um den Hals. Betroffen stand der Ratsdiener da; Pestalozzi aber griff in seine Tasche und gab ihm, was er bei sich hatte, einen Kronthaler mit den Worten: „Ihr habt Euere Pflicht gethan."

Doch über alle Schwächen und Fehler dieser großartigen Natur breiten sich die Strahlen seines hohen Geistes und seines liebekräftigen Gemütes so siegreich aus, daß die starken Schatten seines Lebens zwar nicht zu verkennen sind, aber das Gesamtbild desselben und seine erhabenen Gestaltungen von jedem Betrachtenden stets mit Bewunderung und Liebe werden angeschaut und gewürdigt werden. Auch ihn trifft, wie uns arme Menschen alle, das gemeinsame Los, daß die wirksame Macht der Sünde das Lebensbild trübt und entstellt, welches nur durch die Gotteskraft der Versöhnung und Heiligung zu der Reinheit und Herrlichkeit erhoben und erneut werden kann, zu der es geschaffen und bestimmt ist. Wie weit Pestalozzi solche Erlösung gesucht und gefunden hat, darüber werde ich mich in einer folgenden Betrachtung aussprechen.

Er erkennt es selbst und gesteht es in offenen, demutsvollen Bekenntnissen, daß seine großen Schwächen, besonders die seiner entschiedenen Regierungsunfähigkeit, wesentliche Ursache der traurigen Kämpfe und inneren Zerwürfnisse waren, in welche der Zustand der Anstalt verfiel, nachdem sie aus dem engeren und mehr häuslichen Kreise in den vielfach gegliederten und mehr staatlichen übergetreten war. Doch bevor ich von diesen rede, werfe ich einen Blick auf das zarte und innige Verhältnis, in welchem der Vielgeprüfte zu der edeln, greisen Gattin stand, welche ihm beinahe ein halbes Jahrhundert durch alle Labyrinthe seines mühseligen Lebens mit wandelloser Treue der Liebe gefolgt war. Sie trug noch im hohen Alter die Spuren ihrer früheren Schönheit; ihr Ausdruck war würdevoll, mild und wohlwollend, auf ihren Zügen lag die Ruhe eines in den Lebenskämpfen zwar müde gewordenen, aber friedevollen Herzens. Pestalozzi erholte und erquickte sich oft von

des Tages bewegtem Treiben in ihrer Nähe und ließ die Stürme
seines äußeren Lebens nicht in ihr stilles Gemach, nicht an ihr ruhe=
bedürftiges Gemüt dringen. Des Sonntags lud sie oft einige von
uns, wohl auch mehrere ihrer Lieblingszöglinge zu Tisch. Des
Abends sah sie es gern, wenn wir ihr bisweilen zu einer Partie
Boston Gesellschaft leisteten. Wenn Pestalozzi auch einmal daran
teilnahm, so hielt er selten lange aus, folgte fast nie dem Spiele
mit einiger Aufmerksamkeit, legte oft plötzlich die Karten wieder hin
und eilte auf sein Arbeitszimmer. Die Frau des früh verstorbenen
einzigen Sohnes Pestalozzis, welche sich später an Herrn Kuster
verheiratet hatte, der die Rechnungsangelegenheiten der Anstalt be=
sorgte, war die tägliche Gefährtin und treue Pflegerin der alters=
schwachen Mutter Pestalozzi. Ihr Sohn, das einzige Enkelkind
Pestalozzis, war damals Zögling der Anstalt*) und erheiterte oft
durch seinen jugendlichen Frohsinn die mit großer Zärtlichkeit an
ihm hängende Großmutter. In den ersten Tagen des Dezembers
1815 begann der Sturm einer ernsteren Krankheit die schwache
Hülle der geliebten, lebensmüden Mutter des Hauses heftiger an=
zuwehen, und wie eine welke, sanft zur Erde sich neigende Blume
sank sie allmählich schmerzlos und friedevoll in den Abendstunden
des 12. Dezembers in den Todesschlummer.

Als wir diese Nachricht erfuhren und der tiefsten Teilnahme voll
zum geliebten Vater eilten, fanden wir die Entschlafene noch auf
dem Sofa sitzend, und wir blieben mit ihm die Abendstunden bei
i h r, deren seltene Tugenden und Werke treuer Liebe der Inhalt
unserer dankbaren und wehmutsvollen Unterhaltungen waren. In
den Frühstunden ihres Begräbnistages, des 16. Dezembers, ward
ihr Sarg in den Betsaal getragen. Dort waren alle Glieder des
Hauses vereint und einige Strophen eines Sterbeliedes bereits

---

*) Dieser Enkel, Gottlieb Pestalozzi, entwickelte später wenig Anlagen und
noch geringeren Eifer für wissenschaftliche Beschäftigung. Daher bestimmte ihn
sein Großvater zu Erlernung eines Handwerks. Er ward Gerber, und als
solcher besuchte er mich im Jahre 1822 in Dresden. Später folgte er Pestalozzi auf den Neuhof, beschäftigte sich mit Feldbau und ward nach dem Tode
seines Großvaters Besitzer dieses Gutes.

gesungen, als der erschütterte Greis eintrat, dem Sarge der treuen Gattin nahte und, nachdem der Gesang schwieg, vor ihr und gleichsam mit ihr, als ob sie noch lebte, in tiefergreifendem Gespräche die Bilder ihres gemeinsamen, vielgeprüften Lebens vom ersten Augenblicke, da sie sich gesehen und erkannt, durch alle Zeiten der Drangsale und Kämpfe hindurch bis zu dieser schmerzensvollen Stunde in erschütternden Zügen vorführte. Und als er zu jenen Tagen kam, von denen er sprach: „Wir waren von allen geflohen und verspottet, Krankheit und Armut beugte uns nieder und wir aßen unser trockenes Brot mit Thränen," da fragte er die entseelt im Sarge Liegende: „Was gab dir und mir in jenen schweren Tagen Kraft, auszudauern und unser Vertrauen nicht wegzuwerfen?" Und er ergriff eine in der Nähe liegende Bibel, drückte sie der Toten an die Brust und rief: „Aus dieser Quelle schöpftest du und ich Mut und Stärke und Frieden!" — Bald darauf ward der Sarg geschlossen, und wir folgten ihm voll tiefer Bewegung in Begleitung eines großen Teiles der Bewohner Yverdüns zu den drei schönen Walnußbäumen im Garten des Schlosses, unter denen die Selige zu ruhen gewünscht hatte. Als da der Chor der Sänger und Sängerinnen schwieg, sprach Niederer ein erhebendes Gebet, und da der Sarg hinabgelassen ward und die erste Erde auf ihn fiel, sah ich über Pestalozzis tiefgefurchtes Antlitz eine heftige blitzartige Bewegung gehen, wie ich noch nie den Ausdruck der Macht des Vergänglichen auf menschlichem Gesichte erblickt habe. In das Schloß zurückgekehrt wohnten wir dem Trauergottesdienste bei, in welchem Niederer über die Worte sprach: „So jemand auch kämpfet, wird er nicht gekrönt, er kämpfe denn recht;" und Klopstocks Triumphgesang christlicher Hoffnung: „Auferstehn, ja auferstehn" die ernste ernste Feier endete.

Um die eigene und aller Bewegung und Stimmung des Gemütes dem niedergebeugten Greise auszusprechen, wie es mir der Drang des Herzens gebot, hatte ich in den vorhergehenden Tagen die Distichen niedergeschrieben und drucken lassen, welche ich, wie gering auch ihr poetischer Wert sein mag, als redendes Zeugnis unserer Teilnahme hier mitzuteilen mir erlaube:

An Heinrich Pestalozzi

am Grabe seiner Gattin, Yverdün den 16. Dezember 1815.

Will es Dich nachziehn, wankender Greis, in die offene Erde,
Möchtest Du ruhen mit ihr, müde des ewigen Sturmes?
Will das große Herz, das vielfach zermalmte, gedrückte,
Nicht mehr dauern im Staub, dürstend nach endlicher Ruh'?
Ha, wie zerreißt es die Brust, wie preßt es feurige Thränen,
Vater, Dich also zu sehn, also versunken in Schmerz.
Trockner, starrender Blick, und ihr nachstürzenden Thränen,
Stummer, bebender Mund, laut ist die Sprache von euch:
„Hier versinkt mir zur Erde ein halb Jahrhundert voll Liebe
Und ein Himmel von Treu', dauernd in jeglichem Sturm.
Seit ihr Herz sich, ihr Geist in Liebe dem meinen verbunden,
Durch der Drangsale Nacht, durch der Verkennungen Schmach
Rettet' die Treue den Glauben, in stillen Thaten der Liebe
Half sie fördern das Werk, das mir der Himmel beschied."
Vater, was jetzt am Grabe Dein stummer, bebender Mund spricht,
Sprach Dein entflammter zu uns, jüngst, da die Sel'ge entschlief,
Da Du uns faßtest im Sturm der tiefen Seelenerschütt'rung
Und uns führtest zu ihr, deren verklärtes Gesicht
Wunderbar zeugte und laut von des Geistes eigner Verklärung.
Da, die erstarrete Hand fassend, in wachsender Glut
Sprachst Du, als ob noch ihr Ohr die gewohnte Stimme vernehme,
Welcherlei Thaten der Treu' liebend im Leben sie that.
„Aber Du hörst mich nicht mehr, Dein Mund hat sich ewig geschlossen,
Kinder, tretet ihr nah, schauet die Selige an!"
Und es griff uns der Schmerz, der bittre, tief in die Seele
Und wir starreten stumm, glühenden, thränenden Blicks.
Aber verklärend den Schmerz zu lichten Flammen der Thatkraft,
Sprachst Du in Ruhe darauf dieses begeisternde Wort:
„Also zerreißen die Bande, die lieb uns machen das Leben,
Und es verwaiset das Herz und es verödet die Brust;
Aber es bleibet uns treu bis zum letzten Zuge des Atems,
Was wir als göttliches Bild trugen durchs Leben im Geist.
Also bleibst du auch mir, du Gotteswerk meines Lebens,
Und eine neue Zeit nahet, die letzte dir nun!
Darum werde mir Schmerz ein entzündendes Feuer vom Himmel,
Daß, wenn die Stunde mir naht, fertig sie finde mein Werk."

Dumpfer, zermalmender Klang, du Schrecken grauser Verwesung,
 Rollen der sinkenden Erd' auf das versenkte Gebein,
Teile nicht blutig die Brust, laß ab in die Seele zu donnern.
 Armes, zerrissenes Herz, halte, o halte noch fest!
Vater, so sank auch die Hülle, so schwand der Schatten vorüber,
 Den seit der Stunde des Tods fest noch umfaßte Dein Schmerz,
Und Du wendest den Tritt, den Stachel der Wehmut im Busen,
 In das öde Gemach langsam und wankend zurück.
Vater, nein! wend' ihn noch nicht, es erfassen uns heilige Gluten
 Und es drängt sich das Herz, Vater, am Grabe zu Dir.
Mächtig zieht uns und fest in immer engere Kreise
 Deiner Liebe Gewalt heute im Schmerze zu Dir,
Und wir umringen Dich hier am Grabe der seligen Mutter,
 Laut verkündend das Wort, das in uns redet der Geist;
Einen Funken vom Himmel hast Du geschlagen, an dem sich
 Durch die kommende Zeit zündet ein göttliches Licht;
Einen Funken, der tief in viele Geister gefallen,
 Vieler Herzen entflammt mit einer himmlischen Glut;
Einen Funken, entströmt dem Lichtmeer ewiger Wahrheit,
 Und in die göttliche Flamm' heiliger Liebe getaucht.
Aus den lauteren Tiefen der Religion des Erlösers,
 Und aus der heiligen Kraft ewiger Menschennatur
Brachtest Du ihn zum Heil der irrenden duldenden Menschheit
 Durch Deiner Forschungen Drang freudig und siegend ans Licht.
Vater, wir glauben mit Dir an die ewigen Kräfte im Menschen,
 An sein heiliges Recht und an der Liebe Gewalt,
Glauben, daß in der Kraft und Lauterkeit häuslicher Weisheit
 Und in der Mutter Treu einzig erstarke der Mensch,
Daß ihm das Leben hinfort sich nicht mehr scheide vom Wissen,
 Daß er erwachse zur Höh' reicher, vollendeter Kraft.
Vater, wir wissen und schaun in des Geistes innerster Tiefe,
 Daß in dem Werke von Dir ruh' ein unendlicher Keim,
Daß in die große Zeit Dein Werk, ein entflammender Funke,
 Rettung bringend und Heil, falle, und zünde und glüh'.
Vater, wir wissen, daß Du der Menschheit gehörest, nicht uns nur,
 Daß Deinem Worte der Geist würd'gere Diener erweckt;
Daß die Stunde einst kommt, — und sei sie jetzt auch noch ferne —
 Wo Du von allen erkannt, alle durchglühst und entflammst;
Wo sich klarer enthüllt und in immer reicherer Fülle
 Das erhabne Gesetz jeglicher Bildung und Kraft.
Vater, so sei Dir ein heitrer, ein stärkender Trost unser Glaube,
 Doch unsers Willens Kraft werde noch tröstlicher Dir.

Ja, wir wollen — so ruft Dir das Herz und gelobt es am Grabe,
Treu und fest an dem Werk halten, des Schöpfer Du bist,
Treu an der heiligen Kunst, der Menschenweih' und Entfaltung,
Fest an der ewigen Bahn, die die Natur uns enthüllt.
Vater, wir wollen nicht lassen, ob feindliche Mächt' es auch wehrten,
Von des Geistes Gebot, den Du entflammtest in uns,]
Wollen, erforschend die Macht der Gesetze jeglicher Bildung,
Weiter fördern die Bahn jeglicher Lehre und Kunst,
Streben mit opferndem Mut, daß der Bildung himmlischer Segen
Steig' in die Hütten herab, läut're die Kräfte des Volks.¹
Vater, das wollen wir all'. So verschieden auch jedem die Gab' ist,
Fühlt von der heiligen Glut jeder doch gleich sich beseelt.
Wär's auch, von Dir zu geben dann immer des Einen Bestimmung,
In Dir bleiben wir all', wirken auch ferne in Dir:
Und es will ja Dein Werk der frischen Keime so viele,
Daß es in jeglicher Flur segnend und freudig gedeih'.
Also redet zu Dir in des Herzens tiefer Bewegung
Bei der Entschlummerten Grab, Vater, der Deinigen Geist.
Sei er ein tröstender Dir, ein wehmutlindernder, sanfter,
Flöß' er ins wunde Herz freudiger Hoffnungen Kraft.
Selig die Toten! sie ruhn, sie feiern von Drangsal und Mühen,
Selig die Toten! sie ruhn, feiern im Jubel des Lichts.

—————

Diesen trüben Tagen, in denen die Natur des Schmerzes Keime neuer und kräftiger Erhebung in sich trug, folgten für Pestalozzi und seine Anstalt bald viel trübere, deren Schmerz eine lähmende und zerstörende Macht in sich barg.

Pestalozzi, Niederer und Schmid, im Bunde christlicher Liebe und Weisheit fest vereint, hätten durch die einem jeglichen verliehenen Kräfte und Gaben aus der Anstalt zu Yverdün ein Musterbild der Erziehung für alle Zeiten zu schaffen vermocht, aber wahrlich, hat sich je in einem Menschenwerke das Wort des Herrn bewährt: „Ohne mich könnet ihr nichts!" so war's in Yverdün.

Pestalozzis Individualität, deren Stärke die Gemütswelt mit ihren himmlischen Mächten und den aus ihr hervorgehenden tiefen geistigen Anschauungen war, bedurfte nach zwei Seiten hin eine Ergänzung und war ohne dieselbe in ihrem Einflusse auf das praktische Leben ohnmächtig, ja selbst verloren. Die eine dieser

Seiten, nach welcher hin ihm eine ergänzende Individualität für sein Werk notwendig war, ist diejenige der begrenzenden, begriffs= klaren, urteilsscharfen, logisch und dialektisch gewandten Verständig= keit, die der Wissenschaft. Für diesen Mangel bot ihm die Vor= sehung einen Mann, der alle diese Gaben in hohem Grade besaß. Es war Niederer. Die andere Seite, nach welcher er gleich sehr einer Ergänzung seiner Individualität bedurfte, war die einer alles Äußere beherrschenden, ordnenden und vermittelnden prak= tischen Kräftigkeit. Zu diesem Ersatze war ihm Schmid auf eine wahrhaft providentielle Weise an die Seite gestellt. Hätten diese beiden Männer ihre Stellung ganz erkannt und in Kraft der Wahrheit und Liebe sich einer dem andern, beide aber sich Pestalozzi kindlich=treu untergeordnet, und hätte dieser den einen wie den andern mit gleicher Liebe und Gerechtigkeit an sein Herz und Leben geschlossen, so würden ihn nicht die zerrüttenden Kämpfe, die Anstalt nicht ihr Untergang getroffen haben. Aber dem Zuge seiner Neigung folgend schloß sich der thatkräftige Pestalozzi an den Mann praktischer Energie dergestalt an, daß er dessen Beute wurde, den Mann der Reflexion und der Wissenschaft aber entfernte er in dem Grade von seinem Herzen, als er sich mit jenem zu identifizieren begann. Doch diese Ansicht wird deutlicher werden, wenn ich vor= her diese Männer näher charakterisiere.

Niederer hatte die natürlichen Gaben klarer und scharfer Denk= kraft durch eine gründliche gymnasiale und akademische Bildung, ins= besondere durch philosophische Studien zu einer Vollkommenheit ent= wickelt, die ihn ganz zum Vermittler der tiefen Anschauungen und Ideeen Pestalozzis mit der Wissenschaft, zum Überträger der erkannten einzelnen Gesetze der Bildung und Erziehung in ein System befähigte. Als Lehrer war ihm in der Anstalt der Re= ligionsunterricht der oberen Klassen und der Katechumenen über= tragen, er hielt für die Erwachsenen und Fremden Vorlesungen über die Methode, predigte von Zeit zu Zeit im Betsaale des Schlosses, vermittelte die Stellung des Instituts zum Publikum, teilte mit Pestalozzi die ausgebreitete Korrespondenz und wirkte mit besonderem Eifer in der weiblichen Erziehungsanstalt, welche neben dem Schlosse bestand und von der trefflichen Erzieherin Rosette Kasthofer*) geleitet wurde, mit der er sich im Jahre 1813 verheiratete und von da an Vorstand dieser Bildungsanstalt erwachsener Töchter wurde. Für uns deutsche Lehrer war Niederer insbesondere ein wichtiger Mittelpunkt wissenschaftlichen Verkehrs und Austausches. Ich schloß mich eng an ihn an; was er meinem Herzen und Geiste wurde, bleibt mir unvergeßlich und ward der Grund einer Freundschaft, die uns bis zu seinem Tode aufs innigste vereinigte. Welchen hohen Wert Pestalozzi auf ihn legte, das sprach er einst in der Neujahrsrede von 1811 in folgenden Worten aus: „Niederer, Du erster meiner Söhne, was soll ich Dir wünschen, wie soll ich Dir danken? Du bringst in die Tiefe der Wahrheit, Du gehst durch die Labyrinthe wie durch gebahnte Fußsteige. Der Liebe hohes Geheimnis leitet Deinen Gang und mutvoll mit eherner Brust wirfst Du den Harnisch jedem entgegen, der in Schleichwegen sich krümmend von dem Wahrheitspfade weicht und nach dem Scheine hascht. Freund, Du bist meine Stütze, mein Haus ruht in Deinem Herzen und Dein Auge blitzt einen Lichtstrahl, der sein Heil ist, ob ihn gleich meine eigene Schwäche oft fürchtet. Ruhe wohnt in Deiner Seele und ein großer Segen fließt aus der Fülle Deines Geistes und Deines Herzens auf das Thun meiner Schwäche." In einer Erklärung gegen den Chorherrn Bremi in Zürich spricht Pestalozzi über Niederer: „Seine Freundschaft überwiegt alles, was ich in meinem Leben in der Freundschaft genossen und auch nur geträumt habe. Was kann der Mensch für seinen Freund mehr thun, als wenn er um seinetwillen aus einem sicheren, ruhigen und befriedigenden Leben heraustritt, und sich für ihn in eine unsichere, unbefriedigende und drückende Lage hineinstürzt? Das hat Niederer gethan. Er hat um meinetwillen seine Pfarrei, auf der er wirksam, geachtet und glücklich lebte, verlassen und sich zu einer Zeit an mich und an meine Armut angeschlossen und in die Arme aller meiner

---

*) Sie hat sich durch mehrere schätzbare Schriften über weibliche Erziehung bekannt gemacht, und ich verdanke ihr die sorgfältige Bildung einer geliebten Schwester, der sie sich, auch nachdem ich Yverdün verlassen, mit großer Treue und Liebe angenommen hat.

Verlegenheiten geworfen, in welcher mein Werk in mir selber noch nicht reif und ich aller äußeren Hilfe und Mitwirkung für dasselbe beinahe gänzlich beraubt war. In diesem Zeitpunkte stellte er, der einzige Mann, der einen Grad von litterarischer Kultur ansprechen konnte, sich an meine Seite und gab sich allen Gefahren der Teilnahme preis, denen ihn mein Unternehmen aussetzen konnte und wirklich aussetzte. Über das Persönliche empor geht seine Freundschaft auf die Zwecke meines Lebens, für die ich mich mein Leben hindurch so oft verlassen sah. Seine Persönlichkeit nähert sich der meinigen so wenig, als die meinige sich der seinen; aber sein Leben ist seine Freundschaft; sein Bleiben, sein Ausharren, selbst sein Kampf, den er anhaltend mit sich selbst besteht, um meinen Lebenszwecken immer mehr zu sein, selbst seine Widersprüche und sein Widerstand gegen meine Persönlichkeit, wenn er sie mit meinen Zwecken in Widerstreit findet, beweisen das Edle, das Außerordentliche, das Reine seiner Freundschaft. Würde er weniger widerstehen, er würde weniger lieben!" — Bei einer Anerkennung des Wertes und der Verdienste Niederers, die kaum größer sein könnte, tritt aus dem Mitgeteilten doch klar hervor, wie die Freundschaft Pestalozzis für ihn mehr aus dem Bewußtsein seiner seltenen Treue und Aufopferung, als aus einem tiefen Zuge des Herzens hervorging, und wie sich beide Persönlichkeiten ihrer Natur nach mehr abstießen, als anzogen. Dieser innere Gegensatz wuchs in dem Grade, als Niederer in der systematischen Konstruktion einer idealen Methode immer mehr von der Einfachheit und Empirie der Pestalozzischen Anschauungen sich entfernte, so daß Pestalozzi nicht selten sehr naiv äußerte: „Ich verstehe mich selbst nicht mehr; wenn ihr wissen wollt, was ich denke und will, müßt ihr Herrn Niederer fragen." Sehr bestimmt spricht er sich diesfalls in seinen „Lebensschicksalen" aus: „Niederers freies, eigenes und selbständiges Nachdenken, womit er den psychologischen Fundamenten der Grundsätze und des Wesens der Elementarbildung nachforschte, führte ihn allmählich dahin, daß er ohne die Grundlage praktischer Erfahrungen sich träumerisch von der Unfehlbarkeit und Ausführbarkeit derselben so weit begeisterte, daß er auf einmal anfing, mit großer Lebhaftigkeit und gewaltsam in den ganzen Umfang unseres Thuns einwirken zu wollen und sich einen überwiegenden Einfluß auf dasselbe zu ver= schaffen. Sein excentrisches Wesen belebte in ihm die entschiedene Neigung, Schwächen, Fehler und Lücken meines Hauses durch wissenschaftliche Erläuterungen der Begriffe, die unseren Bestrebungen zu Grunde lagen, entgegen zu wirken. Er glaubte zuverläſſig, mit dem Zauberschlage heiterer Begriffe, aber oft auch nur vielbedeutender Worte, das Wachstum unseres Verderbens, das er tief fühlte, still zu stellen und zu beherrschen. Er verstieg sich in eine metaphysische Darstellung von Ideeen, für die er weder einen soliden Hintergrund von Anschauungserkenntnissen, noch die Kraft in sich trug, dieselben in einfachen und klaren Worten auszudrücken oder irgend jemandem genugsam verständlich zu machen. Das meiste, was er suchte und darstellte, stand in unserer Mitte wie eine Lufterscheinung und knüpfte sich durchaus an keine Realität der Fundamente unseres wirklichen Lebens an. Er war ungewandt und beinahe unfähig, zur Aus= führung einer seiner hochtönenden Ideeen auch nur die entfernteste praktische Handbietung zu leisten. Er fühlte dies selbst und forderte oft mit einiger Zudringlichkeit, daß andere dasjenige, was er in seinem Kopfe auf eine ideale Weise zusammenstellte, mit ihren Hän= den, und zwar ohne viele Ansprache auf seine Mitwirkung, ihn be= friedigend ausführen sollten." Dies Urteil Pestalozzis halte ich für richtig und wohl begründet. Niederer wußte seinem Drange zu idealisieren ebensowenig als seiner polemischen Heftigkeit gegen die, welche zwischen seinen Darstellungen und dem wirklichen Bestande der Anstalt den auffallendsten Widerspruch aufdeckten, Schranken zu setzen. In ersterer Beziehung steigerte er die Einseitigkeit und Maßlosigkeit, mit der er aus der Idee der Elementarbildung die Notwendigkeit und Gewißheit einer neuen Kulturepoche der ganzen Menschheit konstruierte, zu einer Höhe, auf welche weder Pestalozzi noch wir ihm zu folgen vermochten, und die eigene thatkräftige Ein= wirkung vernachläſſigend entfremdete er sich immer mehr dem wahren Lebensbestande des Erziehungshauses; in der andern Richtung ver= flocht er sich und die Anstalt in eine Reihe leidenschaftlicher Kämpfe und litterarischer Fehden, die seine Kraft dem so dringenden Bedürfnisse des Hauses noch mehr entzogen und seinem Gemüte die nötige Ruhe und Freiheit raubten. Die Periode dieser Polemik begann bald nach meinem Eintritte in die Anstalt. Die erste Veranlassung zu derselben gaben Schweizerische Journale, welche gegen das Institut eine entschiedene Opposition zu bilden begannen. Niederer setzte sich den Beschuldigungen mit Derbheit entgegen und vermochte zugleich Pestalozzi, sich an die damals in Freiburg versammelte Schweizerische Tagsatzung mit der Bitte um eine offizielle Prüfung der Anstalt zu wenden. Das Gesuch ward gewährt, und im November 1809 kam die abgeordnete Untersuchungs-Kommission nach Yverdün. Sie ging fünf Tage lang sehr gründlich in den Gesamtbestand der Anstalt ein, legte die Ergebnisse ihrer sorgfältigen Untersuchung in einem ausführlichen Berichte nieder und übergab denselben im folgenden Jahre der Tagsatzung, welche darauf Pestalozzi den Dank des Vaterlandes zuerkannte. Infolge der Veröffentlichung dieses Kommissionsberichtes entspann sich eine drei Jahre dauernde heftige und widerliche Fehde. Der bekannte K. v. Haller hatte in den Göttingischen gelehrten Anzeigen den Bericht gelobt, die Pestalozzische Anstalt aber angeklagt, daß sie ihren Zöglingen Abneigung gegen Religion, Obrigkeit und Aristokratie einflöße. Dagegen schrieb Niederer eine geharnischte Verteidigungsschrift: „Das Pestalozzische Institut an das Publikum." Aus dieser sog der Chorherr Bremi in Zürich Gift und ließ demselben in einigen Dutzenden von Fragen freien Lauf, mit welchen er in einem Schweizerblatte Niederer und die Anstalt angriff. Dagegen schrieb dieser nun ein Buch, das ein Meisterstück dialektischer Athletenkunst ist, worin er seinem Gegner gegen hundert Lügen und fünfzig Verleumdungen und Verfälschungen nachwies; es führt den Titel: „Pestalozzis Erziehungsunternehmung im Verhältnisse zur Zeitkultur." So verlor Niederer Zeit und Kraft, dem Institute das zu sein, was er nach seiner Begabung und Berufung demselben sein konnte und sollte.*)

*) In einer späteren Ausgabe seiner „Idee der Elementarbildung" sagt Pestalozzi über Niederers Einfluß auf dieselbe in einer Anmerkung mit naiver Offenheit: „In dieser und vielen anderen Stellen spreche ich mich nicht sowohl in der ursprünglichen Einfachheit meiner eigenen Ansichten über das Erziehungs

Joseph Schmid gewann dadurch immer mehr Terain, in seinem Eroberungsplane vorzurücken. Der erste Platz aber, den er einzunehmen und darin mit unbeschränkter Willensmacht zu walten strebte, war Pestalozzi selbst. Mochten es auch anfangs die reineren Gefühle dankbarer Liebe sein, die ihn trieben, sich desselben ganz zu bemächtigen, später trat an ihre Stelle immer sichtbarer die unlautere Begierde, in ihm und durch ihn zu herrschen und sich alles unterzuordnen. Ich fand den einfachen Tyrolerknaben bereits zum kräftigen Manne herangewachsen, als ich in die Anstalt trat. In seinem Gesichte drückte sich eine seltene Charakterkräftigkeit, aber auch eine unheimliche Kälte aus, sein Blick war fest und scharf, aber zugleich schlau und wild, dem eines Raubvogels ähnlich, sein Körper schlank und muskelstark, seine Stimme hart, seine Stirn mehr finster als heiter. Er schritt wie ein Herrscher durch die Räume des Schlosses und stand wie ein Gebieter vor seinen geo= metrischen Figuren an der Tafel. Sein Fleiß, seine Thätigkeit waren unermüdlich, seine Selbstbeherrschung und Entsagung achtungswürdig. Jeden Morgen war er schon vor vier Uhr an seinem Pulte in der Klasse zu treffen, an welchem er auch während der darin erteilten Unterrichtsstunden ungestört an den schwierigsten algebraischen Lösungen arbeitete. Er schrieb damals an einer neuen Bearbeitung der Zahlen= und Größenlehre, worin er einem ihm eigentümlichen Entwicklungsgange folgte, der von den früheren methodischen Ele= mentarbüchern wesentlich abwich. Er war der bedeutendste Lehrer sowohl für die Zöglinge, als für die Unterlehrer und Fremden, die sich mit den wichtigsten Teilen der Methode bekannt machen wollten. Dabei griff er aufs kräftigste in die Disciplin und in die

_____

wesen, als in mir unreifen und wesentlich fremden und unverständ= lichen philosophischen Ansichten aus, bei denen damals, aller guten Ab= sichten ungeachtet, die Köpfe der meisten Glieder unseres Hauses und auch der meinige schwindeln mußten, und welche mich persönlich im Wesen meiner Be= strebungen verwirrten, auch den Flor des Hauses und der Anstalt, die in diesem Zeitpunkte zu einer glänzenden Scheinhöhe gelangten, in seinen Wurzeln faulen machten und als die verborgene Quelle alles Unglücks, das seitdem über mein Haupt kam, anzusehen sind."

Ordnung des Hauses ein und widersetzte sich mit derber Geradheit jeder Schlaffheit und Bequemlichkeit, wo er sie irgend vorfand. Was war natürlicher, als daß diese Eigenschaften Pestalozzi immer stärker an dieses „kräftige Naturkind" fesselten und ihm in um so höherem Grade seine volle Liebe gewannen, als er das dringende Bedürfnis einer solchen thatkräftigen Einwirkung neben der idealen Richtung Niederers tief fühlte. Aber die gerechte Schätzung der Verdienste Schmids ward sehr bald bei ihm eine Überschätzung derselben. Wie er in allem seinem Gefühle mehr, als besonnener Überlegung, dem Herzen mehr, als dem Verstande folgte, so verkannte er auch hier seine Stellung und handelte ohne Weisheit. Doch der Ausbruch feindseligen Kampfes ward noch aufgehalten, denn im Sommer 1810 verließ Schmid unerwartet die Anstalt und ging nach Wien. Die Ursache jener Trennung ist mir nie klar geworden.*) Er gab in Wien ein Pamphlet gegen die Pestalozzische Anstalt unter dem Titel heraus: „Erziehungsanstalten, eine Schande der Menschheit." Einige Zeit nachher erhielt er eine Anstellung als Vorsteher der Stadtschule in Bregenz. Pestalozzi schreibt über seinen Abgang: „Es zerschnitt mein Herz, ihn sich von mir trennen zu sehen, denn ich liebte ihn wie meine Seele." Schmid wirkte in Bregenz mit der ihm eigenen Kraft und Einsicht und erhob seine Schule zu einer der vortrefflichsten. In der Anstalt ward die Lücke, die durch seinen Abgang entstand, aufs empfindlichste gefühlt, und als nach einigen Jahren der Zustand derselben, besonders in ökonomischer Hinsicht, immer verworrener und mißlicher wurde, erwachte allgemein das Bedürfnis und der Wunsch, daß Schmid zurückkehren und mit seiner besonnenen Thatkraft wieder eingreifen möchte. Niederer, der Schmids seltene praktische Kraft und Energie nie verkannt und damals noch ein großes Vertrauen auf seine Gesinnung hatte, be=

---

*) Schmid selbst sagt über dieselbe in seiner Schrift: „Wahrheit und Irrtum", die er im Jahre 1812 schrieb: „Niederers Aufmerksamkeit war in jener Zeit auf eine Person gerichtet, deren Gemütsstimmung, Lage und Verhältnisse eine konfidentielle Mitteilung an mich notwendig machten. Unsere Trennung war nun entschieden."

suchte ihn in Bregenz und war der Vermittler zu seiner Rückkehr.*)
Diese erfolgte im April 1815. Er trat mit der ihm eigenen Energie
und ruhigen, aber scharf eingreifenden praktischen Thätigkeit auf
und suchte zunächst die sehr gestörten ökonomischen Zustände des
Hauses zu konsolidieren. Wir schlossen uns gern und mit hilfreicher
Zuversicht an ihn an. Bis hierher stand alles gut und hoffnungs=
voll. Die glückliche Leitung des hin und her geworfenen Schiffes
durch Klippen und Brandung lag in den Händen Pestalozzis. Aber
er war kein Steuermann, war es nie gewesen und durch keine Er=
fahrung geworden. In jenen entscheidenden Tagen hätte er sich
mit gleicher, über alle persönlichen Zu= und Abneigungen erhabenen
Liebe zwischen Niederer und Schmid stellen, mit gleicher Gerechtig=
keit und Weisheit die Schwächen eines jeden durchschauen und be=
herrschen, die hohe Kraft eines jeden zum Segen seines Werkes
lenken und benutzen sollen. Aber hie fehlte und irrte er, wie noch
nie in seinem Leben, gab das Ruder aus den Händen und unter=
lag seinem Schicksale. Zu Schmid aber, der auf der Zinne des
Tempels stand, war sein Versucher getreten und er hatte kein
Gotteswort in sich, um seine Versuchungen abzuweisen. Gegen
den Ehrgeiz, der seine Seele bereits verdunkelt hatte, gegen das
mächtige Selbstgefühl, das aus der Kraftfülle hervorgetreten war,
und gegen die Reize, welche Pestalozzis übermäßiges Vertrauen und
verkehrte Überschätzung auf ihn übten, mangelte ihm das einzig
wirksame Schutzmittel, das ihn, wie jeden Menschen in ähnlicher
Lage, vom Abfalle von der Wahrheit zu retten vermocht hätte, der
Geist echter Demut und reiner Liebe. Pestalozzi atmete zwar in
diesem reinen Lebenselemente, aber mehr im Gefühle, als im Be=
wußtsein, wie denn das christliche Lebensprincip weder
in der Stärke des evangelischen Glaubens noch in
der Klarheit christlicher Erkenntnis sein Anteil

*) In einem bald darauf an Schmid gerichteten Briefe sagt er zu ihm: „Zählen
Sie ganz auf Pestalozzis Liebe, er hat nie den Sohn in ihnen verkannt. Sie
sind männlich, kraftvoll und darum achtungswert. Doch das giebt die Natur.
Aber Sie sind mehr. Sie sind wahr, Sie wollen das Gute mit festem Sinne.
Das giebt der Mensch sich selbst, und das ist's, was Sie ehrwürdig macht."

geworden war. Hätte seine Natur diese Höhe der Vollendung
errungen gehabt, so würde er seinen Liebling Schmid nicht nach
seiner „ungeheueren Kraft", sondern nach dem Sinne und Geiste
Christi gemessen und nicht selbst so große Schuld bei Erweckung
und Nährung seines Ehrgeizes getragen haben. Aber darin allein
haben alle Dunkelheiten seines Gemütes und Lebens ihren Grund,
dadurch namentlich ward die letzte entscheidende Katastrophe herbei=
geführt, daß ihm das wahre Licht des Lebens in seiner Klarheit
und siegreichen Kraft nicht leuchtete, daß er Christus nicht in allem
als seinen Meister und Herrn erkannte, in ihm allein nicht alle Frei=
heit und alle Erlösung suchte.

Schmid ging in seinem Plane, der unumschränkte Herr und
Leiter der Anstalt zu werden, mit kluger Berechnung und Vorsicht
zu Werke. Er mußte zunächst die Frauen des Schlosses, Pestalozzis
Gattin, welcher Niederers Einfluß lästig war, die Frau Kuster,
welche durch die Übergabe der früher von ihr geleiteten weiblichen
Erziehungsanstalt an Niederer sich in hohem Grade gegen ihn gereizt
fühlte, und die alte treue Elsbeth, die seit dreißig Jahren Pestalozzis
Wirtschaft geführt hatte, vollkommen für sich und seine Absichten zu
gewinnen. Als darauf im Winter Frau Pestalozzi gestorben war
und sich der gebeugte Greis fast ganz in Schmids Arme geworfen
hatte, trat dieser immer entschiedener als der souveräne und auto=
nome Lenker der Anstalt auf, stellte die Konferenzen ein, in denen
bis dahin alles gemeinsam beraten und beschlossen wurde, entschied,
veränderte, befahl, zwar stets in Pestalozzis Namen, in der That
aber nach seinem Gutdünken, nach seiner Willkür. Dies mußte in
kurzem Widerstand erregen. Wir deutschen Lehrer, die allein
Pestalozzis Persönlichkeit zu ihm gezogen hatte und die wir ihm
wohl in Liebe dienen wollten, aber nicht dem herrschsüchtigen Schmid,
traten zuerst, über so unwürdig gewordene Stellung empört, gegen
denselben auf. Ich entwarf eine Anklageschrift wider ihn, in der
ich mit einer großen Anzahl von Thatsachen die Beschuldigung er=
wies, daß er auf eine eben so drückende als verderbliche Weise
eine selbstsüchtige Willkür übe und dadurch beschränkte, aber herrsch=
süchtig durchgesetzte Ansichten und Maßregeln dem Gedeihen des

gemeinsamen erziehenden Lebens in der Anstalt eben so hinderlich, als durch seine anzuerkennende administrative Gewandtheit, Kraft und Thätigkeit förderlich sei. Diese Anklageschrift ward von sechs= zehn Lehrern, Unterlehrern und Erwachsenen, die sich der Methode wegen in Yverdün aufhielten, unterzeichnet, Pestalozzi übergeben. Dieser berief uns zu sich, ließ Schmid eine Verteidigungsschrift vorlesen und erklärte, als wir uns durch dieselbe weder widerlegt noch gegen fernere anmaßliche und willkürliche Bedrückung geschützt erkannten, daß er lieber uns alle wolle gehen sehen, als Schmids Einfluß beschränken, der allein ihn zu retten imstande sei. Jener Abend, an welchem der zu Bett liegende Greis bald den zerrissenen Zustand seines Hauses bejammerte und uns um Frieden bat, bald in gesteigerter Verblendung Schmids Hand ergriff und ihn seinen Retter und Schutzengel nannte, an welchem in meinem Herzen die stärksten Gefühle der Liebe und des Mitleides mit dem heftigsten Ingrimme gegen Schmids triumphierende Kälte und Schlauheit wechselten, wird nie aus meiner Erinnerung kommen. Unser Ent= schluß stand indes fest, es blieb uns keine Wahl, wir verließen im nächsten Sommer die Anstalt. So tief es mich schmerzte, den Mann, an welchen mich Dankbarkeit und Liebe gleich mächtig fesselten, in solcher Lage zu verlassen*), so war doch die frohe und freie

Wirksamkeit bei ihm und für ihn gebrochen und die Sehnsucht nach meinem geliebten Vaterlande ergriff mich um so stärker.*)

Nachdem Schmid seine Absicht erreicht und den ersten kräftigen Widerstand, den wir Deutsche seiner Herrschsucht entgegenstellten, bewältigt hatte, begann der weit ernstere und schwerere Kampf mit den ältesten und einflußreichsten Gehilfen Pestalozzis, mit Krüsi und Niederer. Ersterer war zu mild und kindlich, um in einen äußer= lich heftigen Gegensatz zu treten: er suchte lange zu vermitteln und auszugleichen und löste sich, da seine Bemühungen fruchtlos blieben, von dem teuern Bande ab, das ihn durch sechzehn Jahre des treuesten und aufopferungsvollsten Wirkens und der innigsten Be= freundung an Pestalozzi geknüpft hatten.**) Um so gewaltiger aber

---

Standpunkt war der eines argen Rationalismus und einer verblendenden Selbst gerechtigkeit.

*) Ich begab mich nach der trüben und schmerzlichen Trennung von Yverdün einige Wochen nach Hofwyl, wo ich Fellenbergs Anstalten gründlicher kennen lernte. Von da begleitete ich einen jungen Engländer, Esq. Langton, auf Reisen durch alle Kantone der Schweiz und einen größeren Teil Italiens, durchwanderte dann viele Länder meines geliebten, lang entbehrten deutschen Vaterlandes, um den Bestand seiner Unterrichts= und Erziehungsanstalten näher kennen zu lernen, brachte ein Jahr auf dem Schlosse zu Merseburg in der mir unvergeßlich teuern Familie des Präsidenten von Schönberg an der Seite der geliebtesten Schwester zu, erneute meine theologischen Studien bei einem sechsmonatlichen Aufenthalte in Leipzig, besonders im Umgange und Austausche mit dem treuesten Freunde meines Lebens, dem Prediger D. Wolf, ließ mich im Preußischen examinieren und war eben im Begriff, eine Prediger stelle in Merseburg anzutreten, als mir ein Ruf nach Dresden ward und ich das engere Vaterland und seine reizende Hauptstadt, sowie den Erzieherberuf allem vorzog, was sich mir damals darbot, wie schwer es mir auch ward, die Wirksamkeit als Geistlicher, zu der mich von Jugend auf meine ganze Natur, und seitdem mich Christus ergriffen, auch meine volle Liebe zog, für immer zu verlassen. Nachdem ich fünf Jahre als Vicedirektor an der Friedrich=August= Schule gewirkt hatte, gründete ich im Jahre 1824 mein Erziehungshaus, an welches sich vier Jahre später das Vitzthumsche Geschlechts=Gymnasium anschloß.

**) Krüsi verweilte noch einige Jahre in Yverdün und leitete eine kleinere Erziehungsanstalt, welcher viele Eltern, die ihre Kinder früher im Schlosse hatten, dieselben anvertrauten. Später kehrte er in sein Geburtsland Appenzell

entbrannte der Kampf zwischen Niederer und Schmid. Die nächste äußere Veranlassung gaben Rechnungsforderungen, welche Pestalozzi seit der Übergabe des Töchterinstitutes noch an Niederer zu haben glaubte, und welche der betrübende, man möchte sagen ekelhafte Stoff wurden, an dem sich das Feuer der gegenseitig wachsenden Feindschaft auslud. Dieser Streit ward leider bald ein öffentlicher, in gegenseitigen Schriften und selbst vor niederen und höheren Gerichten mit Erbitterung fortgesetzter, jahrelang dauernder. Pestalozzi war mit Schmid dergestalt e i n e P e r s o n geworden, daß er dessen Sache unbedingt zu der seinigen machte und so das Band selbst immer gewaltsamer löste, das ihn früher so fest mit Niederer verbunden hatte. Ist einmal das, was nur die Liebe zu sühnen und auszugleichen die Kraft hat, auf das Gebiet des bürgerlichen Rechts gestellt, so verhärten sich die Menschen leicht in solchem Grade, daß kaum eine Spur der früheren Hoheit und Reinheit der Gesinnung noch sichtbar bleibt. Niederer ist von solcher Verhärtung nicht frei zu sprechen. Seine Feindschaft gegen Schmid, diesen nach seiner ganzen Natur kalten, harten und selbstsüchtigen Menschen, ward eine Feindschaft gegen Pestalozzis Person, die er, wie sehr sie sich auch mit jenem identifiziert hatte, doch stets von ihm trennen und in ihrer ursprünglichen und wesentlichen Vortrefflichkeit lieben und schonen mußte. Aber er hatte diese Größe des Geistes so wenig errungen, als wir. Fleisch und Blut kann das Reich Gottes auch hier auf keine Weise ererben, und der schärfste Verstand ist der böseste Sachwalter in den Angelegenheiten des Herzens, wir bleiben unfrei und jeder göttlichen That unfähig, bis uns der Sohn frei macht und jede Tücke des Herzens hinweg nimmt. Es war Niederer ein großes Werk bestimmt, tausendfach größer, als der Dolmetscher von Pestalozzis Ideeen zu sein. Aber dies forderte mehr, als Scharfsinn und dialektische Gewandtheit, es erforderte ein von Christi

zurück und wurde Seminardirektor in Gais. Dort sah ich den geliebten Freund im Jahre 1836 wieder und ward Zeuge seiner segensreichen Wirksamkeit und der dankbaren Liebe, mit welcher seine einfach kräftigen Appenzeller Jünglinge an ihm hingen. Sein ältester Sohn Hermann, der einige Jahre in meiner Anstalt verweilte, unterstützte ihn später aufs kräftigste.

Geist gereinigtes und mit seiner Liebe erfülltes Herz. Dieses ver=
mochte, aber auch nur dieses allein, wenn nicht Schmids selbstsüchtige
Härte zu überwinden, doch Pestalozzis Bande zu lösen und ihn sich
selbst wieder zu geben. Wie sehr Pestalozzi für solche Hoheit der
Liebe empfänglich und ihrer bedürftig war, ja wie er selbst Niederern
mit dem sehnsuchtsvollsten Verlangen nach der versöhnenden Kraft
derselben entgegen kam, beweist folgende Stelle eines Briefes, den
er in jener Zeit an ihn schrieb: „Lieber Niederer, ich möchte, daß
alle zur Erneuerung unserer Leidenschaften hinführende Ansichten
und Gedanken in die Tiefe des Meeres vergraben wären, wo in
Ewigkeit von der Auferstehung ihrer Schatten keine Rede mehr sein
könnte. Niederer, laß uns bedenken, die Versöhnung, die wir suchen,
geht wahrlich nicht aus der Beschönigung der Fehler voriger Zeit.
sie geht einzig und allein aus der Erneuerung unserer selbst zu
einem besseren Leben hervor. Lieber Niederer, geh uns voran im
Glauben und in der Liebe. Stehe heute als Held der hohen Kraft
der Selbstüberwindung an unserer Seite. Verzeih, vergiß und
glaube. Was hindert uns, daß wir einen gemeinschaftlichen Schritt
zur Wiederversöhnung thun? Ach, ich will es dir sagen, was uns
hindert: Du hast allen Glauben an mich und mein Wort verloren:
aber du thust mir unrecht. Komm doch von diesem mich kränkenden
Wahnsinn zurück. Rufe doch den letzten Tropfen des Glaubens, der
einst groß gegen mich war, in deine Seele zurück. O es geht ein
Gottesgericht hoch über alles Thun unserer Leidenschaften einher.
Wir sind alle Sünder, und es steht uns allen wohl an, über uns
selbst strenger, als über unsere Nebenmenschen zu richten. Gieb der
Versöhnung Raum. Aber kraftlos, überwindungslos, ich möchte
sagen gottlos und zum Schein vereinigen, das wollen wir nicht.“
— In einer Stelle seiner „Lebensschicksale“ sagt Pestalozzi: „Das
ganze Haus sah, mit welcher Ängstlichkeit ich alles that und gleich=
sam im Staube vor Niederer hinkroch, um ihn zur Wiedervereinigung
mit Schmid zu bewegen, wie ich meine Liebe und meinen Verstand
erschöpfte, um ihn zu sich selber zu bringen. Aber es war alles
umsonst. Meine Zeit, meine Ruhe, meine Gesundheit ging verloren.“

Niederer hatte in der That den Glauben an Pestalozzi verloren, nicht an sein lauteres, liebreiches Herz, aber an seine Willenskraft, die er für unvermögend hielt, Schmid in die Schranken seiner Stellung zurückzuführen und das Verhältnis mit Weisheit und Gerechtigkeit zu leiten. Aber er kannte ja Pestalozzis entschiedene Regierungsunfähigkeit, kannte auch die Stärke und Hoheit seines Gemütes und mußte fühlen, daß eine der höchsten Selbstüberwindung fähige Liebe den Sieg über dasselbe davon tragen und ihn so an Pestalozzis Seele ketten mußte, daß das entschiedene Übergewicht, mit dem Gefühl und Neigung an Schmid hing, bald in das rechte Maß sich geneigt, ja gewiß sich ihm zugewendet haben würde, da Pestalozzi, den Schmids außerordentliche praktische Kraft fürs äußere Leben an ihn fesselte, von einer derselben entgegengestellten außerordentlichen praktischen Kraft der Liebe und aufopfernder Wirksamkeit für das geistige Leben, seiner innersten Natur nach noch viel gewaltiger gefesselt werden mußte. Doch Niederer war in sich gebunden und hatte zwar des Herrn Wort in der Bergrede: „liebet eure Feinde und segnet, die euch fluchen“ oft aufs vortrefflichste erklärt, aber seine eigene Seele war durch den allmächtigen Geist derselben selbst nicht klar, rein und mächtig geworden. Und so geschah es denn, daß er zu Pfingsten 1817 sich vollkommen von Pestalozzi und seiner Anstalt trennte. Er that dies öffentlich, indem er die im Betsaale des Schlosses von ihm zu vollziehende feierliche Konfirmationshandlung dazu gebrauchte, oder vielmehr auf eine unverzeihliche Weise mißbrauchte, um in das Heilige der Weihe das Unheilige leidenschaftlicher Ausbrüche zu mischen und den armen, von seiner Absicht nichts ahnenden Pestalozzi in seinem Hause mit so kränkenden Worten zu überhäufen, daß dieser mitten in der Predigt empört aufstand, Niederer zurief, er sei da, die Zöglinge zu konfirmieren und die Anwesenden durch diese Handlung christlich zu erbauen, aber nicht feindselige Verhältnisse zu berühren, und sofort die Versammlung verließ.

So ward der Stachel noch tief in das Herz gedrückt, der es seit langer Zeit schon schmerzlich verwundet hatte, und Pestalozzi und Niederer jahen sich hinfort nur noch bei den Gerichtsbänken, vor denen der schmähliche bejammernswerte Prozeß sieben Jahre hindurch fortgeführt wurde. Durch einen Brief Niederers geriet der gequälte Pestalozzi noch im Sommer dieses Jahres in eine solche innere Wut, daß sie von einem Ausbruche förmlicher Raserei begleitet war und er Gefahr lief, in vollkommenen Wahnsinn zu verfallen. Man brachte ihn nach Bület auf dem Jura, dessen kühlende Höhen heilsam auf seinen gefährdeten Nervenzustand wirkten. Dort ergoß sich sein Leiden in Gedichten, in denen seine, von den schwersten, unedelsten Verhältnissen gefangene und umstrickte Seele ihre Sehnsucht nach himmlischer Freiheit wehklagend aussprach. Aus einem derselben „An den Regenbogen" hebe ich folgende Strophen aus:

Du verkündest Gottes Wonne!
Schein auch mir mit deiner Farben
Mildem Glanze, schein' in meinen
Wilden, lebenslangen Sturm.
Künde mir den bessern Morgen,
Künde mir den freien Tag!
Muß ich sterben, eh' mir Friede
Kommt, der Friede, den ich suche?
Ich erkenne meine Schuld,
Und verzeih mit stillen Thränen
Liebend allen ihre Schuld.

Künder meiner bessern Tage,
Lieblich wirst du einst erscheinen
Über meiner öden Gruft.
Wie des Winters helle Flocken,
Die beim Tode meiner Gattin
In der Sonne lieblich glänzend
Sanken auf ihr offnes Grab:
So erscheine du auch mir einst,
Milder Bote, Regenbogen,
Lieblich über meiner Gruft.

Bevor ich zu den letzten Jahren des lebensmüden Greises übergehe, richte ich noch einen Blick auf einige ausgezeichnete Männer, mit denen mich mein Aufenthalt in Yverdün in Berührung setzte, auf die Zustände der Zöglinge und auf unser gemeinsames Leben in und außer dem Schlosse.

Wenige Monate nur war ich noch mit dem lebenskräftigen, ordnungschaffenden, biedern von Muralt vereint, der, als ich kam, zu den einflußreichsten Gehilfen Pestalozzis gehörte. Aus altem patricischen Geschlechte von Zürich, hatte er sich einen höheren Grad wissenschaftlicher Bildung erworben, Theologie studiert und längere Zeit in Paris verweilt. Er kam mit einigen ihm anvertrauten Zöglingen nach Yverdün, ward Lehrer der Anstalt, unterrichtete vorzugs=

weise in der deutschen und französischen Sprache, hielt streng auf
Klassendisciplin und gesetzliche Bestimmtheit, und wirkte vermöge
seines entschiedenen Charakters sehr förderlich auf den Gesamtzustand
des Hauses. Er war ein echter republikanischer Schweizer, offen,
geradsinnig, lebendig und teilnehmend.*) Unter den in der Anstalt
gebildeten Lehrern schloß ich mich enger an Göldi und Leuzinger
an, beides Lehrer der Mathematik, Männer von Gemüt und Geist.
Ersterer erstrebte eine bedeutsame Bildung in der Zahlen= und
Größenlehre durch ernsten, beharrlichen Fleiß: letzterer war ein
mathematisch forschendes Genie; ich sehe ihn noch, wie er mit hoch=
gewölbter Stirne und feurigen Blicken sinnend bei den schwierigsten
geometrischen Konstruktionen vor der Tafel stand, und wenn er eine
neue Lösung entdeckte, freudig auf und ab schritt, die Hände sich
rieb und laut vor sich hin sprach. Beide wurden später Professoren
der Mathematik, Göldi in St. Gallen, Leuzinger in Coblenz. In=
dem ich ihrer gedenke, reiht sich unwillkürlich an dieselben das Bild
eines sechzehnjährigen Berner Bauernburschen, der in der schlichtesten
Jacke von Zwillich im Jahre 1813 in die Anstalt kam, kaum lesen
und schreiben konnte, aber mit einer wahren Wut über die Mathe=
matik herfiel; es ist dies der später in Berlin lebende und so berühmt
gewordene Professor der Mathematik Dr. Steiner, der in dieser
Wissenschaft der Pestalozzischen Anstalt Ehre macht, wie kein anderer.
Unter den deutschen Lehrern ragte einer durch Gesinnung, Charakter
und wissenschaftliche Bildung vor allen hervor, Theodor Schacht,
der später Oberstudienrat in Darmstadt war. Sein Gebiet war die
Geschichte, das er mit seltener Freiheit beherrschte und dessen Lebens=
bilder er in so klarer und scharfer Zeichnung mit so viel Wärme
und gewinnender Beredsamkeit vor der aufgerollten Länderkarte
frei, ich möchte sagen dramatisch vorführte, daß nicht nur alle Zög=
linge wie bezaubert an ihm hingen, sondern auch die Erwachsenen

*) Im Frühjahre 1810 erhielt er einen Ruf als Prediger an die evan-
gelische Gemeinde in Petersburg, ward daselbst Vorsteher einer eigenen großen
Erziehungsanstalt, in welcher er sehr viele der später in höheren Staatsämtern
stehenden Russen bildete, erfreute sich des Vertrauens und der Anerkennung
der Kaiserlichen Familie.

und viele Fremde seinen Vorträgen mit dem wärmsten und lebendigsten Interesse beiwohnten.*) Die schöne Vereinigung geistigen Gehaltes und gemütvoller Kräftigkeit fesselte mich von der ersten Bekannt=schaft an mit einem tiefen Seelenzuge an ihn, und wir sind innige und treue Freunde geblieben. Während unseres gemeinsamen Lebens im Schlosse hatten wir uns, um dem traurigen Lose fast aller Lehrer, ohne eigene Wohnzimmer in irgend einer Klasse den Tag über leben und arbeiten zu müssen, zu entfliehen, in dem östlichen der vier dicken Türme des alten Burgundischen Schlosses eine Art Kabaune mit bretternem Verschlage gebaut, und lebten da in engstem Raume bei der kärglichsten und armseligsten Einrichtung doch gemeinsam frohe, erhebende und unvergeßliche Stun=den in befreundetem Austausche alles dessen, was Geist und Gemüt in uns bewegte, wobei die Angelegenheiten unseres teuern, um seine Befreiung und Selbständigkeit kämpfenden deutschen Vaterlandes stets den mächtig anziehenden Vordergrund bildeten. In den Bund unserer Freundschaft trat ein dritter Deutscher, H e i n r i c h A c k e r=m a n n aus Auerbach in Sachsen, Führer von einigen hoffnungs=vollen englischen Knaben, mit welchen er sich behufs ihrer Bildung an die Pestalozzische Anstalt angeschlossen und selbst an derselben die Erteilung mannigfachen Unterrichtes übernommen hatte. Sein sanftes und lauteres Gemüt, sein edler und fester Charakter, seine begeisterte Vaterlandsliebe gewannen ihm mein ganzes Herz, das

---

*) Auch in Mainz, wohin er nach seinem Abgange von Yverdün als Professor am dasigen Gymnasium berufen wurde, fesselte er durch seine meister-haften öffentlichen geschichtlichen Vorträge das größere Publikum in so weitem Umkreise, daß nicht selten mehrere Wagen von Badegästen aus Wiesbaden nach Mainz fuhren, um seine so genußreichen Vorträge zu hören. Eine Reihe von Jahren wirkte er in höherer öffentlicher Stellung für das Schul-wesen im Großherzogtum Hessen im allgemeinen und für Begründung von realistischen Bildungsanstalten insbesondere mit großem Eifer, Erfolg und An-erkennung. Er hat sich zugleich durch sehr schätzbare, geschichtliche, geographische und ästhetische Schriften einen schriftstellerischen Ruf erworben.

durch die langen Jahre der Trennung und wechselnder Schicksale mit wandelloser Treue sein Eigentum geblieben ist.*)

Unter den nur kürzere Zeit in Yverdün verweilenden deutschen Männern gewannen schon damals meine innigste Achtung und Zuneigung Karl von Raumer und Karl Ritter, und an beide haben mich die späteren Lebensjahre mit der Verehrung und Liebe gekettet, welche die notwendige Frucht des erkannten hohen Wertes dieser Männer und ihrer befreundeten Gesinnungen für mich waren.

Karl von Raumer hatte in Göttingen und in Halle studiert, sich mehrere Jahre in Freiberg der Mineralogie gewidmet, deutsche und französische Gebirge geognostisch untersucht und hielt sich eben im Herbste 1808 zur Fortsetzung seiner Studien in Paris auf, als Fichtes Reden an die deutsche Nation den lebendigsten Eindruck auf ihn machten, und die entschiedene Äußerung dieses patriotischen Philosophen, daß die Ausführung seiner in jenen Reden entwickelten National=Erziehung an ein schon wirklich vorliegendes Glied, nämlich an den von Heinrich Pestalozzi erfundenen und vor seinen Augen in glücklicher Ausführung begriffenen Unterrichtsgang anzuknüpfen sei, ihn bestimmte, selbst nach Yverdün zu gehen. Da nun traf er wenige Wochen nach mir ein, zog ins Schloß und richtete sein Steh= pult, wie wir, mitten im Getümmel einer Klasse auf, sich gern jeglicher Entbehrung unterziehend, um die Anstalt in allen Beziehungen aufs gründlichste kennen zu lernen. Das Ergebnis seiner

*) Es rief ihn der beginnende Freiheitskampf nur zu schnell aus unserer Mitte, und wir gaben dem Glücklichen und fast Beneideten, als er der Schar des Lützower Freicorps begeistert entgegenzog, das Geleit bis zu den Höhen, wo die Riesenhäupter der Alpen vor uns Zeugen der Sehnsucht und Liebe waren, mit der wir als treue Söhne an dem erwachenden, seine schimpflichen Ketten zerbrechenden Vaterlande hingen. Im Lützower Corps an der Seite Theodor Körners und des späteren Staatsministers von Nostiz und Jänkendorf fechtend, nahm er Teil an dem unsterblichen Ruhme aller jener bravsten Söhne des deutschen Vaterlandes, und erwarb sich durch persönliche Eroberung einer Kanone im Kampfe an der Göhrde den gerechten Schmuck des eisernen Kreuzes. Nach dem Frieden nahm er eine Stelle als Lehrer an der Musterschule zu Frankfurt am Main an und hat in derselben, von Tausenden geliebt und hoch geachtet, stillkräftig und in reichem Segen fortgewirkt.

Prüfungen stand in einem grellen Widerspruche mit dem zwei Jahre vorher veröffentlichten Berichte an die Eltern über den Zustand der Pestalozzischen Anstalt; vor allem vermißte er, daß der Geist der= selben, wie jener Bericht versichert, ein Geist der reinsten Familien= liebe sei. Pestalozzi schenkte ihm ein so großes Vertrauen, daß er ihm den Antrag machte, in Gemeinschaft mit Schmid zur Erneuerung und gedeihlicheren Organisation des Hauses Hand anzulegen. Allein seine Vorschläge fanden zu vielfachen Widerstand, und er verließ schon im nächsten Frühjahre eben so unbefriedigt die Anstalt, als er im Herbste vorher hoffnungsvoll in dieselbe eingetreten war.*) — Karl Ritter lebte in jenen Jahren als Erzieher des jungen Bethmann=Hollweg in Genf, kam oft zu Pestalozzi, dessen Liebe und Vertrauen er in hohem Grade besaß, und gab aus seinen reichen Erfahrungen und Studien im Gebiete der Geographie wichtige An= leitungen für eine methodische Behandlung dieser Wissenschaft, wofür auch ich ihm sehr dankbar wurde, da dieser Unterricht in der An= stalt mir vorzugsweise oblag.**) — Unter den von der preußischen Regierung zu Pestalozzi gesendeten Männern waren besonders drei durch ihre Bildung, ihren Charakter und ihre Stellung zur Anstalt ausgezeichnet, Henning, Dreist und Kawerau. Henning möchte ich als den einzigen bezeichnen, der unter allen, die ich in Yverdün kennen lernte, bereits auf dem Standpunkte einer entschiedenen, festen und tieferen christlichen Erkenntnis und eines echt evangelischen und lebendigen Glaubens stand, welcher sich in milder, sanfter Gesinnung, in großer Gewissenhaftigkeit und sittlichem Ernste, in Kindessinn

---

*) Er ward später Professor der Mineralogie in Breslau und wirkte als solcher in Erlangen. Die Wissenschaft verdankt ihm mehrfache, sehr schätzens= werte Werke, in jüngster Zeit eine vortreffliche Geschichte der Pädagogik. Er gehört zu dem Kreise derer, die seit ihrer Trennung von Yverdün den rechten Grund aller Erziehung und alles wahren Heils in derselben beim rechten Meister erkannt und festgehalten haben.

**) Welche außerordentlichen Verdienste er sich später durch seine klassischen Werke über Geographie, die durch ihn erst ihre wissenschaftliche Begründung fand, erworben hat, ist allgemein bekannt. Wer aber seinem Herzen und Leben näher zu treten das Glück hatte, weiß auch, wieviel er als akademischer Lehrer der Jugend, als Mensch dem Menschen, als Freund dem Freunde geworden ist.

und Seelenfrieden bei ihm ausprägte. Er predigte oft im Schlosse, und seine reine Verkündigung des göttlichen Wortes und seine innige Andacht wirkte erbauend auf alle. Durch seinen Religionsunterricht hatte er besonders auf die weibliche Erziehungsanstalt einen segens= reichen Einfluß und erwarb sich durch eigentümliche Bearbeitung der Elementargeographie, deren vortrefflicher Leitfaden noch jetzt in den Händen jedes Lehrers der Erdkunde zu sein verdient, ein bleiben= des Verdienst. Sehr bestimmt sprach er schon damals das richtige Urteil über den Wert der Methode dahin aus, daß Weckung und Stärkung der physischen und intellektuellen Kräfte ohne Heiligung d e r s e l b e n nur eine Steigerung der alten Adamsnatur sei und für den Einzelnen wie für die Gesellschaft verderblich werden müsse.*) K a w e r a u war eine echt deutsche Natur, kräftig an Leib und Geist, stark an Gemüt, einfach und redlich, an der Natur und allen ihren Gebilden mit kindlichem Sinne und treuer Liebe hängend, ein un= ermüdlicher Arbeiter, gewandt in jeglichem Teile des Elementar= unterrichtes und ein Meister im Lehren. Mit ihm durchwanderte ich Pflanzen suchend alle Thäler der Umgebungen und erstieg die steilsten Höhen des Jura, mit ihm schwamm ich weit in die See hinaus, mit ihm badete ich einen Winter hindurch an jeglichem Tage in seinen Fluten, selbst wenn wir Hunderte von Schritten auf dem Eise uns zu ihnen Bahn machen mußten. Er erfreute sich gleich mir der kräftigsten Jugendfülle.**) D r e i s t dagegen war körperlich

---

*) Nach seiner Rückkehr von Yverdün wirkte er viele Jahre an den durch christliche Erziehung und methodische Bildung gleich vortrefflichen Anstalten für Knaben und Schullehrer zu Bunzlau, und später als Direktor des Seminars zu Köslin mit reichem Segen als treuer Diener des Herrn. Die innige Zu= neigung, mit der ich bei Pestalozzi schon an ihm hing, ward später durch die höchste Lebensgemeinschaft, die uns bindet, eine Verbrüderung im Geiste dessen, den wir auch im Lehrerberufe als unseren einzigen Meister erkennen.

**) In sein Vaterland heimgekehrt nahm er Teil am Freiheitskampfe, ward dann Lehrer, später Direktor der Bunzlauer Anstalten, zuletzt Regierungs= und Schulrat in Köslin. In allen diesen Lebenskreisen ist seine thatkräftige und unermüdliche, durch Christi Geist getragene und in s e i n e r Liebe treue Wirk= samkeit vom reichsten Segen begleitet gewesen; davon geben viele Hunderte der von ihm gebildeten oder durch ihn gestärkten und auf den rechten Pfad geleiteten

zart und schwächlich, aber von klarem Geistesblick, sicherem Urteile und sanftem edlen Gemüte. Über seiner ganzen Erscheinung lag etwas Ätherisches, sein Auge strahlte Heiterkeit, sein Mund sprach erquickende Worte, an seine Seele klangen nur reine Töne an; melodisch und harmonisch schien sein ganzes Wesen. Daher war die Sphäre der Wirksamkeit, welche er an der Anstalt suchte, liebte und förderte, der Gesangunterricht. Wie er in den Kreis der Sänger trat, sie nur anblickte und wenige Worte redete, war alles harmonisch belebt und mit Freude am Gesange erfüllt. Er bildete daher aus den Männern, Knaben und Töchtern beider Anstalten ein Chor, das durch seinen lieblichen, reinen, gefühlvollen Gesang nicht nur jeglicher religiösen Feier eine Weihe, sondern oft auch abendlichen Kreisen die heiterste Stimmung gab. Sein Gesangunterricht folgte ganz der methodischen Bearbeitung des um diesen Teil der Jugendbildung hochverdienten N ä g e l i in Lenzburg, des innigen Freundes von Pestalozzi.*) Noch vier Deutsche fühle ich mich gedrungen als solche zu nennen, die während der Jahre meines Aufenthaltes in Yverdün vor den übrigen sich auszeichneten und schon damals meine innige Achtung und Liebe besaßen, später aber in den Kreis derer getreten sind, die einen lichten Lebenskranz treu befreundeter Seelen um mein Herz bilden, es sind K i e s e r,**) C o l l m a n n,***)

Schullehrer, besonders in Schlesien und Pommern, gewiß freudig das dankbarste Zeugnis. Im Sommer 1844 ging er nach heißem, aber treu vollbrachtem Tagewerke ein zum ewigen Frieden.

*) D r e i s t wirkte mit seinen Freunden Henning und Kawerau vereint längere Zeit in Bunzlau, dann ward er als Regierungs- und Schulrat nach Stettin berufen, in welcher Stellung er für die Schulen Pommerns mit eben so großer Einsicht als hingebender Liebe thätig war. Er ward mehrere Jahre früher als sein treuer Kawerau in die himmlische Heimat gerufen.

**) K i e s e r, ein Württemberger, ward bald nach seinem Abgange von Yverdün königl. württemb. Hofrat und Erzieher der königl. Prinzen und wirkte als solcher und als Vorstand einer weiblichen Erziehungsanstalt bis zu seinem Tode in großem Segen.

***) Mit C o l l m a n n, einem hessischen Theologen, durchwanderte ich bei unserer gemeinsamen Heimkehr einen Teil der Schweiz und unseres deutschen Vaterlandes. Er ward später Prediger, Vorstand einer Erziehungsanstalt und

Krüger*) und Stern. Von den ausländischen Fremden verweilte
keiner so lange und erwarb sich so viele Verdienste um Pestalozzi
und die Anstalt, als der französische General Jullien aus Paris,
Napoleons Waffengefährte in Ägypten, welcher seine zwei Söhne
im Sommer 1811 der Anstalt zuführte, sich über die Methode
gründlich unterrichtete und dann zwei Werke über dieselbe herausgab, das eine in zwei Bänden unter dem Titel: Esprit de la mé-
thode d'éducation de Pestalozzi, das andere: Précis sur l'institut
d'Yverdun en Suisse, in deren Folge gegen dreißig französische
Knaben der Anstalt zugesendet wurden. Den ältesten seiner Söhne,
meinen ehemaligen sehr lieben Zögling, hatte ich die große Freude,
später wieder zu sehen.

Dies führt mich in den Kreis der Jugendwelt, unter der ich
mich in jenen Jahren lehrend und leitend bewegte, zu der lebens-
frischen heiteren Knabenschar, die leider doppelgestaltig, halb deutsch,
halb französisch war. Und dies blieb ein Unglück für das ganze
Erziehungshaus, in dieser Zwitternatur lagen die zahlreichsten Ursachen gehemmter und ungedeihlicher Zustände. Es wird keinem
deutschen Erziehungshause nachteilig sein, im Gegenteile in vielfachen
Beziehungen förderlich werden, wenn Ausländer verschiedener Nationen
in dasselbe eintreten, sofern nicht nur die bei weitem überwiegende
Anzahl der Zöglinge Teutsche sind, sondern auch Sprache, Lehrart,
Gesinnung und Lebensweise einen durchaus deutschen Charakter behalten. Aber anders war es in Yverdün. Nicht nur war die Zahl
der französischen Knaben der der deutschen gleich, bisweilen selbst
überwiegend, sondern um der vielen willen, die kaum ein Wort
deutsch verstanden, mußte jeder Lehrer in seiner Unterrichtsstunde
halb in deutscher, halb in französischer Sprache lehren, jeden Satz,
jede Aufgabe in beiden Sprachen an seine Schüler gelangen lassen:

Inspektor einer Bürgerschule und hat nicht aufgehört, mit Eifer und Treue nicht
bloß in Pestalozzis, sondern in Christi Geiste zu wirken.

*) Krüger, ein Mecklenburger, ward von der preuß. Regierung als Mit-
arbeiter in den Kreis seiner geliebten Freunde, Henning, Dreist und Kawerau,
nach Bunzlau berufen und arbeitete als Inspektor des Seminars mit unermüdetem
Fleiße und gewissenhafter Treue.

ja Pestalozzi selbst sah sich genötigt, seine Morgen- und Abendgebete erst deutsch zu halten und dann französisch zu wiederholen. Nun nehme man hierzu die Grundverschiedenheit deutscher Art und Natur und häuslicher Erziehung von der französischen, stelle sich den grellen Gegensatz zwischen den kräftigen, einfältigen Natursöhnen der Schweizer Alpenländer und den verweichlichten und verschrobenen Kindesnaturen von Paris vor, erwäge das große Übel, das der Mangel einer herrschenden Muttersprache für Jugendbildung immer und notwendig mit sich führt, und man wird begreifen, welchen tief eingreifenden Nachteil für die Einheit des bildenden Lebens dieses unglückliche Amalgam von Deutschtum und Franzosentum der Anstalt brachte. Pestalozzi sah dies später mit großem Leidwesen nur zu klar ein und bedauerte oft, eine französische Stadt für seine deutsche Erziehungsanstalt gewählt und dieselbe nicht lieber in den deutschen Kanton Aargau verlegt zu haben, wohin er vielfache Aufforderung gehabt hatte.

Als ich in die Anstalt trat, war die Zahl der Zöglinge bis auf hundertundsechzig gestiegen, die der Erwachsenen, welche die Methode studierten, auf zweiunddreißig, und die der im Schlosse wohnenden Lehrer auf fünfzehn. In der That ein großartiges erziehendes Leben, täglich noch vermehrt durch die zahllosen Fremden, welche, durch Yverdün reisend, das Schloß und seine Anstalt, weil sie in Ebels Anleitung als die bedeutendste Merkwürdigkeit dieses waadtländischen Städtchens bezeichnet war, wie etwa anderswo einen Gletscher besahen. Es war für den Lehrer manchmal zum Verzweifeln, wenn in den Sommermonaten eine Schar dieser Zugvögel zur Thür hinaus war, eine zweite, ja in einer Stunde wohl drei bis vier in die Klasse eintreten zu sehen, welche jede gern ein Zeichen und Wunder Pestalozzischer Methode geschaut hätte. Die Räume des Schlosses waren düster, wie die alter Ritterschlösser, nur notdürftig für das Unentbehrlichste eingerichtet, in der Mitte ein großer Hof mit einem Wasserbrunnen, an welchen des Morgens lange hölzerne Röhren gelegt wurden, welche rechts und links die Knaben umstanden und im Winter wie im Sommer mit dem daraus jedem durch einen Hahn zulaufenden Wasser sich wuschen. In jedem der zwei großen, teilweise nicht einmal gedielten Schlafsäle schliefen

über sechzig Zöglinge und sechs Lehrer; außerdem gab es in dem
alten Schlosse wohl große Eßsäle und Lehrsäle, aber außer Pesta=
lozzis und seiner Gattin beengtem Gemache nicht e i n gemütliches
Zimmer, um Lehrer oder Zöglinge aufzunehmen. Die Wohnstube,
die doch sonst für Pestalozzi der ideale Mittelpunkt aller gedeihlichen
Jugendbildung war, fehlte ganz, und die kleinen sechs= bis acht=
jährigen Kindlein irrten oft wie verscheucht und heimatlos umher.
Wir Lehrer suchten Zufluchtsstätte in irgend einem von Tauben
oder Dohlen bewohnten Raume der dicken, zerklüfteten Türme. Dies
alles brachte etwas Ungemütliches und Unhäusliches in das vereinte
Leben. Aber welchen trüben Eindruck auch die inneren Räume an
sich machten, das muntere und lebenskräftige Treiben seiner Be=
wohner, das heitere, ja begeisternde Ziel, nach dem sich jeder auf
seine Weise bewegte, ließ denselben bald verschwinden; und trat
man die Stufen des alten Schlosses hinunter, so ward man von
der schönsten Natur, von reizenden Umgebungen empfangen. Nur
wenige Schritte bedurfte es, um zu den großen, langhingebreiteten
Wiesen zu gelangen, die das Südende des Neuenburger Sees be=
grenzen, auf welchen die geräumigen Spielplätze der Zöglinge waren,
über welche sie in den Mittags= und Abendstunden zu den klaren,
herrlichen Fluten des Sees zogen, um sich in ihnen durch Baden
zu erfrischen und durch Schwimmen zu kräftigen. Herrlichere Bade=
räume kann es kaum irgendwo geben, als an jenen sanft abschüssigen,
mit dem feinsten Sande bedeckten Ufern. Die höchste Badelust und
=wonne trat aber dann ein, wenn die Bise (der böse, das ganze
Längenthal gewaltsam durchströmende Nordostwind) die aufgeregten
und dreifache Manneshöhe erreichenden Wogen des Sees über die
Häupter der Badenden wegstürzte oder diese sich schwimmend von
ihnen emporheben ließen. Quer über den See in einer Entfernung
von kaum einer Stunde lag malerisch am Ufer desselben Grandson
mit seinem turmreichen Schlosse, so berühmt geworden durch Karls
des Kühnen Niederlage, rings umgeben von Hügeln mit Weinbergen,
alten Zeugen der Tapferkeit der Schweizer. Im Hintergrunde der
lieblichen Landschaft, erhob sich der alte Jurassus, über den einst
die römischen Legionen nach Helvetien niedergestiegen waren und

auf den wir so oft auf der alten Römerstraße hinaufstiegen, wenn
des Sonnabends die Stunden beendigt waren, bald mit Zöglingen,
bald allein, um in den Sennenhütten von Bület oder St. Croix
uns des entzückenden Anblickes der gewaltigen vom Montblanc bis
zum Pilatus reichenden Alpenketten, der Seeen von Genf, Neufchatel,
Murten und Biel und all der herrlichen Thäler des Waadtlandes
im Glanze der letzten Sonnenstrahlen zu erfreuen, und am andern
Morgen die höchsten Punkte des Chasseral oder Süchet besteigend,
fernhin Blicke in das Land der alten Gallier zu thun. Die uns
neue reiche Flora lud nicht allein auf das huldvollste ein, sie nötigte
fast jeden ihr Nahenden, sich mit ihr zu befreunden, und so fesselte
uns fast alle in kurzer Zeit ein eifriges Studium der Botanik, und
Zöglinge und Lehrer zogen mit reicher Beute geschmückt und be=
laden wieder zu den Thälern hernieder. Nahten die Festzeiten, so
machten wir mit den Zöglingen Streifzüge an den reizenden Genfer=
see und nach Wallis auf die Savoyer Alpen; kamen die Sommer=
ferien, so wurden große Wanderungen in das Berner Oberland bis
zum St. Gotthard unternommen. Die ganze Lebensweise war eben
so gesundheitfördernd als genußreich und heiterbelebend bei aller
Einfachheit. Um fünf Uhr standen die Zöglinge auf, wir Lehrer
schon um vier Uhr und früher, mehrere Jahre hatten wir uns sogar
zum Nachtwächterdienste verbunden, so daß der eine stets bis ein
Uhr, der andere von da an das Schloß hütete, um zwei Uhr Pesta=
lozzi und dann jeden anderen weckte, wie er es bestellt hatte. Von
sechs bis sieben arbeiteten die Zöglinge, dann hielt Pestalozzi das
Morgengebet, zu welchem alle Hausbewohner, gewöhnlich auch die
Töchter der weiblichen Erziehungsanstalt kamen, und worin Pesta=
lozzi bald an einen Spruch der Bibel, bald an ein Gellertsches Lied,
bald an eine sittliche Sentenz, im Betsaale auf= und abgehend, eine
längere Betrachtung knüpfte, die oft sehr anregend und erbaulich
war. Nach dem Gebete wuschen sich die Zöglinge im Hofe, wobei
die kräftigeren alle selbst im strengsten Winter ohne Jäckchen an der
halbeingefrorenen Rinne standen (Halstuch und Kopfbedeckung trug
innerhalb der Stadt kein Zögling, auch selten ein Lehrer), dann
wurde Musterung gehalten und zum Frühstücke geführt. Von acht

bis zwölf waren Unterrichtsstunden, vorzugsweise die der Religion, der Sprachen, der Zahlen= und Größenlehre. Von zwölf bis ein Uhr eilte jung und alt an den See auf die Spielplätze oder badete und schwamm. Das Mittagsessen war kurz und von sehr mittel= mäßigem Gehalte. Der Nachmittagsunterricht begann schon wieder um zwei Uhr, eine für Lehrer und Zöglinge nachteilige Einrichtung. Um vier Uhr ward wieder eine Stunde am See gespielt und ge= turnt oder gebadet, dann das Vesperbrot genommen, wobei sich die Lehrer in einem kleinen Zimmerchen und bei reichlich gespendetem Landweine und mächtigen Stücken von Schweizerkäse zu heiteren Gesprächen vereint zusammenfanden. Von fünf bis acht Uhr wurden die Arbeiten verfertigt; darauf versammelte man sich wieder zum Gebete, nahm das Nachtessen, und um neun Uhr gingen alle Zög= linge zu Bett. Jeder Lehrer hatte alle drei Tage die Aufsicht über eine Anzahl von ungefähr vierzig Knaben zu führen, jedem Oberlehrer war überdies eine Anzahl von Zöglingen zur Special= leitung übergeben. Diese führte er wöchentlich einmal zu Pestalozzi, dem er vorher das Nötige über Fleiß, Fortschritte und Betragen mitgeteilt hatte. Gewöhnlich empfing sie Pestalozzi abends im Bette liegend, und die Art, wie er die guten anerkannte, die pflichtvergessenen zurechtwies, war eben so originell, als für die Knaben eindringlich und für uns belehrend. Des Sonnabends fanden von neun Uhr an die regelmäßigen Konferenzen statt, in denen über einzelne Zög= linge und über Angelegenheiten der Disciplin gesprochen wurde, an anderen Tagen waren von der gleichen Stunde an nicht selten pädagogische Vorlesungen. Pestalozzi wohnte den Konferenzen nicht bei, nur in außerordentlichen Fällen versammelten wir uns auf seinem Zimmer, wobei er dann oft eben so humoristisch und gemüt= lich, als leidenschaftlich, ja bisweilen in solchem Grade heftig war, daß er herauslief und die Thüre schmetternd zuwarf, bald aber, nicht selten durch ein ihm begegnendes heiteres und friedevolles Knabenantlitz zur Besinnung gebracht, freundlich zurückkehrte und sich selbst schalt, daß er habe so heftig werden können.

In der Verteilung und Erteilung der Stunden herrschte viel Willkür und Unordnung, da es an einem durchgreifenden Leiter und überwacher des Ganzen fehlte. Jeder nahm sich fast mehr seine Unterrichtsstunden, als daß sie ihm zugewiesen wurden, und verfuhr in denselben nach Gutdünken und Willkür. Ich war jahrelang Lehrer, ohne daß auch nur irgend jemand nach dem Gange gefragt hätte, den ich beim Unterrichten in der Religion, Geographie und deutschen Sprache nahm, und außer den Fremden besuchte mich kein Mensch in meinen Stunden. Jeder Einzelne ging seinen Weg. Zwischen den Ober- und Unterlehrern war wenig Gemeinschaft und Austausch. Die in der Anstalt gebildeten und erzogenen Lehrer zeichneten sich einerseits durch große Treue, Fleiß und Gewissenhaftigkeit, andererseits aber auch als Autodidakten, die schnell vom Lernen zum Lehren übergegangen waren, durch auffallende Einseitigkeiten aus. Dazu kam, daß frühzeitig in ihnen ein Eifer, sich bemerkbar zu machen, erwachte, welcher von Pestalozzi durch verkehrte Auszeichnungen, besonders vor Fremden, genährt, bei einigen zu anmaßlicher Einbildung und Geringschätzung alles dessen, was außer ihrem beschränkten Gesichtskreise lag, sich steigerte. In solchen Mißgriffen, in solchem thörichten Wohlgefallen Pestalozzis an der einseitigen, aber recht in die Augen fallenden Kraft und Fertigkeit lag eine wesentliche Ursache großer Übel und Mißverhältnisse für die Anstalt wie für jene braven jungen Männer selbst.

Viele haben dies später klar erkannt, keiner wohl in so christlicher Demut, als der treffliche Ramsauer.*) Aber bei Schmids absprechender Anmaßlichkeit und ehrgeiziger Herrschsucht trat mir oft der Gedanke vor die Seele, welch großen Anteil Pestalozzi selbst, ohne es zu wollen und zu ahnen, an dieser Kräftigung sündlicher Triebe gehabt habe, denn er vergötterte ja fast seine „ungeheure Kraft" und sprach in seinem Beisein zu Fürsten und Ministern, als ob er der Träger seines ganzen Werkes und in allen Ländern Deutschlands kein Mann wie er zu finden sei. In seinen „Lebensschicksalen" spricht Pestalozzi sich freilich ganz anders aus, wenn er sagt: „Wir kündigten öffentlich Dinge an, wozu wir weder Kraft noch Mittel, sie zu vollbringen, in unsern Händen hatten." Aber

---

*) Siehe Pädag. Quellen 3. Bd.

in den Jahren, als ich ihm nahe stand, sah er nur zu oft in dem geringen Geleisteten eine ganze Zukunft außerordentlicher Entwick= lungen und Thatsachen, und mutete auch andern zu, solche zu sehen. Und wie in Beziehung auf die Zöglinge der Geist des Familien= lebens und die harmonische Entwicklung aller Kräfte wohl in dem Berichte, aber nicht in der Wirklichkeit zu finden war, so löste sich auch bei diesen Männern der sie umnebelnde Wahn von einer un= geheuern Kraft später in die Einsicht auf, wie ungeheuer vieles ihnen bei derselben noch gemangelt habe und in welche Gefahr sie gekommen waren, ohne Selbstkenntnis und bescheidene Würdigung dem Dünkel und Egoismus in den schroffsten Formen zu verfallen. Wie wahr ist diesfalls das Urteil Ramsauers, wenn er in seiner „Skizze" sagt: „Pestalozzi gab der in uns genährten Selbstsucht kein überwältigendes Gegengewicht in kräftig geweckter Gottesfurcht. Statt uns zu sagen, daß nur d e r Lehrer mit Segen zu wirken vermöge, der zur Erkenntnis und zum Glauben der höchsten in Christus geoffenbarten Wahrheit und durch dieselbe zu der Einsicht gekommen sei, daß er aus sich selbst nichts sei und könne, daß er alles, was er Gutes thue, allein Gott zu danken habe, und daß er, wenn er mit wahrem Segen wirken wolle, des täglichen Gebetes zu seinem Berufe unumgänglich bedürfe, ja daß jeder Christ und besonders der Erzieher täglich Ursache habe, Gott um Geduld, Liebe, Demut und Weisheit im Thun und Lassen zu bitten: statt dessen hörten wir oft aus seinem Munde, daß der Mensch a l l e s könne, daß er vermöge, was er w o l l e , daß e r alles aus sich selbst machen, daß nur er s i c h s e l b s t helfen könne." So demütig Pesta= lozzis eigenes Herz war, so wenig erzeugte und begründete er die Demut in den jungen durch die Anstalt gebildeten Lehrern, drückte vielmehr die Regungen derselben durch maßlose, dünkelerzeugende Überschätzung ihrer Leistungen nieder. Doch auch dieser Fehler, wie eine ihm nicht ganz fremde berechnende Weltklugheit, und das Streben, die Anstalt und die in ihr erzogenen Lehrer im vorteil= haftesten Lichte zu zeigen, kam bei ihm einzig und allein aus dem lebhaften und lauteren Wunsche, durch die augenfälligen Wirkungen seiner Methode in kürzester Zeit über viele Menschen und Länder

Glück und Segen zu verbreiten. Nicht Ehrgeiz und Eitelkeit be=
herrschte ihn. Wer sein kindliches und demütiges Herz nicht
kannte, mochte wohl bei mancher Gelegenheit veranlaßt werden,
anders über ihn zu urteilen. So erinnere ich mich, daß er eines
Tages, als ihm der Kaiser Alexander den Wladimirorden vierter
Klasse übersendet hatte, mit kindischer Freude im Schlosse umherlief
und Lehrern und Zöglingen das Kreuz und Bändchen zeigte. Wir
ärgerten uns in tiefster Seele, daß ein Kaiser von Rußland es hatte
wagen dürfen, solch einem Manne, dem er, wollte er nach Ver=
dienst ihn ehren, das Großkreuz hätte übersenden müssen, das Kreuz
niedrigster Klasse zu schicken, das beinahe jeder Korporal seiner
Armee an der Brust trug. Der König aller Könige hatte
ihn mit einem andern Kreuze geschmückt und dasselbe nicht
äußerlich ans Herz, sondern tief ins Herz geheftet. Dieses hat
er getragen zur Ehre seines Königs und zu eigener Verherrlichung
täglich bis zu den letzten Stunden seines mühseligen Lebens. Zu
diesen aber folgen wir ihm noch.

Seine letzten Lebensjahre.

Ich konnte in späterer Zeit von weiter Ferne fast nie auf den
Greis Pestalozzi hinblicken, was ich doch so gern und so oft that,
ohne in seinen letzten Lebenszuständen eine große Verwandtschaft
dieses schwer geprüften Dulders mit Hiob, dem erhabenen Schicksals=
helden der althebräischen Dichtkunst, zu schauen. Er hatte diesem
ähnlich all sein Vermögen, sein Weib und seinen einzigen Sohn
verloren, seine Freunde hatten ihn verlassen und mischten selbst noch
Wermutstropfen in den Kelch seiner Leiden; von Schwäche und
Krankheit gebeugt saß er auf den Trümmern seiner Hoffnungen und
seines Lebensglückes, aber auch gleich diesem beugte er sich in Demut
unter des Herrn gewaltige Hand, pries seinen Namen, bezeugte als
gerecht und heilig alle seine Wege, bekannte laut, daß er nicht
gerecht sei vor ihm, und harrete in Hoffnung und Zuversicht der
kommenden Erlösung.

Schmid hatte das Ziel seines herrschsüchtigen Strebens erreicht:
keiner von den alten Mitbegründern und Gehilfen des Werkes, auch

keiner von den deutschen Männern, die ihm, weil sie Pestalozzi liebten, kräftig widerstanden hatten, trat mehr seinen Absichten hemmend in den Weg; er hatte die unbeschränkte Alleinherrschaft in seinen Händen und besetzte die erledigten Stellen mit fügsamen, ihm ergebenen Lehrern. Aber ein bedeutsames Verdienst erwarb er sich in jener Zeit um Pestalozzi und die ökonomisch gedrückte und zerrüttete Lage der Anstalt. Er faßte den Gedanken einer Herausgabe von Pestalozzis sämtlichen Werken, reiste selbst nach Stuttgart, schloß mit Cotta einen sehr günstigen Kontrakt ab, sendete durch die Schilderung der Lage Pestalozzis ergreifende Aufforderungen zur Teilnahme und Unterstützung seiner letzten Lebenszwecke an alle Höfe Deutschlands, selbst an viele des Auslandes, betrieb mit Umsicht und dem ihm eigenen praktischen Geschick die Verbreitung der Subskriptionen nach allen Orten und hatte die Genugthuung, durch diese Mittel im Jahre 1817 einen Reinertrag von 50 000 französischen Franken zu erbeuten und in die Hände Pestalozzis zu legen.

Fast zu gleicher Zeit betrieb der aufrichtig teilnehmende, früher erwähnte Freund Pestalozzis, der französische General Jullien eine Verbindung desselben mit Emanuel von Fellenberg in Hofwyl. Über den Gang und Erfolg dieser Unterhandlungen finden sich in den „unedierten Briefen und letzten Schicksalen Pestalozzis", welche auf Fellenbergs Veranlassung im Jahre 1834 in Bern erschienen, ausführliche Nachrichten. Pestalozzi, heißt es darin, kam wenige Tage nach der an ihn gerichteten Einladung nach Hofwyl. Er ward da sogleich ungemein heiter, ja er floß über von Witz und leuchtenden Gedanken und freute sich innig der Hilfeleistung, die ihm werden solle. Pestalozzi schrieb nach seiner Rückkehr von Yverdün an Fellenberg: „Ich danke Ihnen für alle Liebe, die sie mir erwiesen haben. Sie haben große Hoffnungen in mir erregt, ich sehe segensvolle Einrichtungen möglich, und ich sage es frei, sie entzücken mich." Alles war schon weit gediehen, selbst der vortreffliche Karl Ritter, der damals in Halberstadt lebte, war zur Teilnahme gezogen und hatte versprochen, im nächsten Sommer wieder in die Schweiz zu kommen und dem großen Vertrauen Pestalozzis und Fellenbergs nach Kräften zu entsprechen, ja es war bereits zwischen letzteren ein förmlicher Plan und Kontrakt aufgesetzt und unterzeichnet, als sich Schmid mit aller Energie seines Einflusses auf Pestalozzi und seiner schlauen, diplomatischen Gewandtheit dazwischen warf und die beabsichtigte Verbindung für immer vereitelte. Er hatte einen andern Entwurf zur Hand, durch welchen Pestalozzis letzter sehnsuchtsvoller Wunsch, sein Leben im Kreise einer Armenschule, mit welcher seine Wirksamkeit einst begonnen hatte, auch zu beschließen, auf eine Weise verwirklicht werden sollte, bei welcher Pestalozzi weder aus seiner Gewalt, noch die oberste und unbedingte Leitung der vom Ertrage der Pestalozzischen Werke zu begründenden Armen=Erziehungsanstalt aus seinen Händen käme. Pestalozzi ward für diesen Entwurf bald gewonnen, und ein kaum zehn Minuten von Yverdün am See liegender Ort, Clindy, gewählt, um daselbst die Verwirklichung desselben vorzubereiten. Mittlerweile nahte Pestalozzis zweiundsiebzigster Geburtstag. An diesem beschloß er, auf eine öffentliche und feierliche Weise die Stiftungsurkunde der für die Zwecke seiner Armenerziehung auf immerwährende Zeiten vermachten 50 000 Franken niederzulegen und in einer Rede sowohl die Zwecke und Einrichtungen seiner neuen Armenanstalt als auch im allgemeinen die wesentlichsten Ergebnisse seiner Erziehungs=Erfahrungen auszusprechen. Diese Rede, gehaltreich und geistvoll wie irgend eine seiner früheren, giebt Zeugnis von der noch ungebrochenen Kraft und Gedankenfülle des in seinem Schicksale so tief gebeugten Greises. Ich kann nicht umhin, einige Stellen aus derselben hier mitzuteilen.

„Das Bild der Erziehung, das innere heilige Wesen einer besseren Erziehung steht im Bilde eines Baumes, der an den Wasserbächen gepflanzt ist, vor meinen Augen. Siehe, du legst einen kleinen Kern in die Erde. In ihm ist des Baumes Geist, der sich selbst und durch sich selbst den Leib schafft. Siehe ihn an, wie er sich aus der Muttererde entfaltet. Schon ehe du ihn siehst, schon ehe er aus der Erde hervorbricht, hat er in ihr Wurzel geschlagen. Und wie sich das innere Wesen entfaltet, verschwindet die äußere Hülle. Der Kern verfault, wenn das Leben entkeimt. Sein inneres organisiertes Leben ist in die Wurzel übergegangen, seine Kraft ist

Wurzelkraft geworden. Siehe sie an, die Wurzel des Baumes. Der Baum bis an die äußersten Zweige, an denen seine Frucht hängt, ist aus seiner Wurzel hervorgegangen. Er ist in seinem ganzen Wesen nichts anderes, als eine ununterbrochene Fortsetzung von Bestandteilen, die in seiner Wurzel schon da waren. So wie den Baum sehe ich auch den Menschen aufwachsen. Unsichtbar liegen im Kinde, schon ehe es geboren wird, die Keime der Anlagen, die sich in ihm durch sein Leben entfalten. Dem Baume gleich bilden sich die einzelnen Kräfte seines Seins und Lebens durch die ganze Bildungsepoche in fest gegründeter Trennung und Selbständigkeit nebeneinander zu vollendeter Einheit; die gesonderten Grundkräfte alles Wissens, Könnens und Wollens wirken durch den unsichtbaren Geist, durch die göttliche Kraft des Herzens, durch die Kraft des Glaubens und der Liebe in hoher göttlich gesicherter Übereinstim= mung zur Bildung der Menschlichkeit, deren inneres, von Fleisch und Blut unabhängiges Wesen aus Gott geschaffen ist, um als Ebenbild Gottes vollkommen zu werden, wie der Vater im Himmel voll= kommen ist. Aber die sinnliche Natur des Menschen, er selbst in der Erbsünde seines fleischlichen Wesens, in den Umgebungen einer Welt, die nicht homogen mit seinem Geiste und Herzen, son= dern mit seinem Fleische und Blute vor ihm steht und auf ihn ein= wirkt, ist für ihn und für sein inneres, menschlich=göttliches Wesen, was die verhärtete Erde, der Fels, der Stein, der brennende Sand und der stehende Sumpf für die Wurzel des Baumes ist, der sie vertrocknet und faulen macht. Indes aber der Baum gegen den äußeren Einfluß seiner Umgebungen keine Gewalt hat und zur Trockenheit nicht sagen kann: weiche von mir, und zur Feuchtigkeit nicht: komme zu mir, ist der höheren Kraft der Menschennatur solche Gewalt gegeben, im freien Willen, diesem eigentlichen Geiste der Einsaugungskraft des Guten wie des Bösen. Der Mensch hat ein Gewissen. Die Stimme Gottes redet in ihm, sie ruft ihn durch Glauben, Liebe, Wahrheit und Recht zur Übereinstimmung mit sich selbst und dadurch zur Gemeinschaft mit Gott. Das Wachs= tum des Menschen und seiner Kräfte ist Gottes Sache, Ergebnis ewiger Gesetze, die in ihm selbst liegen. Die Bildung des Menschen ist zufällig und abhängig von wechselnden Umständen, darin sich der Mensch befindet. Die Erziehung des Menschen ist sittlich, ein Ergebnis des Einflusses, den der sittliche Wille des Menschen auf die Freiheit und Reinheit seiner Kräfte hat."

„Der Erzieher ist es nicht, der irgend eine Kraft des Menschen in ihn hineinlegt, er ist es nicht, der irgend einer Kraft Leben und Odem giebt; er sorgt nur, daß keine äußere Gewalt den Entfaltungs= gang der Natur in ihren einzelnen Kräften hemme und störe; er sorgt dafür, daß die Entfaltung jeder einzelnen Kraft der Menschen= natur nach den Gesetzen derselben ihren ungehemmten Lauf finde. Die sittlichen, die geistigen und die Kunstkräfte unserer Natur müssen aus sich selbst hervorgehen, und durchaus nicht aus den Folgen, die sich in die Bildung derselben eingemischt haben. Der Glaube muß wieder durch das Glauben und nicht durch das Wissen und Ver= stehen des Geglaubten, das Denken muß wieder durch das Denken, und nicht durch das Wissen und Kennen des Gedachten oder der Gesetze des Denkens, die Liebe muß wieder aus dem Lieben, und nicht aus dem Wissen der Liebe und aus dem Kennen des Liebens= würdigen, und auch die Kunst muß wieder aus dem Können, und nicht aus dem tausendfachen Gerede über das Können und die Kunst hervorgebracht werden."

„Unsere Zeitväter und Zeitmütter sind fast allgemein aus dem Bewußtsein, daß sie viel, daß sie alles für die Erziehung ihrer Kinder thun können, herausgefallen. Es ist dringend, daß die hohe, himmlische Wonne, die der persönliche Vater= und Muttereinfluß auf die Bildung der Kinder dem Herzen der Eltern giebt, im Nationalgeist wieder mit der Lebendigkeit anerkannt werde, die not= wendig ist, um die heilige Sehnsucht nach dem ausgedehntesten Ge= nusse dieses Einflusses in den Herzen der Eltern allgemein rege zu machen. Es ist dringend, daß die Eltern unserer Zeit wieder zum Gefühl der inneren Leerheit gebracht werden, in die jede Menschen= seele versinken muß, welche die Vater= und Mutterkraft für die Bildung und Erziehung ihrer Kinder in sich verloren hat. Es ist dringend, daß die Zeitwelt sich überzeuge, daß sie durch den Verlust des Vater= und Muttereinflusses auf die Menschenbildung beides,

nicht nur die hohe bürgerliche Befriedigung unserer Väter in allen
Ständen verloren, sondern auch das heiligste Fundament eines
reinen, edeln, christlichen Hauslebens in sich selber zu Grunde ge=
richtet hat."

„In der W o h n st u b e des Menschen vereinigt sich alles, was
ich für das Volk und den Armen als das Höchste und Heiligste
achte. Das Heil der Wohnstube ist es, was dem Volke allein zu
helfen vermag, und das erste, dessen Besorgung für dasselbe not
thut. Von ihr allein geht die Wahrheit, die Kraft und der Segen
der Volkskultur aus. Auf sie muß die Menschenfreundlichkeit unseres
Geschlechtes einwirken, wenn sie nicht den Schein seines Wohles,
sondern sein wirkliches Wesen bezweckt, wenn sie der Armut in ihren
Quellen vorbeugen und die Masse der Armen zur sittlichen, geistigen
und häuslichen Selbstkraft erheben will, ohne die eine allgemeine
Rettung von Volksarmut, Volkselend und Volksverderben ebensowenig
denkbar ist, als eine wahre National= und Volkskultur selbst."

„Freunde, Brüder! Am feierlichen Tage, an dem ich mein Haus
bestelle, um hinzugehen durch das Thal des Todes in die Gefilde
der Auferstehung und des Lebens, am Tage, wo ich, eingedenk der
nahenden Auflösung meiner vorübergehenden Erscheinung, den Un=
wert des irdischen Lebens fast hinter mir sehend, dem ewigen Werte
des Göttlichen, das in unserer Natur ist, dem Glauben und der
Liebe noch in meiner irdischen Hülle ein Denkmal zu stiften gedenke,
stehe ich vor euch und bitte euch, seht mich heute nicht in der
Schwäche meines Lebens, seht mich nicht an in der Nichtigkeit
meiner Zeiterscheinung, in der ich so oft wie ein Rohr, das vom
Winde getrieben wird, ach, wie ein zerknicktes Rohr und ein nur
noch glimmender Docht vor euren Augen erschien; denket mich jetzt
der Hülle meines Todes wirklich entschwunden, denket meinen nich=
tigen Leib in der Ruhe des Grabes, und nehmet meine Worte
auf, als wären sie Worte meiner Wiedererscheinung aus jenem
Leben. Aber meine Gebeine zittern. Darf ich das nicht aus=
sprechen? Nein ich darf es nicht, — ich hätte denn das Angesicht
des Herrn gesehen und redete wieder mit euch. O nein, nein!
Meine Rede an euch ist die Rede meines Fleisches und Blutes.

Sie ist ganz die Rede meiner irdischen Schwäche, voll guten menschlichen Willens, mitten durch Irrtum und Unrecht hinströmend, wie mein Leben. Und doch, Freunde, Brüder, doch bitte ich euch, gönnet meinen Worten eine Aufmerksamkeit und ein Vertrauen, die des feierlichsten Tages meines Lebens würdig sind. Nehmet sie auf als Worte eures seinem Grabe nahenden Vaters, nehmet sie auf als Worte eines Ruhe und Trost suchenden Mannes, dem die Not der Armen und besonders die aus Mangel an Erziehungshilfe herrührende Not der Armen tief zu Herzen gegangen, der aber in seinem Streben, dieser Not und ihrer vorzüglichen Quelle abzuhelfen, so viel als nirgend hingekommen, und jetzt am Ende seiner Laufbahn noch seine letzten Kräfte zusammenrafft, um hinter seinem Grabe wachsen und vorrücken zu machen, was er in den Mühseligkeiten, Hemmungen und Schwächen seines Lebens nicht hat weiter bringen können. Meine Sorge für das Heiligtum der Menschenbildung werde eure Sorge; das Bild ihres besseren Zustandes erfülle eure Seele; es werde ihr heilig; in ihr allein stehen die Mittel eines weisen, frommen, kraftvollen und christlichen Lebens des Volkes, deren erneuerte Wiederherstellung unser Zeitalter so sehr bedarf. Freunde, Brüder, werdet Forscher ihrer Wahrheit, Kenner ihrer Zwecke, Beschützer ihres Rechtes, Diener ihrer Pflicht und Helden im Kampfe wider den Zeitgeist, der ihrem Segen entgegenstrebt. Seid Zeugen des Geistes, der in meiner Jugend, der in meinem Alter mich bewegte. Ja, er lebt noch in mir, ich lebe noch in ihm, und ich will in ihm leben bis an mein Grab! Jede menschliche Härte verliere sich in der Treue unseres Glaubens, in der Sanftmut unserer Liebe. Keiner sage, Jesus Christus hat den nicht geliebt, der unrecht hatte und unrecht that. Er hat ihn geliebt. Er hat ihn mit göttlicher Liebe geliebt. Er ist für ihn gestorben. Er hat nicht die Gerechten, er hat die Sünder berufen zur Buße. Er hat auch den Sünder nicht gläubig gefunden, er hat ihn gläubig gemacht; er hat ihn durch seinen Glauben gläubig gemacht. Er hat ihn auch nicht demütig gefunden, er hat ihn demütig gemacht, er hat ihn durch seine Demut demütig gemacht. Wahrlich, wahrlich, es ist mit dem hohen, göttlichen Dienst seiner Demut, daß er den Stolz des Sünders überwunden und ihn durch den Glauben an das göttliche Herz seiner Liebe gekettet hat. Freunde, Brüder! Werden wir dieses thun, werden wir einander lieben, wie uns Jesus Christus geliebt hat, so werden wir alle Schwierigkeiten, die dem Ziele unseres Lebens entgegenstehen, überwinden, und imstande sein, das Wohl unseres Hauses auf den ewigen Fels zu gründen, auf den Gott selbst das Wohl des Menschengeschlechtes durch Jesum Christum gebaut hat."

Diese Mitteilungen aus der inhaltreichen, vortrefflichen Rede glaubte ich schuldig zu sein, nicht allein weil sie einen rednerisch er= greifenden und charakteristischen Abschluß der Gesinnungen und Be= strebungen des seinem Lebensabschlusse nahen Greises bilden, sondern weil sie auch Zeugnis sind, wie er in Stunden des klarsten und tiefsten Bewußtseins, besonders nach den Läuterungen im Feuer der Trübsal, Christo näher stand auch in der Erkenntnis und im Glau= ben, als solche Gemeinschaft in seinem früheren Leben und durch seine wesentlichen Grundansichten im allgemeinen hervorleuchtet.

Die in Clindy gegründete Armenanstalt erweiterte sich bald von zwölf Waisen, womit sie begonnen, auf dreißig; Pestalozzis ganzes Herz hing an derselben, und es schien einige Zeit ein erquickendes Licht über das düstere Bild seines Lebens sich zu verbreiten. Aber auch diese Lichtstrahlen erleuchteten nicht lange seinen trüben Pfad, und auch diesmal nicht ohne Schuld seiner Regierungsunfähigkeit. Er nahm bald auch Kinder gegen Pension darin auf, gestattete einem Engländer, Greaves, auf sein freies Anerbieten, die Kinder im Englischen zu unterrichten, und es schloß sich diesem Unterrichte sogar der in französischer und lateinischer Sprache an. So hatte er in kurzem keine Armenanstalt mehr, sondern zwei wissenschaftlich zu bildende Anstalten, die er nicht lange mehr getrennt voneinander bestehen ließ. Die armen Kinder fingen nun an den reichen der Anstalt sich gleich zu stellen, in den Freistunden lieber mit diesen zu spielen, als Holz zu hacken, und traten durch Kenntnisse, Ge= wohnheiten und Ansprüche aus ihrer Sphäre heraus. So ging das Gepräge einer echten Armenschule bald ganz verloren.

Der unglückselige gerichtliche Streit mit Niederer dauerte noch fort und goß immer neue Bitterkeit in Pestalozzis Gemüt und Leben. Es ist unbegreiflich, wie Niederer einem Briefe länger widerstehen konnte, der mitten aus jenen schmutzigen Händeln wie ein heller Edelstein leuchtet. „Ich bitte Dich", schreibt er darin, „um Gottes und seines heiligen Erbarmens willen, mich endlich von der Marter zu erlösen, die ich nun bald sechs Jahre auf der Folter des im höchsten Grade sündhaft, und ich sage es gerade heraus, seelen= mörderisch mit unchristlicher Verstockung geführten Verfolgungskrieges leide, der mehr als so lange zwischen unseren sich christlich nennen= den Erziehungshäusern statt hat. Wiederhole, lieber Niederer, doch in Deinem Gedächtnisse, was wir einst voneinander hofften und was wir einander waren. Werde, soviel Du kannst, wieder mein alter Niederer. Ich will Dir ja so gern wieder sein, was ich Dir einst war. O Niederer, wie sehne ich mich darnach, daß wir von er= neuerter Liebe gestärkt und geheiligt, beim nächsten Fest einmal auch wieder zum heiligen Nachtmahl gehen dürfen, ohne fürchten zu müssen, daß die ganze Gemeinde, in der wir leben, von unserem Thun geärgert, ob unserem zum Nachtmahl Kommen schaudern, und ihre Blicke mit Unwillen und Bedauern auf uns werfen müsse. Lieber Niederer, denke doch nicht, daß uns je Advokatenkniffe und Tröblerkünste auf irgend eine Weise zur Höhe der Ehre bringen können, zu der wir uns durch Wiederherstellung unserer Liebe selbst zu erheben vermögen." Wie war es möglich, daß Niederer solchen Bitten widerstand? Ach, der niederschlagenden Erfahrung, daß auch in des edleren Menschen Herz, ist es einmal der Verblendung hin= gegeben, sich solch ein Trotz, solch eine Härte einschleichen kann!

Als nun Pestalozzi sah, daß auch die letzten Hoffnungen, die sich für ihn an sein Armenhaus geknüpft hatten, unerreichbar seien, erklärte er öffentlich sein gänzliches Unvermögen, den Erwartungen, die er durch seine Stiftung in den Herzen so vieler edler Er= ziehungsfreunde erregt hatte, weiterhin entsprechen zu können. Und bald darauf löste er auch, im Frühjahre 1825, seine unter Schmids herrschsüchtiger Leitung immer mehr gesunkene Erziehungsanstalt im Schlosse auf, nachdem dieselbe ein Vierteljahrhundert bestanden hatte, und kehrte als achtzigjähriger lebensmüder Greis nach Neuhof zurück, wo er einst vor einem halben Jahrhundert seine erste erziehende Thätigkeit begonnen hatte. „Wahrlich, es war mir," schreibt er, „als mache ich mit diesem Rücktritte meinem Leben selbst ein Ende, so weh that er mir." Sein Enkel war bereits im Besitze des Neu= hofs, zu ihm zog er. In der Ruhe dieser Zurückgezogenheit über= blickte er noch einmal sein kampfvolles, thatenreiches Leben, wie ein müder Pilger von der letzten Höhe, die ihn für immer von seiner Heimat trennt, noch einmal betrachtende, dem Gange der zurück= gelegten Wanderung ernst folgende Blicke in dieselbe wendet. Er hat uns die Ergebnisse seiner prüfenden Selbstanschauung in seinen zwei letzten Schriften hinterlassen, in seinen „Lebensschicksalen" und in seinem „Schwanengesang". Seine hohe Natur, sein großes Herz mit dem reichen Schatze seiner Liebe und mit dem sein ganzes Wesen bewegenden Grundtrieb, der Not des Volkes durch bessere Erziehungsmittel abzuhelfen, strahlt auch hier durch die Nebeldecke vielfacher Verblendung und Irrtums in den Mitteln der Verwirklichung, man möchte sagen durch die Gitter des Gefängnisses hindurch, in welchem Schmids gewaltthätige Arglist den freien Mann gerade in den entscheidensten Jahren seiner Wirksamkeit gefesselt hielt. In den „Lebensschicksalen" spricht er große, ergreifende Wahr= heiten aus, und ich halte dafür, daß jeder, der Pestalozzi näher stand und längere Zeit seinem Lebensgange folgte, von der Richtig= keit der darin niedergelegten Ansichten im wesentlichen überzeugt sein, aber zugleich auch bekennen wird, daß ein zwiefacher großer Wahn sich durch das Ganze derselben hindurchzieht, die Ungerechtig= keit gegen sich selbst und den Wert und die Bedeutung seiner Er= ziehungsunternehmung in Yverdün und die blinde Hartnäckigkeit, mit der er Schmids Thun maßlos überschätzt und den Gehalt seines Charakters und seinen inneren Wert um der scheinbaren Treue kind= licher Anhänglichkeit willen gänzlich verkennt. Indem er mit seltener Demut sich als die Ursache alles Mißlingens, seine Schwächen als den Grund der in sich notwendigen Auflösung seines Werkes be= zeichnet, vergißt er zu bekennen, wie mächtig doch in seiner Schwäche Gottes Kraft und Gnade mit ihm gewesen, und wie viel Herrliches

und Bleibendes kraft derselben nicht nur in Auffindung und Be=
arbeitung wesentlicher Mittel der Elementarbildung, sondern vor
allem in heilsamer Anregung so vieler Hunderte zu fortgesetzter
geistig=kräftiger Wirksamkeit auf dem angebahnten Pfade durch ihn
vollbracht wurde. Ungerecht und einseitig ist sein Urteil, das er
gegen Ende seines „Schwanengesanges" ausspricht: „Unser
Unternehmen, wie es in Burgdorf entkeimte, in Buchsee sich zu ge=
stalten anfing und in Yverdün in abenteuerlicher Unförmlichkeit mit
sich selbst kämpfend und sich gegenseitig zerstörend Wurzel zu fassen
schien, war an sich in seiner planlosen Entstehung, auch unabhängend
von meiner persönlichen Untüchtigkeit, unabhängend von der Hete=
rogenität der Personen, die daran teilnahmen, unabhängend von
dem gegenseitigen Widerspruche der Mittel, durch die wir dasselbe
zu erzielen suchten, selbst unabhängend von dem Widerspruche, in
dem es mit dem Routinegang der Erziehung und mit der Allgewalt
des Zeitgeistes in Opposition stand, ein unausführbares Un=
ding, ein babylonischer Turmbau, in welchem ein jeder seine eigene
Sprache redete und keiner den andern verstand, weil es an der
Gemeinkraft für unsere Zwecke fehlte." Nein wahrhaftig, solch
ein Unding war das Unternehmen nicht, weder nach seiner Natur,
noch nach seinem Entkeimen, noch nach seinem Wachstum, es wurde
es aber, als Pestalozzi aufhörte, dem göttlichen Triebe, der ihn zu
dieser Unternehmung leitete, in seiner Kraft und Reinheit zu folgen,
als er anfing, Menschenkraft für seine Stärke zu halten und an
Schmid seine Freiheit wegzugeben, als er seine heilige Bestimmung
verkannte, die reichen Kräfte, welche ihm Gott in den Gehilfen
seines Werkes gegeben hatte, mit gleicher Gerechtigkeit und Liebe
in sich zu einigen, und sich und die ihm Gegebenen dem zuzu=
führen, in welchem allein die Gemeinkraft jedes christlichen
Vereins zu suchen und zu finden ist, dessen noch so heterogene Be=
standteile, so nur er das Haupt ist, zu einer Behausung Gottes
im Geiste sich erbauen, dessen Schwäche in ihm zur Stärke, dessen
Kämpfe durch ihn zu Sieg und Friede werden.

Noch im letzten Sommer seines Lebens besuchte Pestalozzi das
so vortrefflich eingerichtete und von Zeller mit so großer Liebe ge=

leitete Erziehungshaus armer und verlassener Waisen in Beuggen. Die Kinder empfingen ihn mit Gesang und reichten ihm einen Eichenkranz dar. „Nicht mir," rief Pestalozzi, „sondern der Unschuld gebührt dieser Kranz!" Es sangen darauf die Waisen das auch in Lienhard und Gertrud aufgenommene Lied von Goethe:

> Der du von dem Himmel bist,
> Alles Leid und Schmerzen stillest,
> Den, der doppelt elend ist,
> Doppelt mit Erquickung füllest,
> Ach! ich bin des Treibens müde!
> Was soll all der Schmerz und Lust?
> Süßer Friede,
> Komm, ach komm in meine Brust!

Da erstickten Thränen die Stimme des Greises.

Im November wohnte er noch einmal der Kulturgesellschaft in Brugg bei und las eine Abhandlung über die einfachsten Mittel, das Kind von der Wiege bis ins sechste Jahr zu erziehen, voll Feuer und Liebe vor. Bei den Schilderungen der unschuldigen Kinderwelt entquollen seinen Augen oft Thränen.

Heimgekehrt auf seinen Neuhof, als alles um ihn kalt und öde geworden und er seit einigen Wochen sein zweiundachtzigstes Jahr begonnen hatte, fühlte er Mahnungen des nahen Todes. Nur wenige Tage lag er krank. Man brachte ihn am 15. Februar nach Brugg, damit er dem Arzte näher wäre. Am 16. ward das Fieber stärker. In einer ruhigen Stunde sprach er: „Ich vergebe meinen Feinden, mögen sie den Frieden jetzt finden, da ich zum ewigen Frieden eingehe! Ich hätte gern noch einen Monat gelebt für meine letzten Arbeiten; aber ich danke auch Gott, der mich von diesem Erdenleben abruft. Und ihr, die Meinigen, bleibet still für euch und suchet euer Glück im stillen häuslichen Kreise." Bald darauf wurden die Fieberkämpfe heftiger. In den Morgenstunden des 17. Februars 1827 ist er verschieden und am 19. zur Erde bestattet worden. Seine Leiche trug man bei dem neuen Armenhause vorüber, das er angefangen hatte zu bauen, aber nicht vollenden konnte, und senkte sie zu Birr bei dem Schulhause unter einer stillen, bejcheidenen Grabesfeier zur Erde. Wenige Fremde wohnten feinem Begräbniffe bei, denn es lag viel Schnee, und feine Beerdigung fand früher ftatt, als man erwarten fonnte; man hatte in Aarau faum Kunde davon erhalten. Schullehrer aus den umliegenden Dorffchaften und Dorffinder fangen dem Verewigten in funftlofem Gefange ihren Dank ins Grab nach.

„Du, o Gott, wirft mächtig und gnädig fein, daß meine Gebeine in meinem Grabe frohlocken, und mein Gefchlecht, nachdem ich die Folgen meiner Ver wirrung getragen, meiner mit Dank und Nachficht gedenke."

Peftalozzi in feiner Neujahrsrede von 1818.

Über das Eigentümliche der Pestalozzischen Methode und ihren Einfluß auf die deutsche Volksschule.

„Lieber Geßner, wie wohl wird es mir in
meinem Grabe sein, wenn ich es dahin gebracht,
Natur und Kunst im Volksunterrichte
so innig zu vereinigen, als sie jetzt in
demselben gewaltsam getrennt, ja entzweit sind.“
Pestalozzi „wie Gertrud ihre Kinder lehrt“.

„Es ist kein Geringes, seine Hand
an die Erziehung des Menschen zu
legen und sich vorzudrängen zu seinem Geschlechte und es auszusprechen: Wir sind da, jetzt
auf uns, wir wollen und wir könnten etwas
Wesentliches zur Verbesserung der Erziehung
unseres Geschlechtes beitragen; wir können und
wollen das Wohl der Welt, das Heil unseres
Geschlechtes von dieser Seite wahrhaft und zu-
verlässig fördern.“
Pestalozzi in seinen „Reden“.

Ein gewaltiger, unwiderstehlicher Trieb, aus reichem Maße der
Liebe und Willenskraft entsprungen und durch früheste Jugendein=
drücke genährt, beherrschte und durchdrang, wie wir sahen, den
ganzen Lebensgang und das große Lebenswerk Pestalozzis: Rettung
des Volkes, des armen, verachteten Volkes, das er liebte und
elend fühlte, wie es wenige elend fühlen, indem er seine Leiden
mit ihm trug, wie sie wenige mit ihm getragen haben. Dieser eine
große Gedanke war der Ausgangs= und Endpunkt und zugleich die
Lebensmitte all seines Strebens und all seines Thuns. Sehr bald
wurde es ihm klar, es sei für das sittlich, geistig und bürgerlich
gesunkene Volk keine Rettung möglich, als durch die Erziehung,
durch Bildung desselben zur Menschlichkeit. Als das unwandelbare
Fundament wahrer Menschenbildung erkannte er das häus=
liche Leben. In der Wohnstube des Volkes und in der in

ihr gesicherten **Wohnstubenweisheit** und **Wohnstubenkraft**
erblickte er die wesentlichen Mittel aller wahren Menschenbildung
in ihrem ganzen Umfange. Es war ihm klar, daß von ihr alle
Wahrheit und aller Segen der Volkskultur ausgehe.

Diese Grundansicht ist zugleich der Keim und Mittelpunkt seiner
Methode. In der Wohnstube der Gertrud hat er den Typus
derselben in sehr bestimmten und klaren Umrissen gezeichnet. Aber
sie beharrte nicht in der ersten Richtung und ursprünglichen Einfachheit; sie nahm veränderte Gestaltung an. Darum wird es später
so schwer, den **Begriff Pestalozzischer Methode** richtig
und erschöpfend zu fassen. Auch ich weiß einer genügenden Darstellung derselben nicht anders beizukommen, als indem ich **vier**
wesentlich verschiedene Stadien derselben feststelle.

Das **erste** Stadium ist das **ihrer Einfachheit und Ein-**
heit. In ihm erscheint die Idee der Methode als ein Ursprüng-
liches und Ganzes, in welchem die Pole, der objektive und subjektive,
noch nicht getrennt und einseitig auseinander treten. **Persönlich**
und **thatsächlich** stellt Pestalozzi dieses Stadium in seinem erziehenden Wirken in Stanz dar. Die ganze Fülle seiner Idee beherrschte ihn da, wie wenig er sich auch noch **in objektiver Be-**
ziehung, in klarer Erkenntnis der Mittel beherrschte, welche mit
Sicherheit zu ihrer Verwirklichung führen sollten. Er sah den Weg
wohl, aber er war noch mit Nebel bedeckt. Die Elemente naturgemäßer Bildung ragten wie Alpenspitzen durch diesen Nebel hindurch. Er fühlte der Natur des Menschen an ihren Puls und ver-
nahm ihre mächtigen Schläge, aber die Gestaltung und Gliederung
des Organismus ihrer Bildung blieb ihm noch vielfach verhüllt.
Desto mächtiger und herrlicher kam in ihm die Methode in **ihrer**
subjektiven Gestalt zur Erscheinung. Die Fülle der Liebe,
dieses göttlichen Lebens in ihm, war der Zug, mit dem er erzog,
ihre Macht die Bildnerin, die jedes Kind auf die ihm eignende
Weise faßte und bildete. Durch sie übte er die Kunst, seine rohe
und wilde Schar zu gesetzlicher Ordnung und zu milder Sitte zu
gewöhnen, durch sie fesselte er die des Unterrichtes Ungewohnten
und Zerstreuten zu Aufmerksamkeit und Teilnahme, durch sie flößte

er den Gleichgiltigen und Schlaffen Lust und Eifer ein. Nicht das Buch, nicht Reihenfolgen von Elementarübungen, nein, das Leben, das von ihm ausströmte, bildete das Leben seiner Kinder, der Geist, der ihm aus Blick und Worten quoll, weckte ihren schlummernden Geist, die Hingebung und Treue, mit der er sie besorgte, öffnete ihr verschlossenes Herz und machte es für Opfer der Selbstüber= windung fähig. Er selbst mit seinem Vatersinn und seiner Muttertreue war die Methode. Obgleich seine Unterrichts= mittel viel unvollkommener waren, als die später gefundenen, so lernten die Kinder doch mehr und freudiger und rascher, als sie bei den vollkommensten Mitteln gelernt haben würden ohne den Hauch des Geistes, der die Kräfte beseelte und Fleiß und Neigung weckte. Gab er ihnen auch wenig Sittenlehren, ihre Gewöhnung zu sittlicher That und die Macht seines Vorbildes entwickelte ihre sittlichen Kräfte, und sein inniges gläubiges Beten mit ihnen brachte ihre Herzen mehr in Gemeinschaft mit Gott, als alle Begriffs= bestimmungen über alle seine Eigenschaften es jemals vermocht hätten. Sein ganzes Sinnen und Streben war dahin gerichtet, die Seg= nungen der Wohnstube zu Segnungen seiner Schul= stube zu machen, den bildenden Geist der Häuslichkeit auf die Öffentlichkeit des Erziehungshauses überzutragen. Das Eine suchte er täglich mit unverdrossener Mühe und auf immer neuen Wegen: Natur und Kunst im Werke der Erziehung in innigste Vereinigung zu bringen. Die Hoffnung der Möglichkeit solcher Vereinigung war der lichte Stern, dem dieser pädagogische Magus nachwanderte. Wir teilten früher schon mit, wie er auf das Wirken der Natur in ihren Gebilden lauschte und wie er in dem Werden des Baumes vom ersten Momente seiner Lebensbewegung im Keime durch das stufenweise gesetzliche Gestalten der Wurzel, des Stammes, der Zweige, der Blätter und Blüten bis zum höchsten Zwecke seines Daseins, der Frucht, einen Typus für alle menschliche Bildung erkannte. So hatte er früh auch auf das Werden und die Entfaltung der inneren Menschennatur, vor allem auf das Thun der Mutter gelauscht, und forschend beachtet, wie sie der eigenen und freien Entwicklung derselben zu Hilfe komme, das Hemmende abwehrend und jeglicher Kraft die gedeihliche Nahrung gebend. So ward es ihm immer klarer und gewisser, daß der unsichtbare mensch= liche Lebenskeim und Lebensträger, d e r G e i s t, durch die ihm in= wohnenden, von Gott gegebenen Kräfte nach einem Organismus menschlicher Entwicklung und Bildung strebe, deren Wurzel er in der Tiefe des Herzens, i m G l a u b e n u n d i n d e r L i e b e schaute, im Willen aber die psychische Einsaugungskraft des Guten oder Bösen. Über allem Zweifel stand ihm die Überzeugung, daß der Mensch nur durch Übereinstimmung des Bildungs= und Er= ziehungseinflusses mit den ewigen G e s e t z e n seiner geistigen Natur wirklich gebildet und erzogen, durch den Widerspruch mit ihnen aber verbildet und verzogen werde. Er glaubte an eine sich immer gleiche, alle Keime zu herrlicher Entfaltung in sich schließende Menschen= natur und erkannte ihre Kraft als unauslöschlich, unvertilgbar.

Die menschliche Kunst der Bildung hat sich an den einfachen aber unwandelbaren Gang dieser Natur und ihrer Gesetze eng und treu anzuschließen und alle ihre Unterrichts= und Bildungsgrundsätze und Mittel mit ihnen in Übereinstimmung zu bringen. Alle Er= ziehung darf nichts anderes sein, als ein Handbieten, ein Unter= stützen der Natur in ihrem selbstthätigen Entwicklungsgeschäfte der menschlichen Anlagen und Kräfte, und die Erziehungskraft hat bei dieser Unterstützung gewissenhaft zu beachten, daß dieselbe nicht natur= widrig sei. Die Natur aber bildet von innen heraus, schreitet all= mählich aber ununterbrochen fort ohne Stillstand und Lücken, sie geht von einem Teile zur Erzeugung des folgenden nur dann über, wenn jener gesichert und hinreichend gekräftigt ist, reiht so ein Glied dergestalt an das andere, daß alle in genauester Verkettung mit dem Ganzen stehen, und das Gleichartige vom Ungleichartigen absondernd, gründet sie Harmonie und Festigkeit. Ganz so und nach denselben Gesetzen hat die Kunst des Menschen als Unterstützerin der Natur im Gange der Menschenbildung zu verfahren. Indem Pestalozzi mit solchen Geistesaugen und in solcher Treue der Beobachtung und Forschung m i t d e r N a t u r wandelte und das in ihr ursprünglich Gegebene rein auffaßte, erweiterte sich sein Blick von den natur= getreuen Bildungsmitteln, die auf dem Schoße der Mutter beginnen,

schon ahnungsvoll bis zu denen, die sich an alle Gebiete der Wissen=
schaften in ihrer reifenden Vollendung anschließen. Aber ihn be=
schäftigte allein die Idee der Elementarbildung. „Diese Idee", so
spricht er selbst in seinem Buche: ‚Wie Gertrud ihre Kinder lehrt,‘
„ging mitten in der Einfachheit und Kunstlosigkeit meines Lebens
aus meinem Dunkel wie aus der Nacht hervor, und brannte schon
in ihrem ersten Entkeimen in mir wie ein Feuer, das den Menschen=
sinn zu ergreifen die Kraft zeigte, das sich aber nicht in seiner ur=
sprünglichen Lebendigkeit erhielt, ja eine Weile zu erlöschen schien,
als diese Idee vom Verstande ins Auge gefaßt und nach ihrem
tieferen Gehalte zerlegt wurde. Bedeutende Männer meiner Zeit
gaben den lebendigen Äußerungen meiner Ansichten schon in diesem
Anfange eine Bedeutung, die weit über diejenige hinausging, die ich
ihnen selbst beilegte, die aber darum die öffentliche Aufmerksamkeit
auf eine Art rege machte, wie solche in der Folge kaum unterhalten
und befriedigt werden konnte." Der reale Anfangspunkt alles zu
Erkennenden war ihm schon damals die Intuition, aber nicht
als aufgefaßtes äußeres Bild nur, sondern als das demselben ent=
sprechende innere Bild, als geistige Vorstellung, und somit als Sub=
strat des Begriffes. Ganz besonders charakteristisch ist in diesem
ersten Stadium der Methode die ungeschwächte Berücksichtigung und
Heilighaltung der Individualität, und zwar der des
Kindes eben so sehr, als der des Erziehers. Wie alles Leben, so=
fern es das Gepräge der Wahrheit an sich trägt, notwendig indivi=
dualisiert ist und individualisierend wirkt, so erkannte Pestalozzi auch
die Allgemeinheit der Methode nur darin, daß sie die Individualität
jedes Einzelnen ehre, darstelle und bilde. „Der echte Lehrer der
Methode — dies sind seine Worte, — voll Demut die Schwäche
und Beschränkung seiner eigenen Persönlichkeit fühlend, wagt es
nicht, gewaltsam in den Entwicklungsgang des Zöglings einzugreifen,
seine Richtung willkürlich zu bestimmen, die eigenen Meinungen und
Zwecke ihm aufzudringen; er hütet sich etwas ausrotten zu wollen,
damit er nicht den Weizen mit dem Unkraute ausrotte. Das Ver=
mögen, die Individualität im Kinde, sein eigentümliches, selbständiges
Leben zu schauen und zu erkennen, wie sich das Menschliche in

unendlichen Gestalten ausgebiert und wie doch wieder die eine Menschheit in allen erscheint, wie jeder ein Spiegel des Ganzen ist und das Eine, Unwandelbare mehr oder minder sichtbar, mit größerer oder geringerer Herrlichkeit offenbart: dies zu erkennen ist die Wonne des Erziehers, der seine Aufgabe und sein Verhältnis zur Menschheit erfaßt hat, es ist sein Wert, seine Kraft, sein Lohn, der unerschöpfliche Quell seiner Liebe und der begeisternde Trieb seiner Thätigkeit." Deshalb soll der echte Methodiker in der Kindesnatur nichts trennen, was Gott zusammengefügt, aber auch nichts zusammenfügen, was Gott getrennt hat. Alles künstliche und gewaltsame Zusammenfügen des der Natur Heterogenen hat das Stillstehen der Individualität zur Folge, und dieses prägt sich dann bald zur Unnatur aus. Aber nicht minder unverletzlich und für die echte Methode von der entscheidendsten Wichtigkeit war Pestalozzi damals noch die Individualität des Erziehers, ja er maß dem Einflusse einer lebensvollen geistanregenden subjektiven Behandlungsweise jeglichen Unterrichtes, ja aller Erziehungsmittel noch viel höheren Wert bei, als jeder Lehrform oder der reichsten Kenntnis von Erziehungsgrundsätzen. War doch in seiner eigenen Individualität dies die starke, wirksamste Seite.

So zeigt sich denn als Charakter der Methode in ihrem ersten Stadium die Einfachheit, Totalität und Einheit derselben. Sie ist noch eine reine Dienerin der Natur und Nachahmerin Gottes im Gange seiner Erziehung. Pestalozzi selbst machte keine Ansprüche auf Neuheit in ihr. Jeder denkende und naturtreue Lehrer, mehr noch jedes wahre pädagogische Genie habe von je das Gleiche oder Verwandte gewollt und gethan.

Im zweiten Stadium des Entwicklungsganges der Pestalozzischen Methode, das in Burgdorf beginnt und sich in noch schärferer Gestaltung in Yverdün fortsetzt, tritt die subjektive Seite der Methode immer mehr zurück, und die objektive bildet sich auf immer breiterer Basis einseitig aus; die Erziehung geht mehr in Unterricht über, und die Bildung wird vorherrschend eine intellektuelle. Als Niederer und Krüsi an die Seite Pestalozzis getreten waren und das Bedürfnis nach Unterrichtsmitteln, welche aus dem Geiste der Methode hervorgegangen, ihren Gesetzen gemäß bearbeitet wären, in der jungen Anstalt immer dringender wurde, da wandten sich fast aller Kräfte in theoretischer und praktischer Forschung der An= bahnung und Bearbeitung der Elementarmittel des Unterrichtes zu, und Pestalozzi selbst ward von seinen einfachen Grundanschauungen in den Strom der Reflexionen mit fortgezogen. Das Eine war ihm klar, der europäische Schulwagen müsse nicht sowohl schärfer an= gezogen, als vielmehr völlig umgekehrt und auf eine neue Bahn ge= lenkt werden, und dem Lixilariwesen in der Schule (wie er es nannte), dem papageiartigen Nachsprechen unverstandener Schul= meisterformen*), der Thorheit, die Kinder mit dem Maule ein Weites und Breites über Sachen schwatzen zu machen, hinter denen für sie nichts steckt und die sie nicht verstehen, mit denen man ihnen aber doch die Einbildungskraft und das Gedächtnis so anfüllt, daß dadurch das rechte Alltagshirn und der Brauchverstand zu Grunde geht, müsse ein Ende gemacht werden. Um solchem grundlosen Wortgepränge anschauungsloser Begriffe gründlich vorzubeugen, baute er jeglichen Unterricht auf A n s c h a u u n g e n und forderte, daß die dunkeln Anschauungen zu bestimmten, die bestimmten Anschauungen zu klaren Vorstellungen und diese endlich zu deutlichen Begriffen er= hoben werden. Die Anschauung ist ihm das Alpha aller Kenntnisse, und er bezeichnet als das Wesentlichste, was er für Förderung eines naturgemäßen Unterrichtes geleistet, „daß er den obersten Grundsatz des Unterrichtes in der Anerkennung der Anschauung, als dem ab= soluten Fundamente aller Erkenntnis festgestellt und das Wesen der Lehre selbst in der Urform aufzufinden gesucht habe, durch welche die Ausbildung unseres Geschlechtes von der Natur selbst bestimmt wird." Den Begriff der Anschauung faßte er aber nicht von der beschränkten Seite einer alleinigen Vermittelung zwischen der er=

---

*) „Diese Schulübel, die Europas größere Menschenmasse entmannen, sind nicht bloß zu überkleistern, sondern in ihrer Wurzel zu heilen. Dies ist nicht möglich, wenn man nicht dahin kommt, die mechanische Form alles Unterrichtes den ewigen Gesetzen zu unterwerfen, nach welchen der mensch= liche Geist sich von sinnlichen Anschauungen zu deutlichen Begriffen erhebt."

Pestalozzi: „Wie Gertrud ihre Kinder lehrt."

kennenden Kraft und dem zu erkennenden Objekte durch den Ge=
sichtssinn, sondern dehnte ihn auf das ganze Gebiet sinnlicher
Wahrnehmung nicht nur, sondern auch alles unmittelbar Em=
pfundenen und Erlebten aus. Jede That der Liebe, Auf=
opferung und Treue, die das Kind im Vaterhause erlebt, jedes Wort
des Glaubens und jede Handlung der Frömmigkeit, welche da seiner
Wahrnehmung und seinem Gefühle nahe tritt, gehört ins Gebiet
dieser Anschauung: und hier namentlich leitete Pestalozzi die große
von Eltern und Erziehern nie tief genug zu erfassende und zu be=
herzigende Wahrheit, daß alle noch so schulgerechten Begriffserklärungen
von Tugenden, vom Glauben, von der Liebe nichts nützen, sondern
nur zu eitler Maulbraucherei darüber führen, wenn den Kindern
das Lebensbild der Tugend, der freudige Mut des Glaubens und
die Selbstaufopferung der Liebe in Vater, Mutter und Lehrer nicht
zur Anschauung kommt und als solche wahrhaft vor die Seele
tritt und ins Herz geht.

Im reichen Bildungsstoffe, den Natur und Leben beut, umher=
blickend und forschend, erkannte er als allgemeinste and wesentlichste
Mittel der Elementarbildung die Zahl, die Form und die
Sprache. Diese Trias der Methode in ihrem zweiten Stadium
ward mit eben so großem Fleiße als Geschick zunächst von Krüsi
und Tobler, dann später von Schmid bearbeitet und sowohl in ver=
anschaulichenden Tabellen, als in Büchern zur Veröffentlichung ge=
bracht. Die Zahlenlehre, die Formen= und Größenlehre und die
Sprachlehre, von ihren Elementen ausgehend, in lückenlosen Übungen
fortschreitend, durch Anschauung und selbstthätiges Auffinden die
geistigen Kräfte anregend und bildend, wurden die gewaltigen
Hebel intellektueller Kräftigung und Ausbildung, durch welche die
Zöglinge in kurzer Zeit Außerordentliches leisteten und diejenigen in
Erstaunen setzten, welche die Anstalt besuchten und von der Mög=
lichkeit einer so sicheren Intuition und scharfen Kombination keine
Vorstellung hatten.*) Mir selbst, als ich das erste Mal in Schmids

---

*) Eines Tages kam ein reicher Nürnberger Kaufmann, der viel von der
außerordentlichen Gewandtheit der Zöglinge im Rechnen gehört hatte, in die An
stalt, ließ sich in die erste Klasse führen und fragte unter anderen, ob es ihm

Klaſſe kam und die Leichtigkeit und Sicherheit ſah, mit welcher ſeine
Schüler ſehr ſchwierige Bruchrechnungen und ſelbſt algebraiſche Auf=
gaben, ohne daß ſie an die Tafel geſchrieben wurden, im Kopfe
löſten oder verwickelte trigonometriſche Sätze entwickelten, erſchien es
wie ein Wunder, ſolche Kraft der kombinierenden Intuition bei
Knaben von fünfzehn Jahren zu finden. Allein dieſer wohlverdiente
Ruhm der Anſtalt und dieſe Glanzſeite der Methode trug Keime
unerfreulicher, ja verderblicher Folgen für beide in ſich. Zu welcher
Überſchätzung der in dieſer Beziehung gewonnenen Kraft Peſtalozzi
ſelbſt verleitet, und von welchem einſeitigen und anmaßlichen Dünkel
mancher ſonſt ſo wackere Lehrer verblendet wurde, iſt früher nicht
unerwähnt geblieben. Hier iſt das große Übel beſonders ins Auge
zu faſſen, welches die übermäßig und einſeitig herrſchende Richtung
d i e ſ e r Elementarbildungsmittel dadurch auf eine glückliche und
harmoniſche Entwicklung der Methode ausübte, daß ſie den Wert
der anderen nicht minder wichtigen Bildungsmittel in Schatten ſtellte,
ihre Pflege zurückdrängte und ihr Gedeihen hemmte, wenn auch
nicht in theoretiſcher Anerkennung derſelben, doch jedenfalls in ihrer
praktiſchen Übung. Dies ging ſo weit, daß man zu meiner Zeit
unter Methode faſt nur die Zahlen=, Größen= und Sprachlehre ver=
ſtand, wie ſehr auch Peſtalozzi und Niederer in der Theorie der
Methode gegen ſolche Einſeitigkeit eiferte. Ja, erſterer hat in ſeinen
„Lebensſchickſalen“ das wahre diesfalls verſöhnende Wort aus=
geſprochen: „Man hat übel gethan, die iſolierten Mittel und Formen

auch geſtattet ſei, den Zöglingen eine Aufgabe zu erteilen. Als der Lehrer
dies gern bewilligt und der Kaufmann eine ſehr komplizierte viergliederige Ge=
ſellſchaftsrechnung mit Brüchen gegeben hatte, fragten ihn die Knaben, ob ſie
die Aufgabe auf der Tafel oder im Kopfe rechnen ſollten. Der erſtaunte, im
Rechnungsweſen nach ſeiner Weiſe gewandte Geſchäftsmann erwiderte, ſie
möchten an die Löſung mit Kopfrechnen gehen, wenn ſie es wagen dürften.
Darauf ſetzt er ſich, läßt ſich einen Bogen Papier geben und beginnt ſelbſt die
Löſung ſeiner Aufgabe ſchriftlich. Kaum iſt er zur Hälfte mit derſelben fertig,
als ein Zögling nach dem andern ruft: „Ich hab's!“ Er bemerkt ſich die Er=
gebniſſe, und als dieſelben mit ſeinen viel ſpäter ermittelten Löſungen voll
kommen übereinſtimmen, kehrt er ſich mit den Worten zu Peſtalozzi: „Ich habe
drei Jungen, die ſchicke ich Ihnen alle her, ſobald ich nach Hauſe komme.“

der intellektuellen Elementarbildung Methode zu nennen. Nur den ganzen Umfang naturgemäßer Erziehung sollte man so nennen." Aber er begünstigte dies Übel selbst, indem er weder die isolierten Mittel der Zahl, Form und Sprache in ihre Schranken zurückwies, noch den andern intellektuellen Bildungsmitteln zu ihrem vollen Rechte verhalf und noch weniger die Mittel der ästhetischen, sittlichen und religiösen Bildung in seinem Erziehungs= hause zu so vollem und kräftigem Leben zu bringen bemüht und geschickt war, daß dasselbe jenen einseitigen Richtungen ein kräftiges Gleichgewicht zu geben imstande gewesen wäre. Doch dieses Übel lag und liegt noch tief in der ganzen Zeitrichtung, ja man darf sagen noch tiefer in der Sündhaftigkeit der menschlichen Natur, nach welcher der Baum der Erkenntnis stets die stärksten Gelüste erzeugte und das Gebiet des Wissens als das leichtere, angenehmere und dem menschlichen Hochmute entsprechendere vor dem der Gesinnung und That angebaut und befördert wurde. Wir werden später darauf zurückkommen, wie diesfalls die Pestalozzische Methode die allgemeine große Krankheit begünstigen und stärken half, an der vor allem unsere Zeit, die ihrer Aufklärung sich rühmende, aber der auf= opferungsvollen Kraft, der sittlichen Gesinnung und der Stärke des Glaubens so sehr ermangelnde Zeit, schwer darnieder liegt.

Wie Pestalozzi die Wohnstube, d. h. den ganzen Einfluß einer verständigen, sittlichen und frommen Häuslichkeit als die unentbehr= liche Grundlage aller gedeihlichen und gesegneten Erziehung und in ihr wiederum das Walten der Mutter als die erste Quelle dieses Segens anschaute,*) so mußte ihm zu Sicherstellung und Förderung

---

*) Er spricht sich darüber in folgenden Stellen aufs trefflichste aus:

„Der einzig sichere Boden, auf dem wir der Volksbildung und Armenhilfe halber zu stehen suchen müssen, ist das Vater= und Mutterherz, das durch die Unschuld, Kraft und Wahrheit seiner Liebe Glauben und Liebe in den Kindern entzündet und so alle Leibes= und Seelenkräfte derselben zum Gehorsam in der Liebe und zur Thätigkeit im Gehorsam vereinigt."

„Im Heiligtume der Wohnstube wird das Gleichgewicht der menschlichen Kräfte in ihrer Entfaltung gleichsam von der Natur selbst eingelenkt, geband= habt und gesichert."

des Heils, das er für Menschenbildung in s o l ch e r Wohnstube erkannte, unendlich viel daran gelegen sei, den Müttern ein Buch in
die Hände zu geben, das sie in der ersten Entwicklung der geistigen
und sittlichen Kräfte ihrer Kinder auf den rechten Weg leite. Der
oft und lebendig ausgesprochene Wunsch nach Befriedigung dieses
Bedürfnisses veranlaßte Krüsi, in Verein mit Pestalozzi sich an die
Lösung dieser schweren Aufgabe zu wagen, aber von der Ansicht
irregeleitet, daß das unmittelbar Nächste dem Kinde sein Leib sei,
knüpfte er die Reihe von Übungen, welche die elementaren Anschauungen und Begriffsentwicklungen in sinnlicher, intellektueller und
sittlicher Beziehung leiten sollten, an die Gliederungen des leiblichen
Organismus ohne Berücksichtigung der allgemeinen Erfahrung, daß
dem Kinde das objektiv Vorliegende stets das Nähere ist, nicht das
Subjektive in seiner physischen oder psychischen Erscheinung. Diesen
Mißgriff erkannten die gemeinsamen Verfasser späterhin selbst, und
Pestalozzi bezeichnet ein solches „B u ch d e r M ü t t e r" als eine
große aber noch zu lösende Aufgabe, die den weisesten und erfahrungsreichsten Erziehern gestellt bleibe. Er sagt diesfalls: „Dieses
Buch ist so lange unausführbar, als die Bemühungen dafür nicht
von einer anhaltenden und fortdauernden Erforschung der Mittel
und Wege unterstützt werden, wie die Menschennatur selbst jede
einzelne Kraft unseres Geschlechtes nach eigentümlichen Gesetzen entfaltet und dann diese einzelnen Kräfte nach höheren Gesetzen wiederum
mit der Gesamtheit derselben in Übereinstimmung bringt." Das
Buch der Mütter, wie solches ursprünglich in der Idee Pestalozzis
liegt, darf nicht bloß ein Versuch bleiben, die Kinder in den Ele-
mentarfächern der Form, der Zahl und der Sprache zu klaren Anschauungen und Begriffen zu führen und so in den einfachsten ersten
Erkenntnissen das sichere Fundament ihres späteren Wissens zu legen,

---

„Dem Herzen der Mutter muß es durch die helfende Kunst möglich gemacht
werden, das, was sie beim Unmündigen durch Naturtrieb genötigt thut, beim
Anwachsenden mit weiter Freiheit fortzusetzen."

„Wie die Krippe, in der der arme Heiland lag, erschien mir die Wohnstube des Volkes als die Krippe, von der aus das Göttliche und Heilige sich
entfalten, keimen und reifen soll."

sondern es muß geeignet sein, die Väter und Mütter aller Stände den g a n z e n U m f a n g ihrer Kräfte und Pflichten für die Er= ziehung fühlen zu lehren und ihnen alle wesentlichen Mittel für die naturgemäße Entfaltung ihrer leiblichen, geistigen und sittlich= religiösen Anlagen an die Hand zu geben. Ein solches Buch der Mütter ist unstreitig das größte Bedürfnis, aber auch die höchste nur allmählich und durch Vereinigung der erfahrungsreichsten, christ= lich weisesten Freunde der Erziehung zu lösende Aufgabe.

Es ist tief in den Grundansichten Pestalozzis begründet, daß die neuere, in Deutschland vorzugsweise gepflegte, von Dolz, Dinter und vielen andern geförderte und gepriesene Katechisationsmethode ihm widerstehen und eben so unnatürlich als der echten Bildung nachteilig erscheinen mußte. Er hielt solches Katechisieren mit Kin= dern für eine beschränkte Wortanalytik, für ein nutzloses Hervorlocken von Antworten, welche bereits kunstvoll in die Frage eingewoben waren, wodurch das Urteil der Kinder über irgend einen Gegen= stand nur s c h e i n r e i f werde, das doch so lange zurückzuhalten sei, bis sie jeden Gegenstand, über den sie sich äußern sollen, von allen Seiten und unter vielen Umständen ins Auge gefaßt haben, und mit den Worten, die das Wesen und die Eigenschaften scharf be= zeichnen, bekannt geworden sind.*) Das eigentliche wertvolle So= kratisieren erklärte er mit allem Rechte bei Kindern unmöglich, da ihnen beides, der Hintergrund der Vorkommnisse und das Mittel der Sprachfertigkeit fehle. Selbst der Habicht und Adler, fügte er dann scherzhaft hinzu, nehmen den Vögeln keine Eier aus dem Neste, wenn diese noch keine hineingelegt haben. Zuerst die An= schauung, dann die Definition, zuerst die Fertigkeit, dann die Regel, zuerst die Sachkenntnis, dann die Worterklärung, das ist der weise

---

*) Alles grundlose Wortgepränge, alle scheinreisen Urteile erzeugen eine schwammige Weisheit, die am Sonnenlicht der Wahrheit den Schwämmen gleich dahinstirbt: sie erzeugt Menschen, die sich in allen Fächern am Ziele glauben, weil ihr Leben e in m ü h s e l i g e s G e s c h w ä tz von diesem Ziele ist; aber sie bringen es nie dahin, nach demselben zu laufen, der R e i z fehlt, den allein menschliche A n s t r e n g u n g giebt. Unser Zeitalter ist v o l l solcher Menschen.

Pestalozzi: „Wie Gertrud ihre Kinder lehrt."

Grundsatz seiner Methode. Doch wie des armen Menschen Schicksal
so leicht ist, indem er eine extreme und darum irrige Ansicht be=
kämpft, selbst in ein anderes Extrem zu fallen, so geriet auch Pesta=
lozzi, dem anfangs das Leben selbst mit seinen frischen Eindrücken
alles galt und der das Bücherwesen beim Unterrichte haßte und
floh, in die auffallende Verirrung, den Unterricht mechanisieren
zu wollen und auf die ausgearbeiteten cahiers und späterhin ge=
druckten Methodenbücher so große Wichtigkeit zu legen, daß er sie
gern allen Lehrern mit der Gebrauchsvorschrift in die Hände ge=
geben hätte, ohne mehr zu fordern, als daß sie ihren Schülern
immer nur um einen Schritt voraus seien. Dieses unglückliche
»méchaniser l'instruction« war nur durch das oben erwähnte
Übergewicht, welches er auf die objektive Methode, auf die streng
geordnete Reihenfolge der Übungen legte, möglich und erklärbar,*)
wodurch er gegen die Gefahr blind wurde, jede eigentümliche, freie
Lehrgabe zu fesseln und die frische, geistesgegenwärtige und ent=
schlossene Bewegung beim Unterrichte abzuwehren. Das Übel wurde
durch die unsägliche Breite und durch das Erschöpfenwollen aller
möglichen Fälle und Verhältnisse, welches die von Krüsi und Schmid
herausgegebenen ersten Elementarbücher charakterisirt, noch unendlich
vermehrt, und ich habe mich oft überzeugt, wie selbst die langsamen
und trägen Köpfe durch die breiten, alles erschöpfenden Übungen in
ihrer Trägheit bestärkt und an der Kette dieser Kettenfolge in eine
Art von Geistesknechtschaft gefesselt wurden. Gerade durch das
Überspringen der leichteren Mittelglieder, die man den Schülern
selbst zu finden überläßt, wird beim Unterrichte die Aufmerksamkeit
geschärft, die Selbstthätigkeit des Geistes aufgeregt, der so vieles durch
Anticipieren sich erwirbt, auf so vieles durch Kombination und Ana=
logieen kommt, in dessen Natur es recht eigentlich liegt, dem Feuer
ähnlich auf das Entferntere überzuspringen und das Dazwischen=

*) „Ich strebe nach einer Unterrichtsweise, in welcher die Fundamente alles
Wissens und Könnens also vereinigt liegen, daß ein Schulmeister eigentlich nur
die Methode ihres Gebrauches lernen dürfe, um sich selbst und die
Kinder am Faden derselben zu allen Zwecken zu erheben, die durch den Unter=
richt erzielt werden sollen.   Pestalozzi ebendaselbst.

liegende später bewältigend in sich aufzunehmen. Diese übertriebene
Art lückenlosen Fortschreitens ward schon in Yverdün eine Art
Maulbrauchens, das Pestalozzi doch so gründlich haßte, ein tötender
Mechanismus, den er doch nicht wollte, und ist's in neuerer Zeit
noch mehr geworden. Man darf bei diesem Mechanisierenwollen
des Unterrichtes zur Entschuldigung Pestalozzis allerdings nicht un=
erwähnt lassen, daß ihn dabei einerseits der gerechte Wunsch leitete,
die Wohlthat seiner Methode auch dem unerfahrenen und un=
gewandten Lehrer zuzuwenden, andererseits die sehr wichtige Ab=
sicht, durch psychologisch fortschreitende Übungen d i e F o r m
mnemonisch zu sichern und einzuprägen. Doch durfte er auch nie
vergessen, daß die vollkommene Unterrichtsweise i n d e r s t e t e n
V e r e i n i g u n g d e s f e s t e n u n d b e w e g l i c h e n, d e s s t a=
b i l e n u n d p r o g r e s s i v e n E l e m e n t e s d e r s e l b e n b e=
s t e h e.
      In ihr d r i t t e s Stadium trat die Pestalozzische Methode, als
Niederer begann, jenes J d e a l der Menschenbildung aus ihr zu
entwickeln, welchem weder Pestalozzi noch wir zu folgen vermochten,
das jedenfalls mit dem Vorhandenen und Geleisteten in einem
schneidenden Kontraste stand. Niederer, von dessen reflektierender,
philosophischer Natur und scharfen Forschungsgeiste wir schon in
Pestalozzis Lebensumrissen gesprochen haben, hatte das tiefe Be=
dürfnis, den Reichtum der Pestalozzischen Ideeen zu einem das
ganze Gebiet der Erziehung umfassenden, neugestaltenden und or=
ganisch gegliederten S y s t e m zu verarbeiten. Er hat sich dadurch
unverkennbare, große Verdienste erworben, hat über dunkle Gebiete
der Erziehungswissenschaft Licht verbreitet und über den innersten
Zusammenhang ihrer Gliederungen mit einem Tiefsinn gesprochen,
der alles Dankes, ja der Bewunderung würdig ist. Und doch ist
sein System ein in den Lüften schwebendes Ideal, es ermangelt der
Klarheit und Anwendbarkeit, es ermangelt selbst des tiefsten Grundes
der Wahrheit, es hat nicht das christliche Lebensprincip zu seinem
r e i n e n Fundamente. Niederer ging von der Überzeugung aus,
daß wenn das möglichst Einfache und Begrenzte des Volksunter=
richtes solle gefunden und gegeben werden, das Ganze der päda=

gogischen Idee und That erst in seiner Reinheit*) und ohne allen
beschränkenden Nebenzweck aufgestellt und ausgeführt sein müsse.
Es war ihm dabei um philosophische Begründung, um wissenschaft=
liche Bestimmtheit, um systematische Vollständigkeit und objektive
Gültigkeit zu thun. Nur dadurch, glaubte er, konnte der chaotische
Reichtum der Ansichten, Versuche und Erfahrungen gesichtet, nur
dadurch Pestalozzis Wollen erreicht, die Idee entwickelt, die Methode
gefördert, die Fortschritte der Anstalt unterstützt und die Unter=
nehmung in ihrem Geiste erhalten werden. Die Methode selbst
erschien ihm als wirkliche Vermittlerin aller pädagogischen Gegen=
sätze, des Realismus, Formalismus, Philanthropinismus, Humanis=
mus, die Kraft und das Organ bildend zur Wissenschaft durch Mit=
teilung wahrhaften Wissens, Stoff und Form gegenseitig durch=
dringend wie die Natur, ihrem ganzen Wesen nach echt wissenschaft=
lich und echt künstlerisch. Der beschränkte Geist könne sie beschränken
und der Thor sie zum Gefäße seiner eigenen Thorheit mißbrauchen,
aber sie bleibe dennoch, was sie ist in ihrem wahren Umfange be=
griffen, nicht das Werk einiger hinfälligen Persönlichkeiten, sondern
die Aufgabe der Geschichte, das Werk der Kultur, das Werk der
Natur im Gange der Entwicklung des menschlichen Geschlechtes.

Schon Evers, Rektor in Aarau, entgegnete Niederer im Jahre
1811 auf diese seine in der „Wochenschrift" ausgesprochenen Ideeen:
„Nur ähnliche Geister können ähnliche Methoden, d. h. ähnliche
Darstellungen des Fortschrittes ihrer Gedankenformation haben. Eine
absolute Methode ist ein Unding. Traurig, wenn man glaubt,
eine Methode erlernen zu können, noch trauriger der Wahn,
sich durch Erlernung der Methode des eigenen Studiums der Sachen
überheben und in die aufgegriffene fremde Form jeden Gegenstand
mit gleicher Geschicklichkeit einfügen zu können. Wahrlich, nicht von

---

*) Schon diese eine ihn leitende Ansicht charakterisiert den idealen Flug
seiner Gedanken. Sollte für den Volksunterricht das ihm Nötige, Einfache und
Begrenzte nicht eher gefunden und gegeben werden können, als bis das Ganze
der pädagogischen Idee und That in seiner Reinheit aufgestellt
sei, so müßte das arme Volk wohl bis zum Schluß der Menschengeschichte warten.
Wie ganz anders dachte und handelte diesfalls Pestalozzi selbst.

einer durchgängigen Einheit der Methode erwarte man den gemessenen Totaleindruck auf ihre Zöglinge, sondern davon, daß jeder Lehrer sich den individuellen Bedürfnissen seiner Schule immer enger und enger anschmiege." Darauf erwidert Niederer: „Wenn ähnliche Geister ähnliche Darstellung ihrer Gedankenbildung haben, so ist dies Produkt ihrer Persönlichkeit nicht Methode, sondern Manier, denn Manier ist alles, was nur in der Person des Lehrers liegt. Darum giebt es nur eine Methode, aber unendlich viele Manieren. Wie es nicht für jeden eine eigentümliche Logik giebt, so giebt es auch nicht für jeden eine eigentümliche Methode. Absolute Methode ist nichts Formelles, nichts von der Sache Getrenntes oder von ihr Trennbares, sondern der reine, mit ihrem Wesen eins ausmachende Ausdruck derselben. Sie ist die mit dem unwandelbaren Wesen gleich unwandelbare Form des Produzierens der Natur und des Geistes. Die absolute Methode ist in der Natur. Aus Keimen entwickelt diese alles Leben, sie hat für alle ihre organischen Schöpfungen nur eine in jedem Einzelnen wiederkehrende, ihren Gang ganz darstellende und erschöpfende ewige Form, die des Wachstums aus dem Keime durch inneren Trieb und äußeren Reiz. Darin, daß die Methode die Form mit dem Stoffe und den Stoff mit der Form zugleich und auf jeder Stufe giebt, besteht ihre Absolutheit. Die absolute Methode ist aber auch in der Erfahrung und Geschichte. Jedem mußte durch Selbstthätigkeit und Selbstanschauung lebendig und klar werden, was als Wahrheit und Weisheit in ihm haften und ihn leiten sollte.

Unwidersprechlich liegen Stoff und Form der Entwicklung und Bildung der Humanität in den Alten und sind durch diese dargestellt. Sie waren diesfalls der Natur näher und treuer. Die Gegenwart, das Leben selbst und seine Verhältnisse regten sie an, nicht die Last veralteten und modernen Wissens. Alles ging bei ihnen frei aus ihrer eigenen, der menschlichen Natur hervor, und ihr eigenes inneres und äußeres menschliches und bürgerliches Leben spiegelte hinwieder die Natur und das Weltall in veredelter Gestalt ab. Noch ist die Menschennatur dieselbe, ursprüng liche. Auch die Bildung der Neuen, wie der Alten, muß ursprünglich von der Natur und dem Leben selbst ausgehen. Die falschen humanistischen Bildner machen leider die Buchstabenkenntnisse statt der Thatkraft, das Wissen statt des Seins zum Maßstabe ihrer Bildung. Die arme Methode spielt freilich eine traurige Rolle, wenn man einen so schalen und leeren Begriff mit ihr verbindet, als ob es nur darum zu thun sei, eine Methode zu erlernen, um sich dadurch der Erlernung der Sachen zu überheben und in die aufgegriffene Form jeden fremden Lehrgegenstand einfügen zu können. Im Gegenteile verwirft die wahre Methode das Erlernen von Methoden ohne das Erlernen der Sachen, denn sie ist ja nichts anderes, als die naturgemäße, aus dem Inneren jeder wahren, selbständigen Erkenntnis unmittelbar hervorgehende Darstellung der Sache selbst. Das große neue Gesetz ist, daß die allgemeinste, vom Menschen als Persönlichkeit unabhängige, d. h. absolute Form der Thätigkeit zugleich die individuellste Darstellung des Wesens der Sache ist. Die wahre Methode besteht darin, einen jeden Unterrichts-, Entwicklungs- und Übungsgegenstand aus seinem ersten, absolut einfachen und unwandelbaren Sachbestandteile zu entwickeln, den Zögling mit dem ersten Schritte in die Anschauung seines eigentümlichen d. h. individuellen, ihm ausschließend angehörigen Wesens zu versetzen und darin zu erhalten. Jedes Unterrichtsfach muß demnach naturgemäß d. h. aus seinem eigentümlichen Wesen, nach dem Gesetze des unwandelbaren geistigen Entwicklungsganges der Menschennatur bearbeitet werden. Darin besteht die Einheit der Methode. Sie verheißt und macht zugänglich den Geist und die Kraft wahrer Bildung allem Volke, deren Zugang bisher nur wenigen Auserwählten offen stand. Die Pestalozzische Anstalt ist dafür eine Experimentalschule. In dieser Thatsache liegt das Große, das die menschliche Natur Ansprechende und Umfassende, das in der Kulturgeschichte unseres Geschlechtes Epoche Machende ihrer Unternehmung. Dadurch erschien in ihr ein zündender Lichtstrahl von dem, was die Natur an sich ist, von ihrem ursprünglichen und selbständigen Wesen, ein Lichtstrahl, der alles Wissen, alles Sein

und alles Können der Menschheit durchdringen und künftige Gene=
rationen erleuchten muß.“

Diese seine idealen Ansichten setzt Niederer noch mehr aus=
einander in der von Pestalozzi zu Lenzburg gehaltenen Rede über
die Idee der Elementarbildung, die er später ganz umarbeitete, und
welche Pestalozzi selbst in ihrer nachherigen Gestalt nicht mehr als
sein, sondern als Niederers Produkt erkennt. Ich würde den Gang
derselben in einigen Umrissen mitteilen, da diese wohl geeignet
wären, den Charakter der Methode in ihrem dritten Stadium noch
bestimmter darzulegen, müßte ich nicht eine zu große Breite in einer
Abhandlung befürchten, der nur ein beschränkter Raum gegönnt ist.
Deshalb füge ich nur noch einige charakteristische Züge aus Niederers
idealem, aber oft unpraktischem und zum Teil verkehrtem Bilde der
Methode bei.

Umfassende, der menschlichen Natur entsprechende sittliche Er=
ziehungsmittel können nur da in der That und Wahrheit stattfinden,
wo die Menschen und das Leben selbst sittlich sind, und es muß
der Erziehungskunst, ehe sie zu irgend einer Vollkommenheit er=
hoben werden kann, eine vollendete sittliche Ansicht der Menschen=
natur vorausgehen. Wie das Christentum spricht auch die Elemen=
tarbildung die Entfaltung der höchsten und heiligsten Anlagen im
Menschen, des Göttlichen unserer Natur selbst an als ein Gemein=
gut der Menschheit, das hoch über allen Stand und Beruf erhaben
ist. Im zeitlichen Dasein müssen die Anlagen, Fähigkeiten und Ver=
mögen der Menschennatur dem Göttlichen als Werkzeuge vorbereitet
und zugebildet werden. Die Bedingungen und Mittel dazu liegen
in der körperlichen, geistigen und sittlichen Elementarbildung. Durch
sie allein kann das Christentum wahrhaftig allseitig und vollständig
im Leben und in der Gesellschaft sich verwirklichen und die Person
des Zöglings durchdringen; denn nur wer für das Göttliche em=
pfänglich ist, kann es aufnehmen und sein Werkzeug werden. Ohne
diese Vorbildung steht und wirkt das Christentum bloß als Meinung
und Ansicht. Was die Urheber der heiligen Schriften gewesen sind,
wovon sie beseelt und begeistert wurden, was sie gethan, erfahren
und gelitten haben, das ist's, was kulturgeschichtlich aufgefaßt

und erörtert werden muß, und darin besteht die erhabene, für alle
Zukunft gesetzgebende pädagogische Bedeutung der Bibel. Sie ist
eine absolute Anschauungslehre des Göttlichen von seinem ersten Keime
aus bis zu seiner Vollendung durch alle Verhältnisse, Gesetze, Formen
und Stufen der menschlichen Natur. Die Methode hat die Aufgabe
und den Beruf, dieses Göttliche in seiner Universalität zu erfassen,
darzustellen und zu einem Gemeingut des Volkes zu machen. Darin
liegt ihre welthistorische Bedeutung und der Anfang einer neuen
Kulturepoche der Menschheit. Pestalozzi hat sie auf den reinen Na=
tursinn der Mütter gegründet und darin, daß er diesen erkannte und
erklärte, wie er noch nie erkannt und erklärt worden ist, daß er auf
ihn die Wissenschaft der Erziehung gründete und recht eigentlich von
ihm aus erschuf, erkennen wir das Neue und Große seiner Ansicht.

Ich werde später von dem Verhältnisse Pestalozzis und seiner
Methode zum Christentume sprechen und füge jetzt nur noch Niederers
Überzeugung bei von seinem Verhältnisse zu den ursprünglichen
Ideeen Pestalozzis und die Ansichten Pestalozzis über das Verhält=
nis seines Strebens zu Niederers philosophisch=idealen Darstellungen.
Ersteres hat Niederer am Schlusse seines Werkes: „Das Verhältnis
der Pestalozzischen Unternehmung zur Zeitkultur" in folgenden
Worten ausgesprochen: „Es bleibt mir die erhebende Genugthuung,
Dich nicht verkannt, Deine Absichten erraten, die Ursachen und
Gründe Deiner Methode, kurz was Dich belebt, auch Dir verständ=
lich und für einmal Dir genügend dargestellt zu haben, unsterblicher
Greis! Deine eigenen, der Form wie dem Wesen nach selbständigen
und ganz Dir angehörigen Darstellungen Deiner Zwecke und
Deines Willens werden vor den Augen aller Welt die Meinung
widerlegen, als seist Du gemißbraucht worden, als seien es fremde
Ansichten, die man Dir aufdringen wollte." Dagegen sagt Pesta=
lozzi: „Die höhere Bedeutung, die meinen Ansichten so laut und
vielseitig und ich muß sagen so leichtsinnig und voreilig von Niederer
gegeben wurde, gab der Art und Weise, wie dieselbe in meinem
Hause und in der Führung meiner Anstalt behandelt wurden, eine
Richtung, die weder im Inneren meiner Individualität, noch selbst
in der meiner Umgebungen und Gehilfen wohl begründet dastand,

und ich ward durch die Art, wie dies geschah, aus mir selbst auf
ein Terrain geführt, das mir ganz fremd war, das ich nie in meinem
Leben betreten hatte. Große Weltverbesserungs-Ideeen, die aus
früh überspannten, höheren Ansichten unseres Strebens hervorgingen,
beschäftigten unsere Köpfe, verwirrten unsere Herzen und machten
den ursprünglich reineren Geist unserer Vereinigung schwinden. Die
Liebe erkaltete. Keiner blickte genugsam in sich selbst, während
Niederer in tiefen philosophischen Untersuchungen einen so überwiegenden Einfluß auf mich und meine Umgebungen gewann, daß
ich eigentlich mich selbst in mir verlor und gegen meine Natur und
gegen alle Möglichkeit, es zu können, das aus mir selbst und meinem
Hause zu machen strebte, was wir hätten sein müssen, um auf diesem
Terrain fortzuschreiten. Der Gang meiner Entwicklungsweise hat
meinem Dasein keine Neigung und keine Kraft gegeben, voreilend
in irgend einer Sache nach heiteren und klaren Begriffen zu streben,
ehe dieselben von Thatsachen unterstützt in mir selbst einen Hintergrund hatten. Ich sollte den Weg der Empirik, der der Weg
meines Lebens ist, willig und gern fortwandeln, ohne nach den
Früchten des Baumes einer Erkenntnis zu gelüsten, der für mich
und die Eigenheit meiner Natur recht eigentlich verbotene Früchte
trägt.“

Ich wende mich nun zur Betrachtung des v i e r t e n Stadiums
der Pestalozzischen Methode. Dieses erkenne ich in der Einführung,
weiteren Bearbeitung und Vervollkommnung derselben in den deutschen
Volksschulen. Sie begann zunächst im Preußischen Staate. Die
Not der Zeit und der gebeugte Zustand des Vaterlandes in den
Unglücksjahren französischer Zwingherrschaft hatte alle edleren Naturen auf die möglichen Rettungsmittel hingewendet, unter denen
man mit Recht als das tiefeingreifendste eine bessere Volkserziehung
erkannte. Fichte begeisterte in Berlin für dieselbe in seinen Reden
an die deutsche Nation und wies auf Pestalozzi als auf den ge-
gebenen Anknüpfungspunkt zu ihrer Verwirklichung. Herbart in
Königsberg schrieb ein Pestalozzisches A B C der Anschauung, der
Schulrat Zeller ward von Stuttgart nach Westpreußen berufen, um
Seminare und Schulen nach Pestalozzis Methode einzurichten, die

erhabene Königin Luise drang in ihren Gemahl, junge wissenschaft=
lich gebildete Preußen nach Yverdün zu senden, und der treffliche
Staatsrat Süvern ward das unermüdliche Organ zur Ausführung
dieses königlichen Entschlusses.*) Nach treuer und fleißiger Be=
nutzung ihres größtenteils dreijährigen Aufenthaltes bei Pestalozzi
in ihr Vaterland zurückgekehrt, wurden diese Männer anfangs als
Lehrer, dann als Direktoren von Schulen und Schullehrerseminaren
in verschiedenen Provinzen der Monarchie angestellt und haben nicht
nur durch Einführung der Pestalozzischen Methode, sondern ganz
vorzüglich auch durch Vereinfachung, neue Bearbeitung und vielseitige
Verbesserung der elementaren Bildungsmittel sich große und bleibende
Verdienste erworben. An ihr segensreiches Wirken schlossen sich
bald andere eifrige und kräftige Volksschullehrer nach allen Richtungen
der preußischen Monarchie an, Harnisch, Diesterweg, Rossel,
Zahn, Graßmann und viele andere, so daß man jetzt wohl

---

*) Der Brief, den Süvern, früher Rektor des Elbinger Gymnasiums, wäh=
rend meines Aufenthaltes bei Pestalozzi an diese aufs glücklichste gewählten
Männer schrieb, ist ein Muster echt pädagogischer Ansicht über den Standpunkt,
den Volksschullehrer in Beziehung auf Pestalozzi und sein Werk einzunehmen
haben. Er schreibt darin, der Zweck der Regierung bei ihrer Sendung nach
Yverdün sei, nicht sowohl das Äußere der Methode zu erforschen und sich Ge=
schicklichkeit im Unterrichte zu erwerben, sondern daß sie sich erwärmen sollten
an dem heiligen Feuer, das im Busen des Mannes der Kraft und der Liebe
glühe. Von seinem Geiste und seiner Idee sei die Methode nur ein schwacher
Ausfluß und Niederschlag; dem freien pädagogischen Leben sollten sie sich hin=
geben, pädagogische Weihe sollten sie da empfangen. Mit kindlichem, hingebendem,
rein aufnehmendem Sinne sollten sie sich an den einfachen Pfad der Wahrheit,
der Natur und ihrer Beobachtung halten und werden wie die Kinder, damit
ihnen das göttliche Reich der Kinderwelt aufgehe. Sie sollten nicht vergessen,
daß gerade das Elementarische in allen Wissenschaften nicht das leichteste sei,
daß die tiefste Kenntnis der Sache zu einer gründlichen elementaren Behand=
lung derselben notwendig sei. Und das gerade sei das Charakteristische der
Pestalozzischen Methode, daß sie eben so fruchtbar für die wissenschaftliche, als
gedeihlich für die humane Bildung sei und den Trieb des Wissens nicht mit
loser Speise verwöhne, sondern durch kräftige Nahrung stärke. Jeder Leitfaden
müsse die Prüfung sowohl des Mannes von Fach, als des gründlichen Pädagogen
aushalten.

jagen darf, es seien unter den achtundvierzig preußischen Seminaren wohl kaum zwei, die sich der heilsamen Einwirkung Pestalozzis auf den Bildungsgang und die einsichtsvolle und kräftige Handhabung naturgemäßer Unterrichtsmittel ganz entzogen hätten. Andere deutsche Staaten blieben hinter diesem rühmlichen Vorangang Preußens nicht zurück. Auch Württemberg und Baden hatten junge Pädagogen nach Yverdün gesendet und ein Denzel, Stern, Kiefer wirkten im Vereine mit vielen Hunderten für bessere Gestaltung des Unterrichtes begeisterten Schulmännern aufs kräftigste zur Verbreitung und Vervollkommnung Pestalozzischer Methode. Schacht und Collmann in Hessen, Ackermann in Frankfurt, Stephani und Graser in Nordbayern, Dittmar in Südbayern, Krug, Otto, Bornemann, Vogel und vorzüglich der um bessere, namentlich um christliche Pädagogik so sehr verdiente Lindner in unserem Vaterlande haben im Vereine mit vielen anderen trefflichen Lehrern und Leitern von Seminaren, Bürger= und Landschulen den reichen Gewinn an geläuterten und bewährten Lehrmitteln, der aus Pestalozzis Schatze geflossen, zu einem einflußreichen Gemeingute gemacht. Und so ist denn der verbesserte Zustand derselben durch alle Teile Deutschlands, der gesicherte, fest begrenzte, echt methodische Unterricht in ihnen ein großes, für immer bleibendes und nicht genug zu schätzendes Verdienst Pestalozzis. Man darf selbst behaupten, daß die mächtige Anregung, die von ihm aus auf das ganze deutsche Schulwesen überging, auch dem Gebiete höherer Realschulen nicht nur, sondern selbst dem der Gymnasien, wenigstens in mehr methodischer Bearbeitung ihrer Grammatiken und anderer Hilfsmittel sich mitteilte, so wahr es auch ist, daß auf die vollkommenere Gestaltung deutscher Gelehrtenschulen der mächtige Einfluß der großen Bildner unseres Volkes, eines Winkelmann, Lessing, Herder, Goethe, Schiller im allgemeinen und der großen Philologen Wolf, Hermann, Böckh und anderer insbesondere wesentlich umgestaltend gewirkt hat.

Wenn aber Pestalozzis Einfluß auf die deutsche Volksschule ein durchgreifender und unvergänglicher genannt werden darf, für welchen ihm die Mitwelt und die Nachwelt nie genug zu danken vermag, so kann doch kein besonnener und von Vorurteilen freier Beobachter der gegenwärtigen Zustände des deutschen Schul= und Erziehungs= wesens verkennen, daß dieser segensreiche Einfluß zugleich von all den Mängeln und Übeln in verstärktem und erhöhtem Maße be= gleitet ist, die wir in den Richtungen erkannt haben, welche die Pestalozzische Methode schon von ihrem zweiten Stadium an zu nehmen begann. Fast alles Gewicht in Verbesserung der Volks= schulen, fast alle Energie im Eifer und Fleiße für vollkommenere Ele= mentarbildung, ja die beste Kraft strebender und treuer Schulmänner hat sich nur der einen, der objektiven Seite, der Bearbeitung, Pflege und Anwendung möglichst vollendeter Unterrichtsmittel zu= gewendet. Kein Wunder, daß da viel — o nur zu vieles, ich möchte sagen Unsägliches und Unüberschauliches geleistet wurde. In der That, seit vier Decennien ist der deutsche Buchhandel mit einer solchen Flut von Elementarbüchern, Wegweisern und methodischen Leitfaden überschwemmt, daß fast kein Weg mehr zu sehen und kein Leitfaden zu finden ist, an dem man sich aus diesem Labyrinthe retten kann. Unsere pädagogischen Blätter und Zeitschriften sind auf dem feuchten Schlamme dieser Methodenflut wie Pilze empor= gewachsen, auf welchen die giftigen Insekten einer bald lobhudelnden bald begeisternden Kritik in Masse sitzen. Kaum hat ein junger Schulmann mit seinen Jungen dreimal einen Lehrgang im Rechnen oder in der deutschen Sprache durchgemacht, so empfindet er den mächtigen Kitzel des Autorruhmes und flickt aus zweihundert und neunundneunzig methodischen Elementarbüchern das dreihundertste zusammen, und wehe dem Schulinspektor, wehe dem Pastor, der in ihm den Schriftsteller respektvoll anzuerkennen unterließe. Kann es noch befremden, wenn solche methodisch routinierte Herren, besonders wenn sie sich etwas Gabe der Rede angeschwatzt haben, mit Keck= heit überall das Wort ergreifen, sich gern an die Spitze litterarischer und politischer Raisonneurs stellen und die Stände mit Petitionen um Gleichstellung mit den Geistlichen bestürmen? Es liegt am Tage, daß der Dünkel und die Anmaßlichkeit so vieler Lehrer unserer Zeit aus der Überschätzung der Verstandeskultur, diese aus der falschen, einseitigen Richtung der Elementarmethode, diese aber wiederum aus den verkehrten Ansichten einer Zeitkultur entspringt, in der das Wissen mit dem Sein identifiziert und der Wert des Menschen fast ausschließend nach dem Maße seines Verstandes und seiner Kenntnisse geschätzt wird. Pestalozzis Methode ward später ein Kind dieser Zeitverirrung und hat ihr als solches fortdauernd die entschiedensten Dienste geleistet. In ihrem ursprünglichen Wesen und in der Natur ihres demutsvollen und liebekräftigen Urhebers war solche unheilbringende Richtung nicht begründet. Aber das Segensreichste wird durch Mißbrauch verderblich. Als sich in Pestalozzi das Wohlgefallen an „ungeheuerer Kraft", die eben nur imponierende Kraft des Verstandes und starken Willens war ohne Reinheit der Gesinnung und ohne Demut und Liebe, zu entwickeln begann, da trat er selbst aus der Einheit und Lauterkeit seiner innersten Natur heraus, und diejenige Seite der Methode, die in ihm gerade die stärkste und herrlichste war, die subjektive, der belebende Hauch seines Geistes, die Lust und Eifer weckende Macht seiner Liebe trat in seinem Erziehungshause mehr und mehr zurück. So ist's auch im großen bei der Verbreitung und Wirkung seiner Methode gegangen. Die praktischen Versuche der Pestalozzianer in Aufstellung neuer Lehrweisen fanden überall Anklang und Nachahmung; von Elementarübungen in Zahlenlehre, Formenlehre und Lautlehre, Wortlehre, Satzlehre hallten die Räume der Schule wieder, und die neue Welt der Lehrer, voll hohen Herrschergefühls über alle diese methodischen Formen, Kunstmittel und Kunstgriffe, fing bald an, statt dem Geiste derselben zu huldigen, dem toten Götzen des Buchstabens zu dienen. Der Geist aber, der freie, der zündende, über der Form schwebende und sie lebendig machende, und das Herz, das zum Gegenstande des Unterrichtes und zu der desselben harrenden Kinderschar gleich mächtig gezogene, von Liebe warme Herz — wie gering wurden sie geachtet, von wie wenigen gesucht und geehrt als das eine, was Not thut in der urechten Methode Pestalozzis! Die Zeit der objektiven Entwicklung der Methode hat ihr Recht gehabt, es ist Großes für sie gethan worden. Nun fordert auch ihre subjektive Seite, die dem inneren Leben zugekehrte, ihr Recht. Möcht' es ihr werden! Möchte der Wendepunkt gekommen sein, auf

dem die einseitige Bewegung still gestellt und zur ursprünglichen
Harmonie des Geistes und der Form zurückgelenkt wird. Möchte
das Säkularjahr des Mannes, der einst den verkehrt gerichteten
europäischen Schulwagen umzulenken den Mut und das Talent hatte,
mit der Umlenkung seines eigenen, jetzt nicht minder verkehrt ge=
richteten Schulwagens beginnen. Aber dies wird mühevoller sein,
dies wird schwerer gelingen, als die Vertauschung der unvollkom=
menen Formen eines Commenius und Basedow mit den vollkom=
meneren eines Pestalozzi gelang. Denn hier gilt's die Weihe und
Erneuerung des Innern, hier gilt's eine pädagogische Wieder=
geburt, und die widersteht den meisten ebensosehr, als die christ=
liche, ja sie kann in ihrer siegreichen Kraft und Herrlichkeit ohne
diese bei keinem eintreten. Und da ich diese meine Überzeugung
näher begründen möchte, so sehe ich mich zuvörderst genötigt, die
Frage zu beantworten, in welchem Verhältnisse Pestalozzi und sein
Werk überhaupt zu Christus und seinem Werke stehe.

Die Lösung dieser Frage, soll sie nicht einseitig und ungerecht
sein, ist schwierig und fordert jedenfalls die vorangehende Antwort
auf eine Vorfrage nach der Berechtigung zu solcher Beurteilung und
nach dem Standpunkte, von welchem aus sie geschieht.*)

Seit Christus, der ewige Sohn Gottes, Mensch geworden und
als Zeuge der Wahrheit unserem sündlichen Geschlechte Erkenntnis
des Heils und als Versöhner mit Gott die Gabe des ewigen Lebens
gebracht hat, stehen alle Menschen zu seiner Persönlichkeit und zu
seinem Werke, welches das Reich Gottes auf Erden ist, in einem
sehr bemessenen und entschiedenen Verhältnisse, das stets auch ihr

---

*) Es ist bekannt, daß Prof. Gelzer in seinem vortrefflichen Werke über
deutsche Litteratur die Heroen derselben, deren Lebensbilder und Schöpfungen
er vorführt, in ihrer eigentümlichen Stellung und Beziehung zum Christentume
betrachtet und beurteilt hat, ohne das Gepräge ihrer Individualität im geringsten
zu trüben oder zu verwischen. Tausenden ist solches Beginnen ein erfreuliches,
längst gefühlten Bedürfnissen entsprechendes und dankenswertes gewesen. Anderen
Tausenden, welche die christliche Welt und Lebensansicht nicht als die
höchste erkennen, an welcher alles andere zu messen sei, weil sie derselben selbst
entbehren, ist solche Kritik, wie natürlich, unbillig und verwerflich erschienen.

Verhältnis zu seinem Vater ist. Man könnte die unendlichen Ab=
stufungen in der Skala dieses Verhältnisses in drei Kategorieen
bringen, in die der Feindschaft wider ihn, in die der Unentschieden=
heit und Schwachgläubigkeit und endlich in die der entschiedenen
innigen Gemeinschaft durch Stärke und Treue des Glaubens und
der Liebe. Im ersten Gebiete bewegen sich alle, welche die Finster=
nis mehr lieben, als das Licht, welche offenbar des Bösen Freunde
und Knechte sind und von Christus als Kinder des Teufels be=
zeichnet werden. Sie bilden als gleiche Feinde des Vaters, Sohnes
und Geistes in der Christenheit das Reich des Antichristentums.
Entschiedener Unglaube an Christi Person und Werk ist ihre Kenn=
ziffer, Weltliebe und Selbstsucht ihre Natur, Frechheit oder Heuchelei
ihr Gepräge, Aberglaube ihr Götze. Denn Unglaube und Aber=
glaube, diese gewaltigen Mächte, mit welchen der Fürst der Finster=
nis im Gebiete der Seelenwelt zu Felde liegt, um die Geburt eines
reinen und lebenskräftigen Glaubens zu hemmen oder zu zerstören,
sind ihrem Wesen nach eins und stehen im Dienste eines Herrn,
und obgleich scheinbar im Gegensatze begriffen, berühren und unter=
stützen sie sich doch von allen Seiten, ja man darf sagen, daß der
Unglaube st e t s auch ein Aberglaube, wie der Aberglaube ein Un=
glaube sei. Denn der Unglaube löscht nicht allein bei allen der
Welt und ihrer Lust hingegebenen Gemütern die angeborene Flamme
des Glaubens bis auf einen schwach fortglimmenden Funken aus
und zerstört selbst in den sittlich kräftigeren Herzen die Empfänglich=
keit für das wahre und vollendete Heil des Lebens, indem er das
Geistesauge blendet, daß es entweder den Christus vor Jesu, das
Licht, das von Anfang in der Welt war, ohne von ihr erkannt zu
werden, in seiner einheitlichen Beziehung zu dem Mensch gewordenen
Sohne Gottes nicht erkennt, oder alle Empfänglichkeit verliert, Jesum
von Nazareth als den Christ und ewigen Sohn Gottes, als welchen
die Propheten und Apostel, als welchen er selbst sich bezeuget hat,
anzuerkennen und aufzunehmen, sondern der Unglaube erfaßt auch,
da das Herz sich seiner Glaubensnatur gemäß an irgend ein Gut,
das ihm das höchste und liebste ist, hängen muß, entweder seine
Vernunft als reine und letzte Quelle der Wahrheit, oder die auf

äußeren Werken ruhende Selbstgerechtigkeit als Grund seiner Selig=
keit, oder den Buchstaben, die Tradition und Form des Glaubens
als Maßstab fürs Bürgerrecht im Reiche des Herrn. In allen
diesen Fällen ist der Unglaube ein weit gefährlicherer Aberglaube,
als der der Heiden, weil die angebeteten Götzen ihre Tempel nicht
auf einer äußeren Akropolis haben, sondern in der des innersten
Seelenlebens. Und so ist der Unglaube, der die christologische Be=
ziehung der ganzen vorchristlichen Welt verkennt und verwirft, eins
mit dem Aberglauben, der an Buchstaben und Bekenntnisformen starr
gebannt in allem vor= und außerchristlichen Leben der Menschen
nichts als Sünde und in den Tugenden der Heiden nur glänzende
Laster erblickt. Aber so ist auch der Aberglaube, der die Selbst=
gerechtigkeit und die Vernunft als seine höchsten Güter erfaßt,
wesentlich eins mit dem Unglauben der Rationalisten, welche den
Tod Christi als den alleinigen Grund unserer Gerechtigkeit und das
Wort Gottes als die alleinige und absolute Quelle der Wahrheit
verwerfen.

Im Gebiete der zweiten Kategorie, unter welcher das Verhält=
nis der Menschen zu Christus und seinem Werke zu betrachten ist,
bewegen sich alle diejenigen, welche von der Gottesmacht der Wahr=
heit und Tugend gezogen, voll erweckter Sehnsucht nach höheren
Gütern des Lebens, in Gottesfurcht und Rechtschaffenheit zu wandeln
bemüht der Wahrheit folgen, jedoch nur bis zu einer gewissen Grenz=
linie, über die sie nicht hinwegkommen, um ganz in das reine und
selige Lichtreich derselben einzutreten. Solche Christen sind, was
die edleren sittlich geistigen Naturen unter den Heiden, ja was die
rechten Israeliten ohne Falsch auch waren, sie haben das Gesetz,
sei's in Vernunft und Herz, sei's vom Sinai, sie pflegen den Opfer=
dienst gesetzlicher Gaben und Werke, sie folgen den prophetischen
Stimmen im eigenen Herzen und in der Weltgeschichte, aber sie
bleiben in den Vorhöfen des Tempels stehen, den Christus auf das
g e i s t i g e Zion gebaut hat. Sie sind nicht Feinde Christi, aber
bei allem tief gefühlten und unabweisbaren Zuge zu ihm auch noch
nicht seine wahren F r e u n d e. Sie haben Strahlen seines Lichtes,
aber noch in der Trübe der Dämmerung; das Licht der Welt ist

ihrem Herzen noch nicht aufgegangen, aber sie bilden, jenen Magiern ähnlich, eine ehrwürdige Pilgerschar, die da wandern den König der Verheißung zu suchen, da sie seinen Stern gesehen, denen aber noch nicht das Zeugnis des Geistes geworden, daß er zu Bethlehem liege in einer Krippe; sie suchen ihn noch an den Höfen der Herode, wo die Menschenweisheit, die eigene Gerechtigkeit und der tote Buch= stabendienst ihre Throne aufgerichtet haben. Alle diese rechtschaffenen von der Liebe gezogenen und der Wahrheit folgsamen Heiden und Juden alter und neuer Zeit, auch innerhalb der äußeren christlichen Kirche, stehen als Gottesgläubige und als Diener seines Gesetzes, ja als Kinder seiner Verheißung auf d e m a l l g e m e i n e n Grunde, der gelegt war und gelegt sein muß, bevor Christus in die Welt und in die Seelen kommt, sie sind die vom Vater zum Sohne Ge= zogenen, sind zwar noch a u ß e r c h r i st l i ch, aber nicht w i d e r= ch r i st l i ch und gehören dem durch die ganze Menschheit gehenden Verbande christologischer Gemeinschaft und propädeutischer Stellung zum Reiche des Herrn an. Sie sind es, von denen Christus sagt, wer nicht wider mich ist, ist für mich, ohne von ihnen zu sagen, sie sind mein. Und wahrlich, diejenigen haben Christi Sinn und Geist nicht, welche diese griechischen oder christlichen Heiden, jüdischen oder christlichen Israeliten gering achten, verdammen oder ihnen die künftige Seligkeit absprechen, da sie derselben doch viel näher stehen, als die starren Wort= und Formgläubigen der Kirche, die ohne den Geist des Herrn, ja ohne einen rechtschaffenen Zug der Liebe nach ihm und ohne Heiligung durch ihn, Heuchler sind, über welche der Herr das Wehe ruft. An dem großen Tage des Gerichtes, an dem der Herr den Weltkreis richten wird mit Gerechtigkeit, werden Millionen dieser Heiden, Israeliten und Jslamiten, die dem Zuge zu ihm, den sie in seiner persönlichen Herrlichkeit noch nicht kannten, in rechtschaffener Gläubigkeit und mit Werken der Liebe folgten, vor Millionen, die um des Buchstabens und Formbekenntnisses willen haßten, verfolgten und töteten, ins Himmelreich eingehen.

Aber wie der alte Bund vom neuen, wie Moses von Christus, wie die Verheißung von der Erfüllung sich wesentlich und specifisch unterscheiden, so stehen auch die, welchen die Herrlichkeit des Herrn

und die Fülle seiner Gnade und Wahrheit erschienen ist und die in
ihm **den ewigen Sohn Gottes**, ihren Mittler und Erlöser,
ihren Versöhner und Heiland mit einer alles überwältigenden Macht
des Glaubens erkennen und festhalten, **in einem wesentlich und
specifisch anderen Verhältnis zu Christus**, als jene,
das dieser selbst andeutete, da er vom Verhältnisse des sittlich so
erhabenen Johannes des Täufers zu ihnen redend die inhaltsschweren
Worte sprach: „Wahrlich, ich sage euch, der Kleinste im Himmel=
reiche ist größer denn er." Dieses Größere ist die durch Christus
vermittelte **Gabe seines Geistes**, der seines Vaters heiliger
Geist ist, und die durch diesen allein zu bewirkende **neue Schöp=
fung im Menschen**, mit der der Keim einer ganz neuen Lebens=
gemeinschaft mit dem Vater im Sohne durch den Geist, einer Wieder=
herstellung des mehr oder weniger verlorenen göttlichen Ebenbildes
und einer durchgreifenden Änderung und Heiligung des Lebens an=
hebt. Die Geburtsstunde dieser großen, Friede und Seligkeit schaffen=
den Erneuerung ist vom **Glauben**, vom Glauben **allein** be=
dingt, der ebensosehr des Menschen als Gottes Werk in ihm ist
und bei der Rettung jedes Sünders das heilige ὄργανον ληπτικόν,
wie ihn die Kirchenlehrer mit Recht nannten, der entscheidende,
mutige **Griff der Seele** bleibt, womit sie in Christus ihren
einzigen Helfer, in ihm ihr wahrhaftiges Heil und alle Güter des
ewigen Lebens ergreift.*) Mit und auf dem Standpunkte dieses

---

*) Wie durch die Sünde eine Schwächung und Verkehrung aller Seelen=
kräfte eingetreten ist, so ist infolge ihrer lähmenden und destruktiven Wirkung
auch jene Asthenie des Glaubens in das menschliche Gemüt gekommen, welche
Christus als Kleingläubigkeit bezeichnet. In Beziehung auf ihn, seine Per=
sönlichkeit und sein Werk stand nicht nur der größte Teil seines Volkes, sondern
lange auch seine erwählten, ihm so nahen Jünger, wenn nicht in relativer
Apistie, doch jedenfalls in dieser Mikropistie. Und nur in diese Sphäre er=
hebt sich thatsächlich, vorzugsweise in unseren Tagen, der Glaube der Mehrheit
derer, welche Glieder der christlichen Kirche sind. Namentlich bewegen sich die
Rationalisten, unter ihnen vor allen die sogenannten Lichtfreunde, in der trüben
Atmosphäre solcher an den Unglauben so nahe grenzenden Mikropistie und ver=
mögen aus dem Dunstkreise derselben nicht herauszukommen in den reinen,
himmlischen Äther eines vollen lebenskräftigen Glaubens, weil die Fittige der

reinen und vollen Christenglaubens öffnet sich dem Geistesblicke des Menschen eine durchaus veränderte wesentlich neue Ansicht des ganzen Lebens und aller seiner Beziehungen und Zustände, es lösen sich die großen Rätsel des Daseins, und ein wundervolles Licht breitet sich aus über Natur und Geschichte, über die Tiefen des eigenen Herzens und über die Höhen göttlicher Gnade und Erbarmung. Wie aber das Evangelium, aus dessen göttlicher Natur angeborenen Glaubenskraft für ihren höchsten Flug gelähmt sind. Denn wie Schiller sehr wahr von dem Phantasiehimmel menschlicher Dichtung sagt: du mußt glauben, du mußt wagen u. s. w., so ist in der That der echte lebendige Glaube des Christen ein kühnes und mutiges Wagnis über die Grenzlinie hinaus, welche der Hochmut seines Verstandes und das Vertrauen auf eigene Kraft ihm stellt, in das Wunderland einer ganz neuen Welt voll himmlischer Güter und seligen Friedens. Aber im größten Gegensatze zu dem, was jener Dichter hinzufügt: „denn die Götter leihen kein Pfand“, hat hier der ewig treue Gott und Vater ein Pfand geliehen, das nicht größer und Vertrauen erwecken der gedacht werden kann, er hat seinen eigenen Sohn zum Pfande gesetzt. Des Christen Glaube, wo derselbe mit seiner himmlischen Kraft in der Seele geboren wird, ist ebensosehr das Werk der höchsten Energie seines Gemütes als die erhabenste Kraftäußerung des ihn ganz zum Sohne ziehenden Vaters. Und auch hier hat einer unserer Dichter die Natur desselben im niederen Gebiete der anziehenden Macht menschlicher Liebe in den Worten treffend bezeichnet: „Halb zog es ihn, halb sank er hin.“ Wahrlich, so ist es bei jeder Seele, die Christi Eigentum wird, halb zieht er sie, halb sinkt sie hin. Aber diesem Zuge über die große Kluft, über „des Stromes Toben, der ergrimmt dazwischen braust“ hinweg mit ganz hingegebenen Kindesherzen zu folgen, haben die wenigsten Glaubenstiefe und Glaubensmut, weil an den Fittigen der Flugkraft ihrer Seele der erdwärts ziehende Ballast nicht nur der Weltliebe, sondern vor allem des auf der Erde sich so heimisch und behaglich fühlenden Verstandes hängt, welcher allmählich auch die angeborene Herrlichkeit der Vernunft, dieses Lichtsinnes, für das Lichtreich Christi verdunkelt. Es ist ein wahres Wort, das der große Kirchenlehrer Origenes gesprochen: die Seele ist eine geborene Christin. Sie ist's nach dem ganzen Umfange ihrer Anlagen und Kräfte, ihrer Bestimmung und ihrer Sehnsucht, ihres Schuldbewußtseins und ihrer Erlösungsbedürftigkeit. Alles in ihr findet seine Freiheit, seine wahre Entfaltung und die Fülle seiner Seligkeit nur in Christo. Sie ist durch und durch zu ihm geschaffen und für ihn begabt. Aber sie harret mit immer neuer und immer tieferer Sehnsucht, bis der auferstandene Herr der Herrlichkeit ihr nahet und sie erweckt zu seinem Leben und sie begrüßt mit dem Himmelsgruß: Friede sei mit dir!

des Glaubens neue selige Welt geboren wird, nicht eine Lehre nur, sondern e i n e K r a f t a u s G o t t ist, so ist dieses neue Leben selbst nicht etwas E r k a n n t e s nur, sondern etwas unmittelbar E r = f a h r e n e s , die allerhöchste geistige E m p i r i e . Darum ist es unmöglich, den, der nicht das Gleiche e r l e b t hat und in den Tiefen seines Herzens inne geworden ist, durch W o r t e auf den gleichen Standpunkt zu erheben, es muß über ihn die Gotteskraft der Zuversicht und unmittelbarsten Gewißheit selbst kommen. Darum ist es ferner unmöglich, daß irgend ein Wortkampf zwischen denen, welche eine so totale Verschiedenheit in den Grundansichten über Christus, sein Werk und sein Reich trennt, je zu dem glücklichen Er= gebniß einer Harmonie zu führen vermöge. Aber alle, welche die Kraft Christi am eigenen Herzen und Leben erfahren, und in ihm ihr volles Heil nicht nur erkannt, sondern e r l e b t haben, dürfen das Recht ansprechen, von ihrem Standpunkte aus nicht nur alle Lebenserscheinungen und Thatsachen im allgemeinen, sondern auch jedes einzelnen Menschen Leben, so weit es sich in seinem Worte und in seinem Thun ausprägt, nach dem Maße zu messen, das ihnen das absolut höchste und gültige ist, Christus selbst, sein Wort und sein Geist.*)

*) Es hat jeder Christ, der auf dem Standpunkte dieses kirchen und schrift= mäßigen, durch Christi Zeugnis und eigene Erfahrung besiegelten Glaubens steht, nicht nur sein gutes Recht, alles im Leben nach dem Worte Christi zu messen, welcher der König der Wahrheit ist, sondern er hat selbst eine heilige Pflicht, mit freiem, furchtlosem und redlichem Bekenntnisse dem Antichristen= tume in jeglicher Gestalt entgegenzutreten. Das Gebiet desselben ist das Reich dieser Welt mit seinen Schätzen, seiner Lust, seiner Ehre und seiner Macht, und die Herrscherkunst in ihm steht in der diplomatischen Gewandtheit, das Wesen in Schein, das Geistesleben in Formendienst und die im Worte Gottes ruhende Kraft, jeden Gebundenen zu lösen und zu göttlicher Freiheit zu führen, in tote Buchstaben umzuwandeln. Mag sich dieses Reich nun als H i e r a r c h i e — römische oder protestantische — deren auslaufende Spitze das Papsttum ist, oder als k i r c h e n z e r s t ö r e n d e r Sansculottismus ausprägen, das Wesen desselben bleibt sich gleich, und welche nicht mehr Gebundene des Wortes Gottes und des Bekenntnisses der Kirche Christi sein wollen, sind Gebundene des Menschenwortes und des Zeitgeistes, und würden, kämen sie nur einmal zu absolutem Regimente, eine weit unerträglichere und allem echten Geistesleben

Wir sahen in den entworfenen Zügen aus dem Lebensbilde
Pestalozzis, wie eine große, immer lebensfrische und thatkräftige
Liebe das bewegende Element seiner Persönlichkeit war, und wie
dieser Liebe eine tiefe und echte Demut zur Seite stand.*) Von
dieser Seite ist seine Angehörigkeit zur echten Jüngerschaft dessen,
der die Liebe und Demut selbst war, nicht nur entschieden, sondern
in seltener Vortrefflichkeit erwiesen. Aber zwei Seiten des christlichen Lebenselementes erscheinen in ihm schwächer und dürftiger
ausgebildet, die des Glaubens und der Erkenntnis. Diese
Schwäche tritt stärker in seinem früheren Leben und ersten Schriften
hervor, als in späterer Zeit, wo nicht selten, besonders in den trefflichen Reden an sein Haus eine weiter greifende Stärke des Glaubens und der Erkenntnis Christi zur Erscheinung kommt, doch immer
nur mehr sporadisch, als im tiefsten Gemüte heimatlich. Aber wie
vielfache Entschuldigung verdient er und wie darf es keiner wagen,
ihn um dieser Schwäche willen zu richten, der nicht wenigstens auf
gleicher Höhe der Liebe und Demut mit ihm steht, und wie wenige
können sich dessen rühmen, und welche es könnten, die würden es
am wenigsten vermögen, einen Stein gegen ihn aufzuheben. Seine
Zeit fiel in die Periode jener gewaltigen Schilderhebung und Be-
kämpfung eines in Pfaffentrug und hierarchischem Blendwerke ka-
tholischerseits und in ertötendem Dogmatismus protestantischerseits
erstarrten Lebenszustandes. Aber die ersten kühnen Schilderheber

verderblichere Zwingherrschaft üben, als es je die Nachfolger Petri gethan haben.
Doch die Gemeinde des Herrn hat von Anbeginn gegen den Antichrist unter
jeglicher Gestalt siegreich gestritten, sie wird auch jetzt, welch grimmige Gestalt
er immerhin zeige, mit all seinem Heere von falschen Mitteln und Falschmünzern,
unter dem Paniere ihres allmächtigen Schutzherrn und Herzogs das Feld siegreich behaupten.

*) Pestalozzi sagt von sich: „Das Individuelle meiner Kräfte lag in der
Lebendigkeit, mit der mein Herz mich antrieb, Liebe zu geben und Liebe zu
suchen, wo ich sie immer finden konnte, freundlich und gefällig zu handeln, zu
dulden, mich zu überwinden und zu schonen. Ich kannte keinen höheren Lebens-
genuß als das Auge des Dankes und den Händedruck des Vertrauens, es war
mir sogar Wonne, Dank und Vertrauen zu verdienen, auch wo ich sie nicht zu
erhalten hoffen konnte. Ich suchte die Armen, ich verweilte gern bei ihnen."

waren unreine Naturen. Rousseau und Voltaire zertrümmerten nicht
nur die Bollwerke des Wahns, sondern verwüsteten zugleich das
Heiligtum des Glaubens selbst und legten ihre frevelnden und zer=
störenden Hände an die Säulen der unsichtbaren Kirche des Herrn.
An sie schlossen sich Tausende, ja Millionen ihrer Zeitgenossen und
des nachfolgenden Geschlechtes an. Wie sehr und wie leicht ist aber
der schwache Mensch von der Richtung seiner Zeit, von der dämo=
nischen Gewalt des Zeitgeistes abhängig. Pestalozzi ward es auch,
doch ließ ihn der frühe und starke Eindruck christlicher Gottesfurcht,
den er im Vaterhause empfangen, und der unaustilgbare Zug, wo=
mit das echt christliche Vorbild seines Oheims, des Pfarrers zu
Höngg, ihn im Knabenalter zu Christo hingezogen hatte, nie zu der
Höhe des Zweifels und Unglaubens kommen, auf der er, wie
Tausende seiner Zeit, ein Feind der Kirche Christi geworden wäre.
Solcher Verirrung widerstand seine lautere und kindliche, jeglicher
Wahrheit offene, das Göttliche überall, am höchsten in seiner reinsten
Erscheinung in Christo verehrende geistige Natur. Aber er vermochte
auch nicht über die Grenzlinie hinwegzukommen, die den allgemeinen
gottesfürchtigen Glauben von der reinen Erkenntnis des Sohnes
Gottes und von dem in voller Lebensfülle auf ihn gegründeten
Glauben scheidet. Der Mut und die Schwungkraft gebrachen seinem
Herzen, alles wegzuwerfen, um Christum zu gewinnen, und mit
diesem Gewinne erst alles wieder in den rechten Besitz zu nehmen.
Mancherlei andere Meisterschaft täuschte ihn, auch im Werke der
Erziehung, um mit dem Apostel sagen zu können: Einer ist euer
Meister, Christus. Doch es ist meine Pflicht, diese Ansicht aus
seinen Schriften und aus den Grundansichten seiner Methode zu
erweisen.

Hören wir zunächst seine eigenen Zeugnisse. Sehr entscheidend
und merkwürdig ist dasjenige, welches er über sein Verhältnis zum
Christentume in einem ungedruckten Briefe von 1793 in folgenden
Worten giebt: „In dem unsäglichen Elende, das über mich verhängt
war, verschwand die Kraft der isolierten christlichen Gefühle
und Ansichten meiner jüngeren Jahre. Ich bin ungläubig, nicht
weil ich den Unglauben für Wahrheit achte, sondern weil die Summe

von Lebenseindrücken den Segen des Glaubens vielseitig aus meinem Innersten gedrängt hat. Von meinen Schicksalen also geführt, halte ich das Christentum für nichts anderes, als für die reinste und edelste Modifikation der Lehre von der Erhebung des Geistes über das Fleisch und diese Lehre für das große Geheimnis und das einzig mögliche Mittel, unsere Natur im Innersten ihres Wesens ihrer wahren Veredlung näher zu bringen, oder um mich deutlicher auszudrücken, durch innere Entwicklung der reinsten Gefühle der Liebe zur Herrschaft der Vernunft über die Sinne zu gelangen. Ich glaube nicht, daß viele Menschen ihrer Natur nach fähig seien, Christen zu werden. So stehe ich fern von der Vollendung meiner selbst und kenne die Höhen nicht, von denen mir ahnet, daß die vollendete Menschheit zu ihnen hinan zu klimmen vermag. Soviel für diesmal von meinem Nichtchristentum." An einem andern Orte spricht er von sich: „Ich ging schwankend zwischen Gefühlen, die mich zum Christentume hinzogen und zwischen Urteilen, die mich von demselben weglenkten, den toten Weg meines Zeitalters. Ich ließ das Wesentliche des Christentums in meinem Herzen erkalten, ohne mich eigentlich gegen dasselbe zu entscheiden." Diese Selbstzeugnisse geben einen nur zu betrübenden Beweis, wie der arme Kämpfer bald von Gefühlen, d. h. vom Vater selbst zum Sohne gezogen, bald von den Urteilen des Zeitgeistes bewältigt, von fern nur nach den Höhen des Heils sehnsuchtsvoll blickte, ohne des Glaubens kühnen Mut zu gewinnen, ohne sich Christo ganz in die Arme zu werfen und bei ihm das Maß von Stärke und die Siegeskraft der Heiligung zu suchen und zu finden, bei dessen Mangel er wohl fühlte, daß es auch dem sittlich edeln Menschen unmöglich sei, dem Geiste die Herrschaft über das Fleisch zu sichern und zu den Höhen vollendeter Menschheit, auf denen er Christus erblickte, heranzuklimmen. Niederer urteilt in dieser Beziehung ganz übereinstimmend, indem er sagt: „Pestalozzi war von einer Seite seines Gemütes und Geistes sehr christlich, von einer andern waren seine Vorstellungen und Begriffe antichristlich." Blicken wir auf die ihn leitenden Erziehungsgrundsätze und Ansichten über religiöse Bildung, so finden wir es bestätigt, daß sein Standpunkt

nur der des Rationalismus, jener allgemein religiösen, auch dem
Heiden zugänglichen Anschauung von der sittlichen Natur des Men=
schen war, welche durch alle zu Gebote stehende Mittel der mensch=
lichen Kunst und Kultur zu entwickeln und zu kräftigen sei. Schon
seine Ansicht der Kindesnatur, wie solche als Objekt der Erziehung
gegeben vorliegt, ist der biblischen entgegengesetzt. Er redet überall,
wie Rousseau, von einem reinen Herzen der Kinder, von einem
klaren, ungetrübten Spiegel ihrer Seele, in welchem, träte nicht von
außen das Verderben der Sünde nahe, das volle, reine Bild Gottes
sich abspiegele und zur Erscheinung kommen würde. Von einem tief
inwohnenden Keime zur Sünde neben der Fülle göttlicher Anlagen
weiß er nichts, und spricht er auch einigemal von der Erbsünde, so
meint er damit nur die sinnliche Natur des Kindes, die äußere
Lebensschranke seines sinnlichen Daseins.*) Auf diesem Grundirrtume,
der wesentlich widerchristlich ist und in entschiedenem Gegensatze mit
dem Worte Gottes steht, ruht das ganze Gebäude seiner sittlich=
religiösen Bildung des Menschen, und es ist klar, daß seine irr=
tümliche Ansicht über das Wesen der Sünde und ihren verderbenden
Einfluß auf die Gesamtnatur des Menschen und alle seine Lebens=
verhältnisse auch der Grund war, daß ihm weder die hohe evan=
gelische Bedeutung des sündetilgenden Weltheilandes, noch die volle
persönliche Sehnsucht nach seiner erbarmenden, rettenden Hilfe im
eigenen Gemüte aufging. Daher auch seine einseitige, oft so irrige
Auffassungsweise des Ganges, den Christus bei der Wiederherstellung
des sündlichen Geschlechtes zum verlorenen Ebenbilde mit Gott ge=
nommen, z. B. in den Worten: „Christus gründete das Werk der
Sittlichkeit auf die göttliche Würde der Menschennatur im Kinde.
Die Fülle sittlicher Anlage im Menschen erhob er durch lückenlose
Übung zur Selbständigkeit.“ Ganz anders redet Christus zu Niko=
demus: „Es sei denn, daß der Mensch von neuem geboren werde,
kann er nicht in das Reich Gottes kommen.“ So sagt Pestalozzi

---

*) „Das Kind kommt voll Reinheit und Unschuld in eine Welt, die für
die Unschuld seines Sinnengenusses und für die Reinheit der Gefühle seiner
inneren Natur gleich verdorben ist.“
                        Pestalozzi: „Wie Gertrud ihre Kinder lehrt.“

ferner: „Glaube an Gott, du bist reiner Sinn der Einfalt, horchen=
des Ohr der Unschuld auf den Ruf der Natur, daß Gott Vater ist."
Und zu den Mächtigen dieser Erde spricht er: „Es suche der Gesetz=
geber sein Volk auf dem einfachsten Wege der Natur zur Liebe
Gottes und des Nächsten zu erheben. Es ist unbegreiflich, daß es
nicht allgemeinere Angelegenheit menschlicher Gesetzgebung und Kunst
ist, die Quelle des Verderbens, Steigerung der Sinnlichkeit zur
Selbstsucht, zu verstopfen und für die Erziehung unseres Geschlechtes
Grundsätze zu entwerfen, die das Werk Gottes nicht zerstören, son=
dern die in unsere Natur gelegten Mittel zu entwickeln, um die
Selbstsucht der Vernunft durch Erhaltung der Reinheit des Herzens
zu unterwerfen." Unglückseliger, uralter Wahn! Auf diesen Wegen
ging schon Pythagoras, und Sokrates stand fester und höher, als
irgend einer unserer modernen rationalistischen Theologen und Schul=
männer. Diese träumen, während doch das helle Licht des Tages
aufgegangen ist, fort von einer paradiesischen R e i n h e i t d e r
M e n s c h e n n a t u r und ahnen nicht, daß alle Erziehung des
Geschlechtes in der Befreiung desselben von einer durch die Sünde
v e r k e h r t e n N a t ü r l i c h k e i t bestehe, sie wollen Feigen lesen
von den Disteln.

Auch das H e i l i g t u m d e r W o h n s t u b e , auf welches Pesta=
lozzi, wie wir sahen, alle Hoffnung und alle Wirksamkeit für bessere
Volkserziehung gründet, bleibt bei ihm nur matt erleuchtet von den
Lichtstrahlen, welche der Herr der Herrlichkeit in dieselbe senden
muß, soll es s e i n T e m p e l sein. Niemand wird leugnen, daß
das Bild der gottesfürchtigen, verständigen, thätigen und in treuer
Liebe sorgenden Gertrud, wie sie Pestalozzi in seinem Volksbuche
„Lienhard und Gertrud" in ihrer frommen und segensreichen Häus=
lichkeit schildert, unendlich große Wahrheit und einen erhebenden
Reiz für jeden Betrachtenden hat. Noch weniger wird irgend jemand
in Abrede stellen, daß der Grund alles Segens und Gedeihens im
Werke der Jugendbildung und Erziehung im Vaterhause und da
vor allem in den Händen der Mutter liege. Aber der christliche
Erzieher wird immerhin wünschen, daß Pestalozzi die Züge seines
Mutterideals von einer Monika, Nonna und Anthusa entlehnt und

in seiner Gertrud nicht bloß den Standpunkt einer Hanna vor Augen
gehabt hätte. Wer in seinem Lebensgange jemals das Glück hatte,
eine echt christliche Häuslichkeit und in ihr eine Mutter zu
schauen, deren Seele und Leben, Wort und Werk ganz im Dienste
ihres Heilandes stand und die in allem von ihm und seinem Geiste
geleitet, ihre Kinder in Zucht und Vermahnung dem Herrn erzog,
der wird, besaß er anders den Geistesblick für solche Herrlichkeit,
den Unterschied gefühlt und erkannt haben, der zwischen einer solchen
in Christi Sinn und Leben verklärten Mutter und einer wenn auch
noch so sittlich kräftigen, verständigen und rechtschaffenen Gertrud
besteht. Und doch darf man wünschen, daß in den Haushaltungen
des Volkes viele, viele Gertrude seien. Aber woher auch diese
nehmen? Auf welchem Wege sollen Mütter und Väter unserer
Zeit auch nur zu dieser Höhe herangebildet werden, damit aus ihren
Wohnstuben ein besseres und glücklicheres Geschlecht erwachse? Hier
sieht man, in welchem hilfe= und ausgangslosen Kreise sich Pesta=
lozzis Idee bewegt. Er ruft: „Mann der Liebe, der du die Ver=
edlung deines Geschlechtes wünschest und suchest, lebst du auf dem
Throne oder in niederer Hütte, was not thut, deinem Geschlechte
zu helfen, sind Väter und Mütter, die den Kindern sein wollen
und sein können, was sie ihnen sein sollen.“   Guter Pestalozzi,
wie soll das zugehen, wie willst du die gegenwärtigen Väter und
Mütter zu dieser Höhe sittlicher Reinheit und Kraft umbilden, oder
wie willst du sie aus dem gegenwärtigen Kindergeschlechte heran=
ziehen, das der in Sünde verderbten Väter und Mütter so viele
hat? Auf diesem Wege ist nicht zu helfen, aus den Banden dieses
Sündenkreises rettet keine menschliche Kraft, keine Schule und keine
Methode.*)   Da ist nur ein Helfer und Erlöser, der retten kann,
und so die Wohnstube, die Schule und der Staat nicht auf sein
Wort und seinen Geist die Fundamente ihrer Wirksamkeit
bauen, wird keine Vortrefflichkeit der Methode, keine Weisheit der

---

*) Der diesfalls in so arger Finsternis tappende Pestalozzi sagte einst in
seiner Neujahrsrede von 1811: „Die gereifte Idee der Elementarbildung fordert
absolut den Willen der Menschennatur durch Glauben und Liebe zur
Selbstsuchtlosigkeit, zur Hingebungs= und Aufopferungskraft zu erheben!“

Staatskunst je vermögend sein, das immer mächtigere Vordringen des Volksverderbens abzuwehren. Sehr treffend und wahr ist das Urteil Ramsauers, das er in der „Skizze seines Lebens" über Pesta= lozzi und sein Erziehungshaus fällt: „So wie Pestalozzi durch seine Persönlichkeit die meisten seiner Gehilfen jahrelang so an sich fesselte, daß sie sich selbst eben so vergaßen, wie er sich selbst vergaß, wenn es darauf ankam, Gutes zu wirken, eben so und noch viel mehr hätte er sie für das Evangelium beleben können, würde er es gekannt und geglaubt haben, und der Herr würde ihm und seinen Gehilfen seinen Segen verliehen und die Anstalt zu einer christlichen Pflanzschule gemacht haben." Es sah Pestalozzi, wie dies ja alle vom Nebel des Rationalismus Umhüllte thun, das Christentum nur als die höchste Thatsache der sittlichen Entfaltung des Menschen= geschlechtes und die Bibel als Kulturentwicklungen und eigentümliche Kulturanschauungen desselben an, nicht als ein Wort und Werk aus Gott zur Begründung eines neuen Heilsweges. Bei alledem ist's unverkennbar, daß der alternde Pestalozzi immer mehr von Christus an= und zu ihm hingezogen wurde. Äußerungen wie fol= gende kommen in den Schriften der letzteren Lebensjahre häufiger vor: „Wer den Sinn Jesu Christi und seinen Geist nicht hat, der veredelt sich durch keine menschliche Vereinigung." „Die heilige, göttliche Gemütsstimmung, durch die der Mensch sich seinen Wohn= sitz der Erde zum Himmel erschafft, geht nur aus Gott hervor, sie ist nur durch Jesum Christum in ihrer höchsten und erhabensten Kraft gegeben." „Die biblische Geschichte, besonders das Leben. Leiden und Sterben Jesu Christi genau zu kennen und die erhabensten Stellen in kindlich=gläubigem Sinne sich einzuüben. halte ich dafür, sei der Anfang und das Wesen, was in Rücksicht auf den Religionsunterricht not thut. Und dann vorzüglich eine väter= liche Sorgfalt, den Kindern den Wert des Gebetes im Glauben recht fühlbar zu machen." „Herr, ich glaube, komm zu Hilfe meinem Unglauben." Wie groß und ehrwürdig erscheint dieses Ringen nach dem rechten lebendigen Glauben!

Verbinden wir damit das Erhabene, praktisch Christliche, was uns in der Stärke, Treue und Reinheit der sich selbst vergessenden, für andere sich aufopfernden Liebe Pestalozzis durch sein ganzes Leben neben dem demütigen Gefühle seiner Schwäche und Sünd=haftigkeit, neben seiner Gottesfurcht, Frömmigkeit und Hingebung in Gottes Willen unter allen Trangsalen, in so herrlichem Lichte ent=gegenstrahlt, und bleiben wir eingedenk, daß er Christo ähnlich mit seiner Liebe die Armen und Elenden, die Vergessenen und Gedrückten umfaßte, so werden wir bekennen müssen, daß d e r, welcher fort und fort in den Herzen der Christen als episcopus in partibus infidelium herrscht und die Starken zum Raube hat, auch in der Seele dieses Starken mit seiner erlösenden Macht und Liebe g e=blie ben ist, wie oft und wie sehr auch der Glaube in ihm wankte.

Und so kehre ich zu der oben ausgesprochenen Überzeugung zu=zurück, daß das Geburts=Jubiläum dieses im Gebiete der Erziehung so mächtig anregenden Schweizers nicht würdiger und segensreicher gefeiert werden kann, als wenn von den vielen Tausenden, welche durch alle Länder Deutschlands und der Schweiz dieses Fest voll Dank und Liebe begehen, die Einlenkung zu jener Einheit und Har=monie im Werke der Jugendbildung, die auf der innigen Verbindung vervollkommneter Unterrichtsmittel mit der Kraft eines lebendigen und begeisterten Gemütes beruht, als das e i n e Notwendige erkannt und festgehalten wird, wovon die heilsame Fortbildung der Pesta=lozzischen Methode bedingt ist. Die erwärmende Stärke des Ge=mütes, die stille aber dauernde Begeisterung, die ausharrende Ge=duld und die Siegeskraft über die Seelen der Kinder wird aus keinem Quell so rein und stark geschöpft, als aus der Liebe Christi, aus dem immerdar läuternden und verjüngenden Geiste, mit dem e r seine Freunde erquickt. Käme der nun selige Geist Pestalozzi an seinem Ehrentage in die Mitte der Versammlungen, die sein An=denken ehren und verherrlichen, wahrlich, wahrlich, sein erstes und letztes Wort würde sein: „C h r i s t u s i s t e u e r M e i s t e r, i h n h ö r e t, o h n e i h n k ö n n e t i h r n i c h t s.“

Möchte die Feier dieses Tages für eine l e b e n s v o l l e r e Ver=e i n i g u n g d e u t s c h e r L e h r e r eine bleibende, langhin gesegnete Frucht bringen. Vereinigung thut uns getrennten, hin und her gezogenen und doch eines festen und treuen Bundes bedürftigen

Deutschen so not. Der politische Bund giebt sie leider nicht, der Zollbund hat wohl eine Bahn dazu gebrochen, aber in seinen Zwecken und Mitteln liegt kein Keim der Begeisterung, mithin keine tiefe, keine erhebende Vereinigung. Litteratur, Wissenschaft und Kunst erfassen und bewegen wohl die stille innere Welt und verbinden die verwandten Geister und Gemüter, aber ein ganzes Volk kräftig zu vereinigen, liegt nicht in ihrer Natur und Bestimmung. Dies kann nur das Leben selbst in seiner allgemein ergreifenden und erregenden Macht. In der vorchristlichen Zeit gab es für dasselbe nur ein Gebiet, das gemeinsame innig verbindende Leben des Volkes im Staate, in dessen organische Gliederungen nicht nur Wissenschaft und Kunst, sondern auch die Religion selbst verwoben war. Mit Christus ward den Menschen und jedem sich zu ihm bekennenden Volke eine neue, höhere Gemeinschaft, ein tiefer und stärker verbindendes Gemeinleben gegeben, das seinen Bürgern zugleich die Bürgerschaft im Reiche Gottes sichert und seine Kämpfer nicht mit Lorbeerkränzen zeitlichen Ruhmes und strahlender Weltehre, sondern mit einer zweifachen Krone für ihre zweifache Bürgerschaft, mit der Dornenkrone duldender, selbstverleugnender und demütiger Liebe hienieden und mit der Krone des ewigen Lebens jenseits schmückt. Das Gemeinleben in diesem Reiche, in der Kirche Christi, hat nicht nur in früheren Jahrhunderten jegliche Glanzperiode des deutschen Nationallebens durchdrungen und begleitet, sondern ist im sechzehnten Jahrhunderte durch ein neues Ausströmen des Geistes Christi im lichtvollen Bewußtsein ihrer Herrlichkeit und Siegeskraft jene Macht geworden, die das getrennte und gebundene deutsche Volk in einer Weise aufrichtete, begeisterte und vereinigte, wie Gleiches in seiner Geschichte nie erlebt war; ja diese erhabene, neugestaltende Gemeinschaft und Vereinigung desselben würde alle seine Stämme durchdrungen und verbunden haben, hätte nicht römische Arglist und Macht die Leiter derselben in Verblendung und Abhängigkeit zu erhalten gewußt. Ist in unserer Zeit bei den vielfach gespaltenen, ja zerrissenen Zuständen des deutschen Volkslebens eine neue, alle vereinigende Gemeinschaft irgendwie zu erwarten, wie solche sehnsuchtsvoll von Millionen deutscher Herzen gehofft und erstrebt wird, so kann sie gewiß nur von einer Neubelebung, alle deutschen Völker in ein Band christlicher Geistesgemeinschaft vereinigenden Umgestaltung der Kirche ausgehen. Darin hat Ger= vinus in seiner mit geschichtlicher Meisterschaft und mit warmem deutschen Gemüte geschriebenen neuesten Schrift*) vollkommen Recht. Aber in den Mitteln, die er zur Anbahnung und Erreichung dieses herrlichen Zieles vorzeichnet, ist er dem mächtigen Wahne verfallen, als ob auf dem allgemeinsten, flachsten Deismus bei Negierung aller wesentlichen und specifischen Glaubenselemente des Christentums je eine neue, alle umfassende deutsche Kirche gegründet werden könnte. War zu der Reformatoren Zeit eine begeisternde Einigung nur durch Neubelebung der uralten evangelischen Wahrheit und durch die Macht des ursprünglichen reinen kirchlich=christlichen Glaubens mög= lich, so würde auch jetzt jede Neugestaltung der Kirche, die nicht auf Christus, dem ewigen Eckstein ruht, den Gott selbst durch die Propheten und Apostel gelegt hat, und die nicht den vollen apostolischen Glauben an seine Persönlichkeit, an sein Wort und Werk in ihr Bewußtsein und Bekenntnis aufnähme, nicht nur ein eitles, sondern unsägliche Gefahr bringendes Beginnen sein. Die schon jetzt drohende, alle Gemeinschaft zerstörende Krisis wäre

*) „Die Mission der Deutsch=Katholiken von Gervinus.“ Er sagt darin unter anderm: „Dieser rationelle Standpunkt ist derjenige, der eben noch so viel positiv Religiöses und positiv Christliches in sich faßt, als der Geist heut= zutage im Durchmaße erträgt.“ „Innerlich recht im Kerne unserer eigenen Bildung liegt Naturalismus und Deismus, von Philosophie, von Natur= und Geschichtskunde, von den mächtigen Waffen des Geistes unterstützt und ge= fördert.“ „Könnte sich jemand heutzutage darüber täuschen, daß der Lutherische Glaube noch einmal unter den vielen aufleben oder ein anderer Religions= glaube in den ähnlichen Grenzen mit der gleichen Glaubenskraft gepaart sein könnte? Dies könnte nur zu einer Zeit geschehen, wo Gott diese germanische Welt und ihre Kultur in Scherben geschlagen und in den Tiegel der Jahr= hunderte und der Völkervermischungen umgeschmolzen hätte.“ O des beschränkten armseligen Standpunktes solcher Geschichtsforscher, die vom Wesen des Christen= tums, von seinem umgestaltenden Geiste und von der Kraft Gottes keine Ahnung haben, die der lebendige Christenglaube in sich trägt. Wie gilt von allen, zu obigen Ansichten sich Bekennenden das Wort des Paulus: „φάσκοντες εἶναι σοφοὶ ἐμωράνθησαν.“

unvermeidlich, die christlich Gläubigen müßten sich für immer von einer Kirchengemeinschaft scheiden, in der Christus nicht mehr derselbe wäre, der er wahrhaftig ist gestern, heute und in Ewigkeit. Christus muß und wird das Feld behalten, die Ungläubigen müssen wieder hinüber gebildet und hinüber gezogen werden durch die wirksame Macht und Herrlichkeit des Evangeliums. Dazu ist die Möglichkeit, ja die Hoffnung vorhanden, aber in alle Ewigkeit nicht für das Gegenteil.

Der deutsche Volksschullehrer hat in solcher Zeit eine große, heilige Aufgabe. Zuerst muß er Sorge tragen unter Gebet und Wachen, daß das eigene Herz fest werde, welches geschieht durch Gnade. Er muß Sorge tragen, daß er von jeder götzen- dienerischen Überschätzung irgend eines menschlichen Lehrers, sei es Dinter, Pestalozzi oder irgend ein anderer, frei bleibe. Auf daß er dessen sicher sein könne, muß er in Christo das einige und vollendete Vorbild aller Erziehung und in der Art, wie derselbe durch Wort, Leiden und Handeln auf die von ihm für das Reich Gottes zu Er- ziehenden wirkte, den wahrhaftigen Weg, die absolute Methode aller menschlichen Bildung und Erziehung erkennen und ihr folgen. Dazu bedarf keiner eines besondern Lehrbuches oder irgend einer Erziehungswissenschaft. Wir besitzen auch keine, welche in dieser Beziehung genügen möchte; denn wieviel brauchbare, selbst aus christlicher Lebensansicht hervorgegangene Erziehungs- und Unter- richtsschriften wir auch haben, eine echt christliche Erziehungs- lehre, die, ganz aus dem Lehr- und Lebensbilde Christi abgeleitet, ein treuer Abdruck seiner unergründlichen und allein heil- samen Erzieherweisheit wäre, vermissen wir noch. Aber wie nur das Wort, nur die Lehre, die des eigenen Lebens Kraft und Licht in sich trägt, in anderen Geist und Leben zu erwecken vermag, so kommt auch hier kein Lehrer über die Notwendigkeit hinweg, sich selbst zunächst in Christus hineinzuleben, hineinzubilden, sich selbst von seines Geistes Zucht erziehen zu lassen. In dem Maße, als dies geschehen ist, wird er auch das rechte Geschick und die Gewalt haben, die ihm Anvertrauten immer näher zu Christo hin, ja endlich ihm so nahe zu führen, daß sie sich in freiester Macht des Glaubens

und der Liebe ganz in seine treuen Hände geben, auf daß er sie
führe zum Vater. Es will sich, sagt Luther, in keinem Wege leiden,
daß wir sicher und stolz in unserem Thun wollten sein, ein Ge=
fallen an uns selber haben und uns spiegeln in den treff=
lichen hohen Gaben, damit uns Gott begnadet und geziert hat.
Summa, wir sind nichts, Christus allein ist alles. Wo er
seine Hand von uns abzieht und das Angesicht von uns wendet, so
sind wir verloren, wenn wir auch St. Petrus und Paulus wären.

Solches Bekenntnis wollen wir alle, die wir die Hand an die
Erziehung der Menschen zu legen gewagt haben, zu dem unserigen
machen. Wir wollen zu einer Zeit, in welche kräftige Irrtümer
gesendet sind, nicht im Mietlingssinne voll Mißmut und Unzufrieden=
heit unser Werk treiben, sondern in der Frische, Lebendigkeit, Freund=
lichkeit und Geduld, die das Evangelium giebt samt Mut und
Frieden. Wir wollen den Glauben überall mit den Ergebnissen
echter Wissenschaft vermitteln, aber keine Unterhändler werden zwischen
Glauben und Unglauben, wollen der Tyrannei verworrener Be=
griffe, vager Redensarten und Schlagwörter, vor allem aber der
bodenlosen Unwissenheit über das Wesen des christlichen Glaubens
kräftig und entschlossen entgegentreten, wollen denen, die das „Vor=
wärts“ unaufhörlich in die Ohren des Volkes rufen und das hinauf=
wärts und hineinwärts ganz vergessen, das wahrhaftige Vor=
wärts der Schrift entgegenhalten: kehret um von den Wegen eurer
Ungerechtigkeit.

Denn wahrlich, das Umkehren, Sichbekehren und Selbstbesser=
werden ist die Basis alles echten Fortschrittes, wie
schon der unübertroffene Volkslehrer Claudius singt: „Laßt uns
besser werden, gleich wird's besser sein!“ Aber davon wollen
die allermeisten Menschen unserer Zeit nichts wissen; sie wollen
alles bessern und alle meistern, nur sich selbst wollen sie nicht bessern,
sich selbst nicht meistern, ja nicht einmal dulden, daß sie von irgend
jemand gemeistert werden; überall wollen sie fegen und kehren, nur
im eigenen Herzen und vor der eigenen Thüre nicht; ihnen soll
alles gehorchen, ihrem kecken, selbstsüchtigen, ja unverschämten Schreien
soll jeder sich anschließen, sie selbst aber wollen von Gehorsam,

Unterordnen, Anerkennen und Heilighalten der von Gott selbst ge=
ordneten Lebensverhältnisse nichts wissen, denn weil die Gottesfurcht
aus ihrem Herzen gewichen, und aller Propheten und Apostel Ruf:
„Thut Buße und bekehret euch!“ ihnen eine Thorheit ist, so treten
sie auch jede Pietät und jede Ehrbarkeit in menschlicher Ordnung
mit Füßen. An solchem Greuel nehme der Stand deutscher Lehrer
nicht nur keiner Weise teil, sondern wehre ihm, so weit seine Kraft
und sein Einfluß reicht. Das Gebiet aber seines mächtigen, für die
Zukunft entscheidenden Einflusses ist die heranwachsende, für Gottes=
furcht und sittlichen Ernst noch empfängliche Welt der deutschen
Jugend, dieser Blüte und Hoffnung des Vaterlandes. Durch ihre
Bildung i n d e r Z u c h t u n d V e r m a h n u n g z u m H e r r n
laßt uns die Krone unseres Berufes erringen, die, wenn auch hie=
nieden oft eine Dornenkrone der Mühen und Sorgen, der Niedrig=
keit, Verkennung und Schmach, doch gewiß, so wir t r e u befunden
werden, einst eine Krone des ewigen Lebens sein wird.

Inhalt.

Druck von Julius Beltz in Langensalza.